覆雨翻雲

黃易

作品集 卷十

【修訂版】

【目錄】

第一章 接天之戀

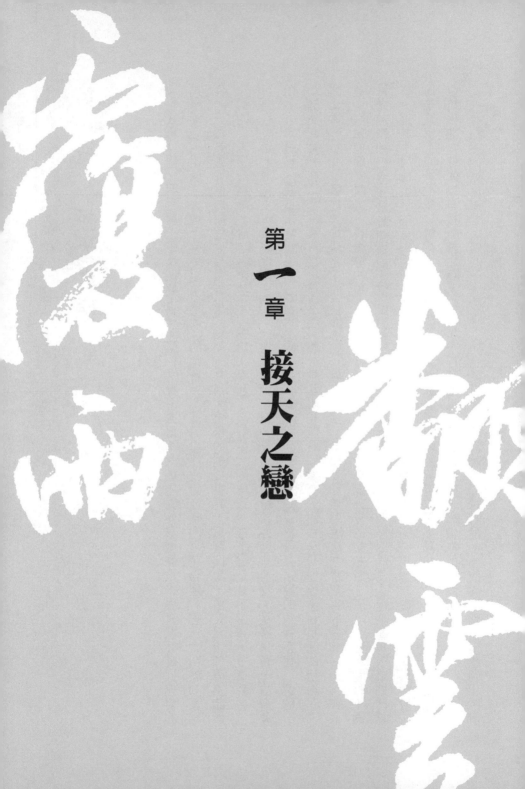

第一章　接天之戀

夜幕低垂。明月爬上了皇城的上空，又白又亮，孤單卻永恆。內外皇城的燈火與宮城外延展無窮的民房廟寺，組成了大地上有史以來最偉大的都會。秦淮河岸那沒有夜晚的煙花勝地，更為大明朝的繁華作了一個具體而微的闡述。月暈外星光點點，在這大雪後的純美世界上舞躍閃爍，像在為俯仰著這諸般一切的接天樓最高第七層上將會發生的艷事，奏起了寂靜偉大的樂章。樓下雖是高手密布，守衛森嚴，可是在這第七層樓上，秦夢瑤卻忘懷了一切，對她來說，天地間除韓柏外別無他物。星移月轉，滄海桑田，人事遷移，在這永無止盡的變異裏，眼前這一剎那對她來說卻是永恆長存。她的精神正與周遭的一切翩然起舞。在這一刻裏。接天樓成為只屬於她和韓柏所共同擁有的甜夢。月兒孤懸在星弧的邊緣，又圓又遠，照亮了這被大雪淨化了的世界。她以無上的慧心，感受和傾聽著夜空那無言的章句，心神亦嵌進了宇宙的節奏裏去，再難分辨彼此。可是當她瞧向和她並肩倚欄外望的韓柏時，芳心一顫，竟移不開目光。韓柏仍像往常般瀟灑飄逸，風采動人，但她卻感到他多了一點以前沒有，但卻非常吸引她的氣質。這並不因他出奇地有耐性，又或反常地沉默起來，而是他的確不同了。那並非性格上的任何轉變，而是氣質上的某種微妙轉化，一種沒法說出來深邃難測的特質。這放縱不羈的浪子現在的變化，使她更難抗拒他。即使沒有接脈續命這必行之事，假若他只蓄意想得到她，恐怕亦能如願。

韓柏定神地凝視著虛廣的夜空覆罩下的金陵雪景，分享著這奇妙的晚上。他從沒有一刻感到和宇宙是這麼地接近，使他忘神地享受著那曼妙無倫的感覺。戰神圖錄一幅幅在他腦海裏重現。那身披奇異盔甲的戰神似若活了過來，不斷做出各種動作，圖錄不住變化。幻象嵌進了眼前的虛空去，穿越過永恆，和宇宙融合在一片混沌裏。他先感到小腹發熱，然後全身滾燙起來，一個個無形的漣漪在他四周激起，頃刻後他忽地忘了你我內外之別，整個宇宙和他合成了一個整體。就在此時，秦夢瑤的香肩靠了過來，碰到他寬闊的肩膊處。兩人同時「呵」一聲叫了起來，爲那醉人的觸碰而欣喜莫名。那是道胎和魔種的接觸，是從未有男女曾嚐過的美妙滋味。

韓柏清醒過來，伸手過去環著秦夢瑤的小蠻腰，滿懷感觸道：「當日我在韓家做僕役，見到夢瑤時，心中難過得要命，因爲自知是甚麼料子，根本連多望夢瑤一眼的心都不敢稍有涉想。即使後來在黃州府遇上你時，還只是覺得自己在痴心妄想。」頓了一頓，「嘿」的一聲道：「可是那晚在瓦背處，夢瑤縱體入懷時，我便知道終有一天會得到你，今晚就是那夢想成眞的美景良辰。」

秦夢瑤移入他懷裏，主動拉起他的雙手，緊箍著自己沒有半點多餘脂肪的小腹，仰起俏臉，枕在他的寬肩上，白他一眼道：「說得那麼難聽，誰縱體入你的懷呢？人家只是傾前了少許罷了！」

韓柏回頭望進樓內圓檯上並排放著的鷹刀和飛翼劍，心中一動道：「我們不用爭拗這問題，總之韓某人是第一個接觸你的仙體的男人，當然也是最後一個。」微俯下去，貼上她的臉蛋，柔聲道：「身無彩鳳雙飛翼，心有靈犀一點通，這是否你那把寶劍名字的由來？爲何玄門高人，會爲此劍取了個這麼香艷的名字？」

秦夢瑤恬靜如常，淡淡道：「只是你心邪吧！師父的禪境道法叫『心有靈犀』，在慈航劍典上僅次於『劍心通明』，所以她才給這本名『寶慧』的寶劍，易名作『飛翼』，取的正是心有靈犀之意。」

韓柏道：「那我就並沒有心邪，而是眞的如此。哈！不過我確又是心邪至極，很想冒瀆夢瑤的仙軀聖體。看你春情難禁，急著獻身的媚態和浪相。」

秦夢瑤失笑道：「爲何無賴大俠這麼客氣，你以前冒瀆人家時，好像很少會預先警告我這受害者哩。」

韓柏目瞪口呆地看著和聽著她嬌媚無倫地和他調情，劇震道：「對不起，我忍不住了。好仙子！你不是要教本浪子如何對付你嗎？快把那心法和手法傳來，師父教一招，小徒立即實施那一招，保證青出於藍，到最後一招時，徹底收拾了你這作繭自縛的偉大師父。」

秦夢瑤史無前例地花枝亂顫般笑了起來，在他懷裏扭動了幾下後，慵懶不勝地伸展著脊背，俏臉摩挲著他的臉頰，一對纖手也分別輕輕撫摸著他的臉頰和環著自己小腹的大手背，情深若海地道：「好徒弟聽著，現在我們來個有獎的尋寶遊戲，好嗎？」

韓柏享受著與她背臀貼體廝磨的醉人感覺，舒美快樂得幾乎要死去，嘆息道：「當然好！夢瑤說甚麼都是好的。只是仍有點擔心，你人都是我的了，還有甚麼獎品可送出來。」

秦夢瑤俏臉飛紅，嗔道：「你再耍嘴皮子，看我把你逐出門牆，教你一世都學不到本師父的手法和心法。」

對著美女，韓柏從來都似沒有甚麼腰骨，立即投降道：「小乖乖好夢瑤惡師父，本人甚麼都不敢了，快用你那張小甜嘴說出來，免得被韓某人強封了後，除了咿咿唔唔外，甚麼話都說不了。」

即使馬上要向這小子獻身，秦夢瑤仍感吃不消，滿臉不依，嬌嗲道：「欺負吧！欺負個夠吧！終有一天夢瑤會把你的舌頭勾了出來，分送所有被你調戲過的可憐女子。」

韓柏大笑道：「沒有了韓某的舌頭，才會多了很多可憐女子呢，因爲再沒有人能用那麼美妙的方式去調戲她們。不信嗎？請立即試試。」

秦夢瑤還想反擊，香唇早給封住，且眞的應了韓柏的預言，除了咿咿唔唔外，半個其他字都吐不出來。魔種的先天眞氣由韓柏掌心透腹而入，秦夢瑤給燙得嬌體發熱，意暢神舒。而韓柏的大舌則挑起了她最原始的慾火，同時亦感到韓柏男性的強烈反應。那種親密和放開了一切的接觸，把她刺激得恨不能融入韓柏體內，永遠不用分開來。唇分。秦夢瑤仰臉望去，韓柏那朗如晨星，不含半絲俗念凡想的清澈目光，正緊盯著她，使她芳心最隱密深秘之處，泛起了無盡的愛的漣漪。這小子終究達到了情慾分離的先天秘境。而她體內能燎原的慾火，正因與他緊密接觸，全面被撩撥了起來。她感到身體火燒般灼熱，深切地渴望著他的呵護愛憐。他的魅力是如此強大，使她在此刻除了他外，甚麼都不願分神去想。

韓柏看著她連耳根粉項都紅透了的美樣兒，雖慾火焚身，可是心靈卻是前所未有的空靈通透，那與宇宙合成一體的感覺更強烈了。他緩緩伸手拔下她的髮簪，讓這淡雅高貴、秀艷無倫的仙子秀髮披垂，在清新的夜風中寫意隨便地飄拂著。無論將來發生了甚麼事，但他卻知道眼前她那醉人的絕代風華，已深深鐫刻在他的心靈上，永不磨滅。秦夢瑤緊靠著他，舉手掠理兩邊鬢髮，然後扭轉嬌軀，變成與他四目交投，深情地注視他一會後，柔軟若蛇的纖手纏上他的脖子，兩片紅唇，印在他嘴上。她的香唇灼熱無比，秀眸半閉，韓柏縱使沒有敏銳的魔種，亦曉得她正處於慾燄狂燒的亢奮狀態，被他的蓄意施爲挑起了飢渴的處子春情。仙女下凡，他哪能不魂搖魄蕩，可是他卻仍保持在情慾分離的道境裏，心中只有純淨的愛戀，享受著那種雙重的曼妙境界。

韓柏的嘴唇離開了她火炙般的紅唇，移師往她的面額、下巴和白嫩的頸項。秦夢瑤終抵不住魔種與道胎的廝磨纏混，道心失守，不能自制地喘息和呻吟起來，仙體還不住向愛郎擠壓扭動，那種春心搖蕩，溫馴柔順的萬種風情，誰能不心醉魂銷。鬧了一會，秦夢瑤芳軀乏力，全賴韓柏摟個結實，才不至於軟倒地上。韓柏哪還客氣，攔腰抱起了她，進入寬廣的樓廳裏去，在一角坐了下來，把她放在腿上，逼她坐直嬌軀，嘻嘻笑道：「眞想不到我韓柏大甚麼的有此仙緣，可恣意玩弄我的親親小夢瑤。」秦夢瑤心中大恨，這小子明知自己渴求他的放肆，偏要吊她的胃口，讓她難過和害羞個夠。可是現在肉在砧板上，只好任由宰割。羞得無地自容，想躲到他頭頸處，又給他強移到眼前，大嗔道：「死無賴，究竟想人家怎麼樣呢？」此時不要說劍心通明，恐怕她比一個普通閨女的自制力更是不如。韓柏又找上她的紅唇，用力地吻吮逗弄。魔氣海潮般的送入她體內，弄得她嬌軀水蛇般在他懷內扭動翻纏。她的嬌軀劇烈地顫抖著，急促地喘氣呼吸，發出陣陣銷魂蝕骨的呻吟聲。

韓柏笑嘻嘻好整以暇地離開她的香唇，瞧著她道：「第一招是甚麼，尤物師父請快告訴小徒。噢！我差點忘了問你，那有獎遊戲是怎樣的一回事，獎品是甚麼寶貝兒？」

秦夢瑤羞得幾乎要找個洞鑽進去，猛搖螓首，狠狠橫了他風情無限的幾眼，嘟著小嘴道：「人家沒有資格做你的師父了，只憑你的無賴手法，便有足夠本領玩弄得夢瑤達至有慾無情的境界。」接著輕吻了他，喜孜孜地道：「原來男女之間，眞有如此動人滋味，夢瑤心甘情願做你的妻子，向你的魔種徹底投降，韓柏大甚麼的肯接受夢瑤這降卒嗎？」

韓柏大樂，哈！你這仙子終究親開仙口求我佔有了你嗎？秦夢瑤見他得意萬狀地瞧著自己，又羞又喜，同時知道他現在魔性大發，絕不會輕易饒過自己這降卒，更是心如鹿撞，恨愛難分。韓柏看著她春意媚人，艷絕無倫的美態，差點心猿意馬，魔心失守，忙緊攝心神，繼續進襲，進一步挑逗她的春情。

早已心旌搖蕩，旖念滿腔的秦夢瑤何堪刺激，反應更趨激烈，還主動愛撫他強壯的虎背。兩人再分開時，秦夢瑤平日澄明如鏡的秀眸早充滿了銷魂蝕骨的熾烈情火。

韓柏摟著這香噴噴、熱辣辣，剛被他逗得大動凡心的絕世美女，心中湧起滔天愛念，心癢難熬地道：「快把那些挑情手法盡說出來，以表示你是眞心投降。」

秦夢瑤心知肚明自己是作繭自縛，當韓柏臻至情慾分離，而她則慾勝於情時，必然是這一面倒的局勢，仍禁不住心叫要命。她尚存一絲的慧心，亦明白韓柏正以種種手法，徹底摧去自己的羞恥之心，使自己變成完全受肉慾操縱的淫娃蕩婦，雖說早有心理準備，仍大感吃不消，不過這時確無力違抗，唯有赧然道：「夢瑤身體有七個敏感點，每個敏感點都管著某幾個竅穴，只要好夫君能透過那些敏感點，以輕重不同性質的魔功刺激那些竅穴，即可徹底駕馭夢瑤的道胎，那時要人家生或死，都操控在韓郎手裏。」

韓柏狂喜道：「那尋寶遊戲是否就是要我在夢瑤身上把這七個香艷精采的敏感點找出來，你想我隔著衣服來找，還是把你脫精光才開始搜尋呢？」

秦夢瑤嬌吟一聲，伏入他懷裏，旋又被迫坐了起來，那嬌柔姣媚的動人神態，實是無以復加。韓柏魔種提升到無盡的高處，放肆地把她的玉腿分了開來，攤布她跨坐自己腿上，然後兩手收緊，摟得她胸腹交貼，嘴兒對著嘴兒，臉對著臉，作出男女歡好的姿態，恃強凌弱地道：「要找我的乖寶貝親夢瑤那動人的七個寶點，對我韓柏來說，有如探囊取物般容易。不過看來獎品不外是夢瑤的香吻，故我還是喜歡看你羞人答答地由你的小甜嘴親自告訴我，來！爲夫要你毫無保留地把寶點說出來。」

秦夢瑤嬌吟一聲，就要湊到他耳旁獻上投降者被脅逼送給征服者的戰利品時，豈知韓柏又使她嬌軀後移，硬要她正眼相對坦白說出一切。秦夢瑤大窘，嬌嗔不依，撒了一大回嬌後，才依他指示，一一道出，說完後不顧一切地緊貼到他的肩頸與胸膛處，仙體不住顫震。韓柏雙目異光大盛，對媚術的了解立時深進了數層。秦夢瑤所說的敏感點和體內的竅穴，實是古往今來媚術的精華，雖說人人有異，但其理則一，現在由這已臻天人之界的絕頂禪道美女高手，通過自身的體悟，親口向他說出，對身具魔種的他，那種刺激和益處實大至難以估計，大大有助於他對付天命教精通媚術的妖女。韓柏又狠心地抓著秦夢瑤香肩，把她的玉臉移到眼前，只見她星眸緊閉，雙頰紅艷如桃花，可愛嬌柔至極點。尤其那副默許一切的媚樣兒，出現在這自幼修行的美女身上，誰能不怦然心動。

韓柏深吸一口氣，輕吻著她的眼皮道：「親親小寶貝，爲夫正式開始爲你續脈療傷好嗎？」

秦夢瑤仙軀劇顫，含羞輕輕點頭，不敢看他。韓柏熟練的手開始在她身上活動起來，又吻又摸，展開全面的進侵。最難受的當然是秦夢瑤那七處香艷的秘穴，和深藏體內與人類春情有緊密關係的竅位穴脈。更可恨這小子一邊施爲，一邊冷靜地細察她的反應，並調節著手法的輕重緩急。有時則隔衣愛撫，有時則伸進她雪白的衣裳裏，不片刻秦夢瑤神志迷糊，不知人間何世，只知陶醉傾倒，熱烈反應。

韓柏忽在她耳邊道：「外面又下雪了。」

秦夢瑤心道：誰還有閒管外面的事呢？尤其你這小子正爲人家解帶寬衣。很快她發覺自己身無寸縷，令她春情勃動的魔氣一波接一波地度入她體內，把她逐漸推上情慾的頂峰。她的嬌喘呻吟，變成了狂呼亂叫，無可節制的慾火，燒得她完全迷失了理智，終於臻達慾勝於情的境界，再不理會佔有她的人會是誰了。韓柏知是時候，利用對她傷勢的深切關懷，把心靈提升到肉慾之上，和這使他夢縈魂牽的仙女共赴巫山。當他把蓄滿生機的精華送入她體內時，秦夢瑤雖仍是保持著與他歡好交合的實質和姿態，但狂野的春情卻立刻被聖潔的光華取代，雖跨坐他腿上，竟進入了禪定的境界，那種極端的對比，看得韓柏目瞪口呆，難以相信。他一動不動地看著她赤裸的仙軀，心神俱醉。憑著親密的接觸，他感應到她體內正勃發著無限的朝氣和生機。大雪無休止地在樓外的世界飄灑著，這裏卻是最灼熱和溫馨甜蜜的小天地。天啊！我韓柏正佔有著這美麗的仙子。秦夢瑤眼瞼一陣顫動，驀地睜了開來。韓柏一觸她的目光，腦際轟然一震，立時迷失在某一奇異的精神層次裏。

秦夢瑤迷人的聲音在他耳旁溫柔地道：「韓郎啊！夢瑤徹底復元了，以後你再不用克制自己了。來吧！好好享受夢瑤的身體，那是人家曾答應過你的報酬，來吧！」

韓柏大喜過望，全心全意地和她繼續進行最熾烈的歡好。這次當然是另一番銷魂蝕骨的感受。這回主動的不是他，而是這一向矜持的美麗仙子。無論心靈和肉體，他們都緊密地結合著，攜手品嚐靈慾交融的愛戀。那種動人的感覺是剛才也從未達到過的。他們水乳交融地把自己完全獻給了對方，互相向對方最深藏的心靈秘處搜尋和探索，又無條件地盡情開放自己。這種深刻的感覺，韓柏從未曾在任何其他鍾愛的女子身上得到過。所有隱藏的情緒，包括一切的愛戀、追求、甚至乎痛苦，全交出來讓對方去分享和感受。小樓和樓外的大雪融化在虛夜裏。他們喘息纏綿，陣陣歡娛洶湧而來，道胎魔種再沒有絲毫隔閡，高潮一浪一浪般接踵而至，再無法分辨彼此。那是愛的極致！他們甚至忘掉了道胎和魔種，對他們來說那已是呼吸般自然的東西。亦忘掉了雙修大法，忘掉了武道天道的追求，忘掉了男與女，你與我的分別，有的只是洪水般吞噬了他們的愛戀，生命的光和熱。就若太陽那炫目的光輝，無窮無盡的熱力；又或像永不熄滅的烈火，熊熊地燃燒著，直至宇宙的終極。這對繾綣多情的金童玉女，心甘情願投進那愛的旋渦裏。心靈的堤防被破開了，他們升上了無盡的夜空與天上的星辰一起運轉長存。戰神圖錄此現彼消地在兩人心靈的天地展現著。它們再不是沒有生命的石雕，而是連續性的幻象和有生命的思想。他們從肉身的層次提升到這玄妙的天地裏，比翼雙飛，攜手翺翔。然後一切都消失了。他們緊擁著在接天樓的頂層處，外面仍是大雪漫天。一切似乎全無異樣，他們仍保持在男女最親密的接觸裏，可是他們都知道一些最美妙的事已發生在他們身上。因爲他們剛偷窺了愛情所能達到的最高境界，「愛的涅槃」，那由人道而天道的醉人過程。

韓柏回醒過來，用舌尖溫柔地舐去秦夢瑤泛著聖潔光輝的俏臉上那斑斑的淚漬。秦夢瑤用盡所有力氣摟緊了他，平靜但肯定地低呼道：「韓郎啊！夢瑤永遠屬於你了。」

戚長征醒了過來，枕旁的寒碧翠睡得又甜又深，俏臉上泛著風雨後的滿足和安詳。這裏離月樓隔了一個庭園，是名叫「香桂居」的平房。多了寒碧翠等人後，月樓的上層住上兩家人實在太擠了，所以虛夜月雖不情願，無奈下亦唯有安排他們住到這裏來。香桂居的四間大房由四女各佔一間，非常舒適。他起了床，躡足推門，穿廳而出，到了屋外有簷蓋的平台處，暗黑裏褚紅玉正倚欄看著外面的雪雨夜景。

戚長征早聽到她走出房外的聲音，脫下披風，爲她披在身上，同時從後伸手往前，把她摟個結實，低聲道：「爲何不在房內等我？」

褚紅玉一聲呻吟，靠入他懷裏，沒有做聲。戚長征一震道：「你哭了！」褚紅玉默然點頭。

戚長征既感歉疚，又湧起無盡的憐惜，舉袖爲她拭去淚漬，柔聲道：「過去的讓它過去算了，讓我們攜手迎接美麗的將來。」

褚紅玉出奇地平靜的道：「戚郎！坦白答紅玉一個問題好嗎？」

戚長征知道她心情複雜，充滿了連番災劫後自悲自憐的情緒，忙打醒十二個精神，深情地道：「老戚洗耳恭聽。」

褚紅玉沉吟片晌，幽幽道：「戚長征你是否只是可憐人家呢？」

戚長征一怔道：「當然不是！還記得我第一次在長沙府遇上你時，已心生傾慕，否則爲何會那麼情不自禁地逗弄你，只礙於你是尙兄的人，否則哪肯讓你這俏佳人就此離去呢？」

褚紅玉要的正是安慰的話，滿意地呻吟一聲，還想說話，給戚長征捉著可愛的尖削小下巴，重重吻在她的朱唇上。她劇烈地抖顫起來，倏地推開了戚長征的大嘴，喘息著道：「戚郎啊！人家還有一些事情要弄清楚。」

戚長征體會到她的心情，點頭道：「來！我們好好談談。」拉起她柔軟的小手，在平台的石階並肩坐下，一陣冷風剛好吹過，雪點隨風灑了進來，落在他們臉上和身上，溫柔冰涼。這時他們才發覺雙方都是赤足。

戚長征挨緊著她，看著她那愁眉難展的淒涼模樣，一手摟著她香肩，另一手則抓著她一對柔荑，微笑道：「來！笑給我看看。」

褚紅玉悽然搖頭，表示沒有笑的心情，淡淡道：「戚郎！紅玉是否屬淫賤的女人？」她早就問過同一問題。

戚長征明白她心情矛盾，若不讓她洩盡心事，不解開心結，會使她更感難受，正容肯定地道：「當然不是！」

褚紅玉激動起來，顫聲道：「爲何那天在樹林裏，我身爲人家的妻子，卻喜歡你那樣調戲我呢？」

戚長征微笑道：「坦白說，這是自天地初開以來，便存在著的問題。男女是天生互相吸引著的，無論是既爲人之婦或夫，亦改變不了這人之常情。只不過受到禮法道德的約束，才不會做出越軌的行爲。所以誰也不用因受到別人的吸引而羞愧。我才不信行烈和韓柏對你們沒有興趣，正如我亦受到月兒霜兒等的吸引。但因爲她們身有所屬，所以我們才要把佔有的慾望，化作純潔的友情，否則就淪爲奸淫之徒了！」

褚紅玉皺眉思索了好一會後，悽然道：「可是紅玉明知鷹飛是奸淫邪惡之人，但身體仍非常歡迎他，感到非常享受，那紅玉豈非只是追求肉慾之愛的淫婦？」

戚長征心中一嘆，知道始終要面對褚紅玉這個問題，柔聲道：「這正是媚術最可怕的地方。能透過肉體去征服對方的心靈，就像兩軍對壘，誰的武力及不上對手，便要被征服，就是如此，並不存在對和錯的問題。」

褚紅玉懷疑地道：「眞的嗎？」

戚長征充滿自信道：「這是千眞萬確的事，鷹飛是天生玩弄女性的魔鬼，最愛征服了女人後，然後拋棄她們，讓她們爲他傷心一輩子。憑的就是他的俊臉和媚術。」

褚紅玉別過臉去，玉容一黯道：「長征你眞的不會嫌棄人家。」

戚長征抓緊她的玉手，正容道：「皇天在上，我戚長征若有一字……」

褚紅玉的小嘴惶急湊了過來，封著了他的嘴，不讓他把誓言說盡。戚長征心中大喜，眞心誠意地享受那醉人滋味，同時想起這等於是和鷹飛透過褚紅玉這美麗的戰場交手過招。忙把從韓柏那裏學來的心法和從天命教兩女處得回來的經驗，施展出來。

褚紅玉一把捉著他肆無忌憚的手，喘息著道：「戚郎！你是否也懂得媚術？」

戚長征知她對媚術有了先入為主的壞印象，生出陰影，哪敢告訴她眞相，笑道：「我怎會懂得這類玩意兒？」

褚紅玉其實並不眞認為他懂得媚術，只因剛才那陣刺激和興奮，和被鷹飛挑情時給她的刺激太近似了，點頭表示相信後，赧然道：「為何人家會感到那般情動和興奮呢？」

戚長征瀟灑一笑道：「道理很簡單，因為我們間存著眞摯的感情和愛情，那才是最厲害的媚術，定可把鷹飛的陰影從你的芳心裏驅走，這叫做邪不能勝正。」

褚紅玉顯然對他的話非常欣賞，羞喜交集道：「人家本來只想一死了之，幸好碧翠說要帶紅玉來見你，人家才生出了一線希望，每當我想起那魔鬼時，你那放浪不羈的言行舉止，就會在人家心中浮現出來……噢！」

戚長征強而有力的手臂，將她環擁過來，使她傾貼身上，痛吻著她的耳朵和玉項。褚紅玉融化在他充滿魅力的懷抱裏，熱烈纏綿地反應著。

戚長征吻著她的香唇道：「讓一切在此刻重新開始好嗎？」

褚紅玉「咿唔」一聲，含羞點頭。

戚長征心中大喜，故意逗她道：「你愛在這裏還是回房去？」

褚紅玉赧然躲入他懷裏，像蚊蚋般輕吐道：「隨便你！」

風行烈站在窗前，看著窗外的大雪。谷姿仙擁被在床上坐起來，露出了裸肩和大半截雪白的胸肌，柔聲道：「風郎在想甚麼呢？被窩裏很溫暖舒服哩！」風行烈別過頭來，看了她一眼後，走了回來，坐到床沿。

谷姿仙擁著被子，移到他背後，將被子包著他只穿了單衣的身體，柔情無限地靠貼著他的背部，吻著他的後頸道：「又下雪了，小蓮她們不知有沒有蓋好被子呢？」

風行烈微笑道：「你最會關心別人的了。放心吧！我剛去看過她們，都不知睡得多麼香甜。」

谷姿仙甜甜地道：「我們得夫如此，眞不知是幾世修來的福。」

風行烈道：「這話應由我對你們說才對。」

谷姿仙輕輕吻著他的後頸道：「行烈啊！姿仙要和你做這世上最好的那一對，唉！素香若不是那麼福薄，一切更完美了。」

風行烈心中一酸，摟著谷姿仙回到床上，立即引起了今晚第二場的風暴。雲收雨散後，兩人相擁而眠。

谷姿仙再問道：「剛才夫君在看雪景時，想著甚麼呢？可以讓妾身分享嗎？」

風行烈心想怎能告訴你我正思念著靳冰雲、水柔晶和玄靜尼呢？點頭道：「我有點擔心阿爹。」

谷姿仙輕顫道：「爹有甚麼問題？」

風行烈道：「我擔心他會向龐斑挑戰。」

谷姿仙劇震道：「不會吧！那娘怎辦呢？他捨得留下娘和人家嗎？」

風行烈嘆道：「岳丈一生最大的心願，就是爲師父報仇，爲白道爭回這口氣。最大的問題是他雙修大法已成，不是沒有一拚之力，龐斑亦會欣然接受他的挑戰，眞教人頭痛。」

谷姿仙咬牙道：「天亮時我們立即去見娘，要她無論如何都要阻止爹去做這傻事。若他不答應，我便死給他看。」

風行烈苦笑道：「你死了我又怎麼辦？」

谷姿仙一呆道：「人家只是那麼說罷了，爹怎會忍心看著女兒真的去死。」

風行烈嘆道：「明天是明天的事，不如我們四處走走，享受一下踏雪漫步的情趣好嗎？」

谷姿仙欣然道：「無論風郎到哪裏去，只要不嫌人家，姿仙定會伴侍在旁。」

韓柏作了一個最美麗的夢。夢到了化身為鳥，在廣袤的綠野上自由翱翔，下面的叢林濃綠濕潤。他湧起一股衝動，全力朝上飛去，下方的樹林越來越小，翅翼撥著空氣，高高地懸在空中。然後他醒了過來，發覺自己赤身裸體仰躺在長椅上，大頭枕在正盤膝冥坐的秦夢瑤的玉腿處。韓柏精神舒暢坐了起來，有種說不出的輕鬆和寫意，不但思慮清明，體內的魔功更澎湃不休，充滿了力量。夢瑤的道胎果是不同凡響，使他像脫胎換骨地變了另外一個人。秦夢瑤一身雪白衣裳，秀髮披垂，盤膝端坐，手作蓮花法印，寶相莊嚴，俏臉生輝，不但回復了那不食人間煙火的清麗氣質，還猶有過之，教人不敢逼視。想起剛才和她顛鸞倒鳳，佔有著她那仙軀時銷魂迷人的感覺，韓柏感動得幾乎哭了起來。樓外的雪愈下愈大，茫茫一片。秦夢瑤正在修行的緊要關頭，韓柏不敢擾她，學她盤膝坐著，百無聊賴間，運起了無想十式。乖乖不得了，立即進入了無思無念的境界，物我兩忘，靈覺往四方八面擴展著。韓柏吃了一驚，震醒過來，暗忖為何魔種變得這麼厲害了，但千萬不要弄得自己看破世情，出了家去當和尚，那就慘透了。應該不會吧！我現在對女人仍有很大興趣，怎捨得這好玩的花花世界呢？

正驚疑間，秦夢瑤甜脆的聲音傳來道：「韓柏！」韓柏大喜睜目，剛好與秦夢瑤的明眸正面交觸，立時目瞪口呆。那對美眸不含絲毫雜質，有若兩泓清澈但深不見底的潭水，偏又內藏著深刻至極的感情，教人心顫神迷。她那凜然不可侵犯的特質，比以前更要強烈千百倍。韓柏湧起了一股衝動，想要跪在她跟前，向她膜拜，順便懺悔以前對她的不規矩和無禮。她就像那悲天憫人的觀音大士。秦夢瑤「噗哧」一笑，有若萬花齊放，比天上的艷陽更奪人眼目。韓柏叫了一聲天啊，想摟她卻又不敢伸手。

秦夢瑤回復那恬淡雅秀的醉人仙態，輕嘆道：「韓柏！你勝了，但又同時敗給了夢瑤。」

韓柏瞠目結舌，指著她道：「夢瑤你又變回以前的神仙模樣了，還更要厲害。」

秦夢瑤平靜地柔聲道：「當然啦！人家現在的劍心通明，再沒有了韓郎這絲破綻。唉！就是這絲破綻壞事，害得人家決堤般一發不可收拾，終失身在你這無賴手裏。」

韓柏色變道：「夢瑤不再愛我了嗎？」

秦夢瑤嗔怪地白他一眼，清艷明麗，淡淡道：「不要對人家這麼沒有信心嘛，秦夢瑤生為你韓家的人，死做你韓家的鬼。」

韓柏仍不放心，深恐被責般張口結舌地道：「那以後……嘿！還可否和你幹剛才那事？」

秦夢瑤淡然自若道：「當然可以啦！你想不幹都不行。」接著「噗哧」失笑，抿嘴道：「可是對不起得很，主動權並不操在你手上，而是由你的乖妻子小夢瑤主事。所以我才說你敗了給我呢！」

韓柏聽得魔性大發，暗忖這還得了，若她十日不准我碰她，豈非那十天連她的小手都沒得摸半下。立時回復冷靜，「奸狡」地邪笑道：「不！主動權仍緊握在我手上，別忘了那七招秘術。」

秦夢瑤不置可否，岔開話題，油然道：「韓郎，讓我們夫妻倆再玩另一個迷人的遊戲好嗎？」

韓柏哈哈一笑道：「不用你說我也猜得到你是不服曾被我征服了吧！所以才逼我再較高下！可是我也要說聲對不起，我唯一肯接受的遊戲叫愛的遊戲，還要至少三天玩一次，假設你不接受，我立即自殺殉情。」

秦夢瑤甜甜一笑道：「夫君息怒，夢瑤不敢了。不如我們效法那牛郎織女，每年一次，不是更見精采嗎？」

韓柏雙目亮了起來，盯著秦夢瑤，還故意看著她的酥胸，讚嘆一聲後道：「剛才夢瑤的雙峰眞是動人，害得我又手癢起來。」

秦夢瑤橫他一眼道：「好吧！看在你還有點道行分上，就三個月一次吧！滿意了嗎？」說到最後，掩嘴嬌笑起來，花枝亂顫，浪蕩迷人。

韓柏逐漸明白起來，老臉赤紅，失聲道：「我的媽呀？原來你裝神弄鬼來耍戲我。」

秦夢瑤拉著他站了起來，然後縱體入懷，用盡所有氣力纏緊他，柔情萬縷地看著他那雙比以前更有魅力的眼睛，撒嬌地道：「一天三次都可以，任由夫君作主，夢瑤全聽你的話。」接著「噗哧」笑道：「不過小女子要預先警告你，你每碰人家一次，人家的劍心通明會增強一點，可能十次之後，劍心通明便可連你這絲破綻都縫補了。那時莫怪人家不愛你了，因爲都是你自己一手造成的。」韓柏立刻落在絕對下風，呆若木雞，竟說不出話來。

這次輪到秦夢瑤心中不忍，哄孩子般道：「人家是騙你的，秦夢瑤永遠都離不開無賴大甚麼的魔種了，何況只是那七招絕招，人家便要乖乖投降。」

韓柏驚魂甫定，色心又起，一對手開始不規矩起來。秦夢瑤皺眉嗔道：「不要把夢瑤弄得漫無節制好嗎？快天亮了。」

韓柏不敢拂逆她，嘻皮笑臉道：「摸兩下有甚麼大不了。不過你也說得對，快天亮了，我還要把鷹刀送回鬼王府，你當然是陪著我啦。」

秦夢瑤獎勵地獻上香吻，豈知一吻下，兩人同時劇烈抖顫，嚇得分了開來。

韓柏驚喜莫名地看著滿臉紅暈的秦夢瑤，大訝道：「爲甚麼會變得這麼精采？我感到像和夢瑤黏在了一起般，舒服快樂得就像和你合體交歡。」

秦夢瑤風情萬種地瞅了他一眼，溫柔多情地道：「這就是雙修大法的後遺症，功成身難退。現在你的魔種內暗藏夢瑤的道胎，而夢瑤的道胎亦暗隱韓郎的魔種，任何有情的接觸，都可使我們情難自禁，可是過猶不及，所以我們定要節制情慾，才能好好品嚐箇中滋味。」

韓柏道：「那多少天才可以來一次？」

秦夢瑤情深款款道：「先天之法，一切順乎自然，且應由夢瑤作出主動，而不是多少次的問題。放心吧！夢瑤絕不會讓夫君不滿失望的。若你眞的自殺殉情，夢瑤怎能獨活下去。」

韓柏呆看了她好一會後，搖頭嘆道：「夢瑤你雖只輕描淡寫，但最終仍緊握著主動之權。可是只要想起不能對你爲所欲爲，我立即滿腹怨忿失落，還說不會讓我失望不滿嗎？」

秦夢瑤秀眸射出愛憐之色，貼緊了他並輕碰了他的嘴唇，甜笑道：「好吧！夢瑤定是前生欠了你一點甚麼，所以今生才要來還債。這樣吧！你喜歡怎樣都可以，但卻千萬不要令夢瑤縱慾。道胎並不同於魔種，絕不可陷於顚倒沉迷。你若是眞疼人家，就好好珍惜夢瑤吧！」

韓柏愕然道：「可是我如何知道甚麼時候應該，甚麼時候不應該呢？」

秦夢瑤再忍不住，花枝亂顫地笑得氣也喘了，那前所未有的嬌媚模樣，看得韓柏神爲之奪，秦夢瑤伏在他肩上辛苦地道：「夢瑤眞的很開心，唔！這樣吧！當你想使壞時，便來徵詢夢瑤的意見，看看是否屬適當的時機。」

韓柏爲之氣結，抓著她的香肩，把她推得上身後仰，瞪著她道：「我明白了，你眞的不服氣剛才被我收得貼貼伏伏，所以才施展手段，對我還擊，其實根本沒有節制那一回事，對嗎？」

秦夢瑤笑得更厲害了。好一會後，才回復淡雅如仙的平常狀態，拉著他的手，到了樓外圍欄處，並肩看著紛飛狂舞的漫夜大雪，柔聲道：「人家昨晚給你弄得那麼羞人，那麼難堪，甚麼尊嚴都沒有了。你要人家說甚麼，人家就要說甚麼，明知早逗到夢瑤到了有慾忘情的境界，仍不肯放過人，非那麼說和非那麼聽都不行，還要人家厚顏求你，才肯和人家好，夢瑤想起來便心生恨意，怎可不向你討回公道？」

韓柏心懷大慰，伸手過去摟著她的纖巧柔軟的腰肢，湊到她耳邊道：「爲夫向你道歉好不好，不過那時你的模樣兒太動人了，我從沒有想過你可以變成那樣子的，比月兒霜兒還要媚蕩，所以才捨不得那麼快完成大業。天啊！你這仙子的調情手段，我看單玉如都及不上你呢。」

秦夢瑤嘴角飄出一絲淡逸的笑意，凝望著樓外飄搖而下的雪球，神采飛揚地道：「韓郎！有沒有興趣陪你的乖夢瑤雪中漫步呢？」

韓柏大喜道：「好呀！順道到鬼王府走一趟吧！否則月兒和霜兒會學你般恨死我了。」

秦夢瑤不依道：「人家剛才只是向你撒嬌吧！不要那麼耿耿於懷好嗎？不過夢瑤可不能陪你到鬼王府去。」

韓柏失望地道：「那怎行，你捨得不陪著我嗎？」

秦夢瑤移入他懷裏，任他軟玉溫香抱滿懷，情深若海地道：「當然捨不得，可是夢瑤想回莫愁湖去，一個人去思索一點事情，若你覺得月兒、詩姊五位嬌妻還不夠的話，便來找夢瑤吧，小妻子無不奉陪。」

韓柏喜出望外，緊張地道：「這是你的仙口親自答應的，不要到時又耍弄我。」

秦夢瑤嬌笑道：「夢瑤豈是出爾反爾的人，放萬二個心好了，對了！我還未知你這幾天發生過甚麼事，一邊走一邊告訴夢瑤好嗎？」韓柏一聲歡呼，拉起她的小手，下樓去了。

大雪漫空裏，韓柏和秦夢瑤兩手相牽，沿著秦淮河漫步街頭，當來到落花橋時，兩人不約而同停了下來。秦夢瑤還主動提議，要到橋底坐一會，順便避雪。

秦夢瑤親熱地挽著韓柏的臂膀，看著長流不休的水，道：「若我猜得不錯，單玉如今天定會來找你。夫君切不可輕忽，她的媚術已臻登峰造極的境界，可以刺激得你的魔種至難以克制的境地，你唯一能勝她的機會，只有魔種內的道胎，若你能使自己內道外魔，那單玉如將會重蹈昨晚夢瑤的覆轍，只有向你求饒的分兒。」

韓柏心中一蕩，笑道：「多謝賢妻指點，以後我誓要每次都弄到夢瑤求饒才行。」

秦夢瑤大窘嬌嗔道：「那以後每次你作惡使壞後，人家都會像剛才般撒嬌不依，保證給你的懲罰會更凶更狠。」

韓柏吃了一驚，猶有餘悸道：「算我韓柏大甚麼的怕了你，詩姊她們全懂得出嫁從夫，只有你這仙子特別蠻橫，還說不是河東獅？」

秦夢瑤啞然失笑，湊過來吻了他一口道：「韓郎萬勿心存怨氣，好吧！你喜歡看人家求饒的樣子，以後看個夠吧！夢瑤再不對你加以任何限制，免得你不疼人家了。」

韓柏大喜，但仍心中懷疑，試探道：「一言既出……」

秦夢瑤含羞接道：「駟馬難追。」

韓柏大喜，摟著她痛吻香唇。奇異曼妙的感覺又電流般在兩人間蔓延。秦夢瑤勉力推開了他，卻已嬌喘連連，仙體乏力。

韓柏大樂，輕浮地擰著她的臉蛋道：「不如我和你回莫愁湖去，好看看仙子求饒的美樣兒。」

秦夢瑤柔不勝力地白他一眼道：「不要那麼頑皮好嗎？昨夜人家被逼和你一起看了那戰神圖錄，沒有幾個時辰的靜修，對夢瑤可能有損無益，乖孩子，聽一次話可以嗎？」

韓柏聽她軟語相求，心都酥透。欣然道：「好吧！但今晚我定不放過你。」

秦夢瑤回復清明，恬然道：「今晚你有空再說吧！」

韓柏心中一懍，不再纏她，吻了她的臉蛋後道：「快天亮了，讓我送嬌妻到莫愁湖，再趕回鬼王府去，午後我再來接你去玩兒。」秦夢瑤欣然點頭。

兩人站起來時，天色漸白，正要步出橋底，上面傳來一聲嘆息，只聽戚長征的聲音道：「落花無意，流水有情，這算甚麼他媽的一回事？」

兩人聽得面面相覷，難道這橫行霸道的小子竟會失戀？秦夢瑤低聲道：「夫君你上去看看他，夢瑤自己回莫愁湖好了。」

窗外大雪漸收，由一球球的雪花，變作棉絮般的雪粉，緩緩降下。憐秀秀在床上慵懶地由浪翻雲壯闊的胸膛抬起身來，發覺浪翻雲灼灼的目光正看著她的俏臉，驚喜道：「天啊！你仍在這裏，多麼好哩！」心中奇怪，爲何浪翻雲並沒有和自己歡好交合，只是擁著自己睡了一覺，自己卻滿足得甚麼都不願想呢？

浪翻雲坐了起來，微笑道：「天快亮了，我要走了，有空我再來找你。」

憐秀秀欣然道：「秀秀隨時恭候大駕。」忍不住又投入他懷裏去。

浪翻雲抓起几旁的裘袍，爲她披在身上，拉著她站了起來，到了窗旁。憐秀秀不捨地緊拉著他的手，垂首道：「秀秀有一個要求，請翻雲萬勿拒絕。」

浪翻雲心生愛憐，把她擁入懷裏，撫著她香肩，想起了紀惜惜，心中百感交雜，柔聲道：「說吧！」

憐秀秀怯然道：「秀秀希望翻雲能於攔江之戰前，能再見你一面，那秀秀就無負此生了。」

浪翻雲啞然失笑，輕拍她的香背，看著她充滿火熱和渴望的秀眸，點頭道：「你既有此求，浪某怎會讓你傷心失望。」

浪翻雲想起一事，問道：「朱元璋有沒有見你？」

憐秀秀道：「他約了秀秀去陪他吃午飯。」

浪翻雲一怔道：「若他……」

憐秀秀嬌笑道：「放心吧！除非是浪翻雲，否則秀秀總有應付的方法。」

浪翻雲苦笑搖頭，穿窗而去，沒進曙光將現的白色世界中。

天尚未明，虛夜月爬到莊青霜床上，把她弄醒過來，軟語求道：「霜兒快起來梳洗穿衣，我們去找韓柏。」

莊青霜睡眼惺忪裏被迫坐了起來，看看外面的天色和大雪，皺眉道：「這麼晚，到哪裏找他？」

虛夜月滿是醋意地狠聲道：「這小子昨晚向朱叔叔借了宮內的接天樓和秦夢瑤胡天胡地，我們快去抓他。」

莊青霜皺眉道：「他並不是胡天胡地，只是替秦姊姊療傷吧！」

虛夜月沒好氣道：「療完傷後不就是胡天胡地，那小子還會做甚麼好事。喂！你究竟是不是和我一致行動？」

莊青霜拿她沒法，爬了起來，心中祈禱，不會因此惹怒夫郎便謝天謝地了。

韓柏跳上橋頭，嚷道：「老戚！」

戚長征一震下朝他望來，大喜叫道：「哈！韓柏！秦夢瑤怎樣了？」

韓柏以不可一世的神氣揚眉道：「當然是大功告成。」

戚長征歡呼一聲，緊擁著他，誠心致賀，同時狠狠道：「眞羨慕你這小子，連天上的仙子都給你採摘了。」兩人分了開來，對看一眼，忍不住怪叫狂笑。

韓柏「啊」一聲叫道：「對不起，昨晚我忘了向老朱提起二小姐的事。」

戚長征先是一愣，才記起了韓柏曾是韓府的小廝，頹然道：「不用了，這妮子移情別戀，要嫁入宋家。」

韓柏一呆道：「宋家？」

戚長征沒精打采道：「就是宋翔的兒子宋玉，這小子倒有副俊臉，聽說總捕頭宋鯤是他們的近親。」

韓柏一震道：「不好！」

戚長征誤會了他，揮手道：「人家二小姐要怎麼樣便怎麼樣，我哪管得了，有甚麼好與不好。」

韓柏焦急道：「我指的不是這種好不好，而是朱元璋當宋鯤是胡惟庸的人，若有起事來，宋玉必被誅連。若二小姐嫁給了宋玉，恐怕連韓老爺都要抄家。」

戚長征一呆道：「竟有此事。」旋冷哼道：「最多我老戚偉大點，把他們夫婦救出來。」

韓柏苦笑道：「你救得了多少人呢？宋家韓家這麼大夥人。不行！現在我和你立即去見老爺，向他痛陳利害，務要二小姐不嫁入宋家，順便由你接收。」

戚長征失聲道：「你當韓慧芷是甚麼，我老戚又是甚麼？」

韓柏搭著他肩頭推著他走道：「算我說錯了，來！我們立即去找老爺，到時隨機應變。」

戚長征立穩馬步，硬停下來，老臉微紅道：「你爲何不問我天剛亮就到這橋頭做甚麼？」

韓柏一怔下，仔細打量了他兩眼，失聲道：「原來你這風流小子約了女孩子，哈！究竟是誰？是否比二小姐更美呢？」

戚長征尷尬地道：「她來不來尚是未知之數，遲些再告訴你吧！待會才去宋家好嗎？韓府的人都寄居在那裏。」

韓柏識趣道：「我這麼有義氣，你的事就是我的事。放心吧！一切包在我老韓身上。」

戚長征感動地道：「你真是我的好朋友。」

風行烈領著三位嬌妻，坐上鬼王府的馬車，朝左家老巷駛去。谷倩蓮和小玲瓏都興致盎然地指點著外面的雪景大呼小叫，盡顯少女好奇愛鬧的情懷，小玲瓏當然斯文多了。風行烈和谷姿仙並肩而坐，兩手緊握，說不盡的蜜意柔情。他們的感情每天都在增長著。

谷姿仙湊到他耳旁道：「安定下來後，第一件事我要為風郎生個白白胖胖的小寶寶。」

風行烈看她那羞喜不勝的動人模樣，心中感動，輕嘆道：「但願能早日殺死年老賊，那一切問題就會迎刃而解了。」

谷姿仙道：「每天清晨，風郎都勤練槍法，而且進步神速，我看你很快可以追上那奸賊了。」接著俏臉一紅，湊到他耳旁低聲道：「不要說妾身多心，昨晚你好像特別逗得人家厲害，同時還懂引導著姿仙運行雙修大法，所以今早姿仙特別神清氣爽，是不是從韓柏那小子處學來了甚麼壞東西。」

風行烈尷尬地點頭，手足無措。豈知谷姿仙甜甜一笑道：「韓柏這小子起碼在這方面不算損友。你再學壞點吧，姿仙就詐作不知道好了。」說完垂下頭去，耳根都紅了。

風行烈心中一蕩道：「我怕你發覺，只用了其中較溫和的手法，既然嬌妻欽許，今晚我再不會留手了。」

谷姿仙嬌呼一聲，躲入了他懷裏。風行烈擁著滿懷芳香，暗忖自己這徒兒已可把谷姿仙弄成這樣子了，不知落到韓柏手上的秦夢瑤，又是何等模樣呢？

韓柏依著戚長征指示，往宋家走去，才轉了一條街，人影一閃，范良極攔在眼前。

范良極臉色凝重道：「瑤妹好了沒有？」

韓柏得意洋洋，尚未說話，范良極跳了過來，抓著他寬肩道：「眞的好了？」

韓柏點頭道：「比以前還要好。」

范良極怪叫一聲，沖天打了個觔斗，老猴般抓耳搔頭，欣喜若狂，惹得逐漸熱鬧的街上行人，無不側目。

范良極一把扯住他道：「快來！帶我去看她。我剛去皇宮找你，原來你這小子天未亮就溜了，害我白跑一趟。」

韓柏道：「她現在回到了莫愁湖靜修，最好過了正午才去找她，現在我有事去辦。」邊走邊談，說出了韓慧芷的事來。

范良極心情興奮，自告奮勇道：「我既是你的侍衛長，自然要在旁爲你振振官威，好吧！多便宜你一會，就陪你去。」

韓柏和他早秤不離坨，大喜道：「就讓我們兄弟倆再演一台好戲。」順口道：「昨晚到了哪裏去？」

范良極瘦胸一挺，傲然道：「當然是到了雲清的被窩裏去，嘿！不知多麼香艷溫暖哩。」

韓柏皺眉道：「雲清不是住在尼姑庵嗎？你這樣夜夜春色，怎瞞得過她師父忘情師太？」

范良極瞪了他一眼道：「我才不像你那麼荒淫無道，我在那尼姑庵附近租了間小屋，只要打出暗號，雲清自會乖乖的移船就磡。而且忘情遠在西寧道場，怎會知她的好徒兒給我偷了呢？」

韓柏失笑道：「唉！你這老賊頭。」

范良極加快腳步，壓低聲音道：「我找到了盈散花和秀色落腳的地方，到宋家後我們立即去找她晦氣，順便破壞她對燕王的陰謀。」

韓柏想起盈散花和藍玉合謀害他，美好的心情立被破壞無餘，嘆了一口氣道：「她雖對我不仁，我卻難對她不義，不過去看看她怎說也好。」

這時宋家大宅出現眼前，范良極一搖三擺地上前叫門。一名門僕打開了側門，上下打量了兩人幾眼，瞇起眼道：「兩位要來找誰？」

范良極走上前去，掏出一串錢，先在他眼前揚揚，待他看清楚後，迅快塞入他手裏，低聲道：「你替我們向韓天德老爺通傳一聲，就說忠勤伯朴文正要私下見他一面，切莫驚動你們宋家老爺，否則絕不饒你。」

韓柏的威望現在京城眞是無人不知，何況這侍僕執役官宦世家，嚇了一跳，鞠著躬迅速退了進去。

韓柏笑道：「老賊頭果然有一手。」

范良極受之無愧，想起一事道：「記得昨晚我幫你擋著了嚴無懼，你曾答應過我一個要求，哼！不是忘記了吧？」

韓柏乾咳一聲，暗忖這老賊頭分明趁火打劫，哪會有甚麼好事，含混應道：「好像有這回事！」

范良極嘿然道：「甚麼好像，不是想撒賴吧？」

韓柏無奈道：「說吧！」

范良極一對賊眼立時放亮，認眞地道：「我想香瑤妹的左右臉蛋各一口。」

韓柏失聲道：「甚麼？」

腳步聲起，韓家大少爺韓希文匆匆迎出門來，見到韓柏，呆了一呆，有點不知如何稱呼他才好的樣子。

韓柏上前握著他的手，親切地道：「大少爺！是我小柏啊！」

韓希文嘆了一口氣，道：「小柏！我們……」

韓柏笑道：「以前的事不要提了，今天我來，是有要緊的事向大老爺報告。」

韓希文點頭道：「小柏你眞本事，到京後八派的人天天都談論著你。噢！這位定是范前輩了。」

范良極兩眼一翻道：「走了這麼多路，我有點口渴。」韓希文哪不會意，忙把兩人請了進去，繞過大宅，在後進一所小廳見到韓氏夫婦。

分賓主坐下，一番欷歔感嘆後，韓柏轉入正題道：「大老爺，小柏有件事，感到很難啓齒，但又是不能不說。」

韓府的人，現在只有韓氏夫婦和韓希文在場，初時的尷尬一過，兼之韓柏雖是變了樣子，可是態度眞誠親切如昔，又執禮甚恭，氣氛轉爲親切，特別是韓夫人，對他更是出奇地關懷，令韓柏受寵若驚。

范良極始終是外人，溜出了花園，好讓他們敘舊說話。

聽得韓柏如此煞有介事，韓夫人慈和地道：「一家人嘛？有甚麼事不可以說呢？」

韓天德和韓希文都露出緊張神色，現在誰不知他是皇上最寵愛的人，又是鬼王女婿，任何一個身分都是非同小可。

韓柏組織了心中的話，正容道：「現在京師形勢非常險惡，胡惟庸隱有謀反之意，皇上已密切注意，我想你們應有所聞吧！」

韓天德只曾聽過胡惟庸失勢，這次六部的改革正是要架空他的權力，卻未知胡惟庸竟要造反。不過由韓柏口中說出來，自是錯不了，點頭道：「這事與我們有甚麼關係呢？」

韓柏道：「現在倒沒有關係，可是若二小姐嫁入宋家，關係就大了，因爲皇上曾親口對我說，宋鯤乃胡惟庸的同黨。」

韓家三人同時色變。謀反乃頭等重罪，就算韓家可免禍，嫁了宋玉的韓慧芷必無倖免，三人立時出了一身冷汗。

韓天德和夫人交換了個眼色，問道：「慧芷的婚事尚未公布，爲何小柏你竟會知曉？」

韓柏當然不能說是戚長征告訴他，胡謅道：「現在京師處處密探，我和東廠的嚴無懼又熟稔，問起老爺的事，蒙他違規相告，所以此事切莫傳出去。」

三人自是深信不疑，暗懍原來廠衛密探如此無孔不入。韓天德身家豐厚，更多了一層顧慮，誰說得定朱元璋不會藉故入他以罪，好抄家奪產。

韓夫人唸了句「南無阿彌陀佛」後，道：「幸好慧芷昨天忽然悔婚，死也不肯嫁給宋玉，又不肯和對方說話。我們大可乘機先搬出去，再回絕宋家。」

韓柏暗爲戚長征高興，看來這小兩口中間必是有點誤會。

韓天德點頭道：「看來只好如此，但忽然搬走，大家的顏面上會相當難堪。唉！配屋一事又未有著落，否則那就是最好的藉口了。」

韓柏拍胸道：「這事包在我身上，我立即設法弄一間屋給你們。」

韓家三人大喜，連忙道謝。韓柏兩眼一紅，眞情流露道：「老爺夫人不啻韓柏的再生父母，爲了你們，我小柏甚麼事都肯做。」三人見他不但不記舊恨，還沒有半分驕橫之氣，心中感動。

韓柏見功德圓滿，連忙告辭。豈知韓夫人道：「小柏你不去見寧芷嗎？她應該起床了。」三人都神色緊張地看著他，不知他對這曾陷害過他的五小姐是否仍心有芥蒂。韓柏的心「霍霍」跳了起來，難道這自己從小暗戀的可愛少女，竟眞的愛上了他。嘿！若得到她，豈非得到了一個未圓的夢想。

戚長征苦候橋頭，心中後悔，爲何當時不向薄昭如說清楚一個時間，那等不到她便算了，拍拍屁股便可走人，現在……唉！蹄聲響起。戚長征往右方看去，數騎迅速馳至。戚長征定神一看，原來是身穿男裝的虛夜月，旁邊還有莊青霜和碧天雁，心叫不妙，不過這時想躲到橋底也來不及了，因爲三人六隻眼睛全盯在他身上。戚長征硬著頭皮，舉手向他們打招呼。

虛夜月神色不善，來到他面前，皺眉道：「老戚你在這裏等誰？」

戚長征心想這個問題眞是要命，乾咳兩聲道：「還不是等風行烈，唉！這小子到哪裏去了？」

虛夜月嬌笑道：「你說謊話時比韓柏更差得遠哩，眞要找鬼來才會信你，還要最蠢最傻的那種鬼才信你。」

莊青霜忍不住「噗哧」一笑，旋又掩著小嘴，神態嬌艷無倫，看得戚長征呆了一呆，暗忖莊青霜絕不會比虛夜月差多少。碧天雁見到戚長征的窘態，亦爲之莞爾。

務。」

虛夜月盯著他道：「哼！放著嬌妻不理，卻出來勾三搭四，好！讓月兒告你一狀。」

戚長征忙打躬作揖，哀求道：「月兒請高抬貴手，嘿！我是另有苦衷，事實上現在正進行著重要任務。」

虛夜月花枝亂顫般笑了起來，許久才喘定氣看著他道：「爲何男人的謊話來來去去都是這種老掉了牙的花式，想月兒知情不報嗎？給我把韓柏變出來吧！這小子不知滾到哪裏去了。」

戚長征大喜道：「那小子到了宋家去見韓天德，月兒快去找他，遲則不及了。」

虛夜月懷疑地道：「不要騙我。」

戚長征苦笑道：「有把柄給大小姐拿在手裏，我還有甚麼資格作虛弄假，最多以後對你必恭必敬，可以放過我了嗎？」

虛夜月得意洋洋地瞅了他一眼，抿嘴笑道：「誰要你對月兒必恭必敬，那有甚麼好玩。」再橫他一眼，歡天喜地和兩人策馬去了。

戚長征色授魂與。虛夜月眞是天生出來迷惑男人的精靈，哼，韓柏這小子眞好艷福，幸好自己也有幾位美人兒，再多個薄昭如來代替韓慧芷就好了，那我以後就收心養性，好好當她們的夫君。

胡思亂想間。一個嬌甜的聲音在後面道：「戚兄！讓你久等了。」戚長征大喜轉身。

第二章
洞察無遺

第二章　洞察無遺

戚長征回過頭來，愕然一震。只見一位如花似玉的美人俏立眼前，卻不是他苦候的薄昭如，而是曾有一面之緣，身穿素黃武士服的女真公主：「玉步搖」孟青青。那天隔遠匆匆一瞥，已覺她非常美麗；此刻在近處細看，更是不得了。

這位亭亭玉立的異族美女，長著一張無可挑剔的鵝蛋俏臉，似蹙非蹙的籠煙眉下，那對烏亮靈秀的眸子蘊著淡淡的無奈和哀愁，凝神看著他，輕輕一嘆道：「戚兄是否也太粗心大意，值此兵凶戰危的時刻，卻要一人落單。」

她說話時，露出一口皓白如雪的牙齒，配合著白裏透紅，教人不敢觸碰的滑嫩柔膚，那正輕柔地呼吸著的細巧挺秀小鼻子，嫻雅嬌艷的美態，令戚長征一時間竟說不出話來。他估計這動人的公主最少要比自己大上幾歲，充滿了成熟女性才有的風情和誘惑力，可恨又知來者不善，善者不來。一時心中湧起同樣無奈的情緒。

孟青青幽幽一嘆道：「不知戚兄是否相信，青青眞不願傷害你，那並非青青心軟，而是不忍在你尚未登上武道頂峰，便把你毀掉。」

戚長征聞言激起了鬥志，從她龐大的魅力吸引中回神過來，冷哼道：「公主似乎對殺死老戚我滿有信心呢！」

孟青青輕搖螓首，低聲道：「高手對陣，豈用見過眞章，才知勝敗。剛才妾身來到你身後，你仍懵然不覺，若我不顧身分，出手偷襲，你想那會是怎樣的結局？」

戚長征立時出了一身冷汗，知道自己因心懸薄昭如，致心神失守。聞言大感慚愧，自己實不應在這等時刻，仍分心去希圖追求美女，老臉一紅道：「那公主爲何不出手試試呢？」

孟青青含嗔地望了他一眼，柔聲道：「青青怎會是出手偷襲的人？戚兄，在我們動手之前，可否把臂共遊金陵，找個理想的決戰地點，爲青青留下一段美麗的回憶。」

戚長征先是愕然，繼而豪興大發，暗忖天下間竟有這種罕有的美麗敵手？但旋又想到對方必是有十成擊殺自己的把握，若自己答應了，便不得不和她決戰一場，還不能厚顏逃走。所以這女眞公主，實是別具一格的厲害人物。他仰天哈哈一笑道：「公主既有如此雅興，我老戚怎可不奉陪呢？」

孟青青欣然一笑道：「來！我們先四處逛逛！」

戚長征豁了出去，微笑道：「我還是初到京師，只懂胡闖亂走，公主可有甚麼提議？」

孟青青秀眸射出嚮往之色，悠悠道：「江南佳麗地，金陵帝王州，應天雄據江南，盛名百世，千載繁華，隨意所之，都是名勝古蹟，何須甚麼特別提議？」一聲嬌笑，舉步擦肩而過，走下橋去。

戚長征見她神態可人，柔情似水，談吐高雅，弄得糊塗起來，敵我難分。把心一横，和她並肩漫步，沿街而行。這時雪收雲散，老天爺逐漸放晴。

孟青青靠貼過來，舉起纖手遙指高聳城外的鍾山，吐氣如蘭道：「看！鍾山的餘脈由太平門附近入城，自東向西形成了富貴山、覆舟山、雞籠山、鼓樓崗和清涼山，確是勝景無窮，我沒說錯吧？」

戚長征輕碰著她的香肩，嗅著她清幽的體香，聽著她帶點外族口音的鶯聲軟語，看著如巨龍蟠伏於東南、氣勢磅礡的山嶺，大訝道：「為何公主如此熟識金陵呢？」

孟青青含笑看了他一眼，道：「知己知彼，百戰不殆。這是大明國都，我們這些飽受欺壓的弱少民族，怎可疏忽大意呢？」

戚長征得她提醒，想起兩人間無可轉圜的對立關係，嘆了一口氣，暗忖橫豎要和這高深莫測的美女決一生死，不如現在拋開一切，享受一下與這敵手親熱廝磨的動人滋味，亦是人生一快。豪氣狂起，指著遠方高起蜿蜒的石頭城道：「那就是石頭城的遺址吧！據說當年諸葛亮途經此地時，曾有『鍾山龍蟠，石頭虎踞』之語，現在看它臨江而起，山岩陡峭，才知確非虛言。」

孟青青美目一亮，對他豁達的氣度和瀟灑的言談，大為欣賞。但卻絕不是對他動了情意，她出生於塞外苦寒之地，日睹族人不斷受到明朝戍兵的大侵小犯，對明人有著深刻的仇恨，所以這次方夜羽派人邀約，她便力排族中反對的聲音，支持聯手對付大明。對她來說，沒有任何事物比族人的福祉和前途更為重要。蒙人既曾成功征服漢人，他們女眞人亦有同等的機會。眼前最理想的事，就是要種下大明將來的禍根，最理想當然是搞得它四分五裂，再也無力外侵。那麼她的族人便得到喘息之機，休養生息，逐漸壯大。和甄素善相比，最大的分別，就是她有著很大的野心。聞言牽著他的衣袖，領著他轉到秦淮河岸，沿河東行，淺笑道：「這還多虧得你們春秋時吳王闔閭把這裏築為冶城，鑄造兵器。」接著秀目神思飛越道：「據說名傳千古的名劍『干將』和『莫邪』，就是在這裏鑄成的。」再嫣然一笑道：「不信嗎！有詩為證呢！」悠然神往地唸道：「斗間雲氣望中原，剩有蛟龍劍血斑。歐冶干將俱寂寞，一痕青認冶城山。」

戚長征再出了另一身冷汗。這些話和詩文，若出自寒碧翠或韓慧芷，甚或爽約不來的薄昭如之口，他都毫不驚異。但現在卻是由這初到中土的外族公主的口中吐出來，卻使他打心底透出寒意。那代表著人家曾下了一番工夫，深入研究自己國家的歷史和文化，達到「知彼」的要求，這樣有深度的敵人，才是最可怕的。況且觀之她輕描淡寫便把自己逼上與她生死決戰的死角，更可知她的厲害，絕不會遜於色目美女甄素善。

這時兩人走到秦淮河和青溪在城東交匯處的淮青橋，兩旁都是鱗次櫛比的市廛，十分熱鬧。孟青青指著其中一條橫街道：「那就是你們唐代大詩人劉禹錫詩中『朱雀橋邊野草花，烏衣巷口夕陽斜』的烏衣巷了。」

戚長征再壓不下心中的震駭，瞪著她道：「公主怎會連那條橫街是烏衣巷都知道呢？」

孟青青若無其事道：「這哪算甚麼呢！我還知道一處地方，最適合決一生死，保證不會有其他人來干擾我們。」

戚長征呆看了她好一會後，沉聲道：「眞是非動手不可嗎？」

孟青青橫了他一眼道：「還有別的選擇嗎？沒有了你，便等於去了怒蛟幫一條臂膀，兩軍交鋒，誰不是要各展所能，以削弱對方的實力。」

戚長征苦笑道：「我有那麼重要嗎？」

孟青青眼中寒光亮起，冷然道：「誰敢說你將來不會是另一個浪翻雲呢？來吧！」提氣輕身，施展急行術，沿街而去。戚長征再嘆了一口氣，收拾情懷，追著她去了。

「篤篤篤！」甄素善嬌柔的聲音由房內傳出道：「小魔師請進！」

方夜羽走進房內。甄夫人端坐鏡台之前，正梳理著剛洗過的長垂秀髮，身上只披了單薄的雪白長內袍，玉體散發著沐浴後的香氣，誘人至極。

方夜羽來到她身後，兩手按上她香肩，俯身凝視著鏡內美麗的倩影，讚嘆道：「得妻如此，夫復何求！」

甄夫人放下梳子，往後靠在他胸膛上，含笑透過鏡子的反映看著他道：「小魔師是否因爲知道永無得到秦夢瑤的機會，所以才決定將心神全移到素善身上呢？」

方夜羽回復了往日的瀟灑，微微一笑道：「聽到素善這麼說，我可是又歡喜又害怕呢！」兩手溫柔地搓撫著她的香肩。

甄夫人露出舒服鬆弛的神色，秀眸似開似閉地道：「你歡喜的原因是聽出我口氣有妒忌的意味，害怕卻是怕我會因此採取報復的行爲，故意利用韓柏來傷害你，是嗎？」

方夜羽反方向的側身貼著她坐在几上，變成四目交投，射出熾熱的目光，柔聲道：「有甚麼事能瞞過你的蘭心蕙質，我這次來，是希望打消你要親自出手對付韓柏的意圖。」

甄夫人被他看得意亂情迷，若論英俊，韓柏眞是差了他一截，可是那小子卻另有一種吸引人的特質，使他的魅力絕不下於方夜羽。舉起纖手，撫上方夜羽的臉頰，愛憐地道：「素善定爲小魔師增添了許多困擾煩惱了，噢！」

她沒法再說下去，因爲方夜羽已封上她的香唇，一手緊箍著她的小蠻腰，教她避無可避。另一手則伸入了她衣服內探索活動著。甄夫人當然知道方夜羽是想先佔有了她，教她再不會去惹韓柏。可是縱然明知對方的意圖，她亦感到很難去阻止他這樣的攻勢，一方面因爲方夜羽並不討厭，與她又有婚約的關係；更主要是方夜羽在她身上施出了魔門挑情的手法，刺激起她的情慾。甄夫人轉瞬迷失在方夜羽的挑逗下，逐漸失去了抗拒之力，只能嬌喘連連地熱烈反應著，還儘量予他無禮的手以方便。

方夜羽忽地停止了活動，一對俊目精芒閃閃，顯示出強大的自信，看著她勉強睜著，充盈著誘人神色的美眸，緩緩道：「愈困難的事，便愈使我感到有趣，生命才能顯出它的光輝。若我這樣佔有了你的身體，你事後定然感到不快。」

甄夫人嬌羞地橫了他一眼，點頭欣然道：「是的！我是會很不服氣的。」

方夜羽輕吻了她的紅唇，輕輕道：「師尊快到了，我想和你一道去見他。」

甄夫人想到立即可見到天下第一高手「魔師」龐斑，嬌軀掠過一陣強烈的興奮，「啊」的一聲乘機離開了他的懷抱，長身而起道：「那素善要打扮一下了。」

方夜羽知她怕了自己令她情難自禁的魔手，心中湧起滿足和自豪，頗有點收之桑榆的補償感覺。他昨晚一夜沒有闔過眼，終於決定拋開兒女私情，以大局爲重，專心去承擔肩上的任務。一旦放開了對秦夢瑤的憧憬，他登時恢復了冷靜和自信，發下了幾個命令後，便主動地採取攻勢來征服甄夫人的芳心，免得她投入韓柏的懷抱去。

方夜羽正要說話，由崗敵的聲音傳入房內道：「魔師法駕已臨，小魔師請到外堂。」

風行烈夫婦四人，抵達左家老巷。這時酒肆已裝修妥當，大招牌橫匾被紅紙密封著，鋪外兩旁搭起了兩座高起的竹架子，以作燃燒鞭炮之用，可謂萬事俱備，只待明天開張營業的吉辰。他們才踏進門裏，就看見左詩三女和范豹等正忙碌地工作著。

風行烈和她們打過招呼後，驚異地道：「詩姊為何今天特別神采飛揚，喜形於色？」

朝霞欣然代答道：「當然啦！今天是小雯雯到京城的大日子，詩姊當然開心得要命了。」谷姿仙三女齊聲歡呼，擁著左詩，為她雀躍歡欣。

左詩笑得合不攏嘴兒，微怨道：「韓柏滾到哪裏去呢？為何不帶夢瑤回來見我們？」

風行烈硬著頭皮為韓柏美言道：「他不知多麼掛著小雯雯到京師的事，若能抽身，定會立即回來。」

聊了幾句後，風行烈和谷姿仙進入內堂去見不捨夫婦，谷倩蓮和小玲瓏則自動請纓，幫忙為鋪子作最後的整理。不捨和谷凝清早起了床，正在後院練劍，夫唱婦隨，比之熱戀中的年輕男女，更要恩愛融洽，見到他們，先問起韓柏為秦夢瑤療傷的事。

風行烈道：「應該沒有甚麼問題了吧！」

谷凝清小鳥依人般偎在不捨之旁，兩人均一身雪白，站在初陽的照射下，有若神仙中人。

不捨嘆道：「眞希望時間永遠停在這一刻，那我今午便不用去西寧道場作不受歡迎的參加者。」

風行烈正不知怎樣措辭時，谷姿仙嬌嗲地道：「爹啊！你要去參加八派的元老會議，女兒不再管你，可是你若要挑戰龐斑，女兒怎麼也不許，除非你不再疼愛人家。」

不捨愛憐地看著乖女兒，苦笑搖頭，求助的望向谷凝清。谷凝清微微一笑，走到女兒身旁，輕擁著她的香肩，柔聲道：「人生在世，不過數十寒暑，這些天來，爹和娘已度過了可令此生無憾的神仙日子了，王兒一向灑脫，為何到了這等時刻，仍然拋不開俗念凡思呢？」

風行烈一震道：「岳丈岳母要聯手向龐斑挑戰嗎？」

不捨望著藍天白雲，淡然自若道：「大雪後的天色特別澄明，令人想起若可振翅高飛，翺翔天際，直飛往宇宙的盡頭，才沒有白白辜負了寶貴的生命。」語氣帶著一往無回的意味。

風行烈夫婦聽出他話中的含意，隱喻著與龐斑的決戰，正代表人生追求的極致，一時間說不出話來。

谷凝清笑道：「來吧！讓我們進屋內喝杯清茶。」

谷姿仙悽然道：「娘啊！」

谷凝清輕責道：「王兒若仍放不開生死榮辱，如何可以收復國土？只是年憐丹你們便應付不了。」

谷姿仙還想說話，無想僧悅耳悠和的聲音傳來道：「生即是死，死即是生；勝亦非勝，敗更非敗。世間一切相，莫非夢幻泡影。」接著聲音遠去道：「不捨請來和師兄一敘？」

不捨微微一笑，兩袖揚起，大鳥騰空般飛上牆頭，腳尖輕點，朝聲音來處投去，轉瞬不見。

韓夫人扯著韓柏的衣袖，恃著以前主僕的關係，在小樓的石階前道：「寧芷現在好像全忘了馬峻聲的事，小柏你千萬別在她面前提起，知道嗎？」

韓柏故作愕然道：「甚麼馬峻聲，我根本不識這個人，他是誰？」

韓夫人先是一怔，旋即會意，暗喜這小子變得如此精乖，難怪能得皇帝恩寵，加官晉爵。領他走上小樓的石階。

韓柏順口問道：「是否只有五小姐在裏面？」

韓夫人道：「慧芷在樓上，下層才是寧芷住的。」

韓柏奇道：「三少爺和四小姐到哪裏去了？」

韓夫人道：「他們這次沒有到京來，天德他的生意這麼多，沒有人打點一下怎行。」韓柏心道，若給三少爺韓希武去管生意，不敗了韓家的家業才奇怪。

樓門「咿呀」一聲打了開來，韓寧芷的貼身俏婢小菊見是韓夫人，忙拜禮下去。韓柏以前和這比他年長了兩歲的俏丫嬛非常慣熟，她對他亦像弟弟般友善，心中一熱叫道：「小菊姊！認得我小柏嗎？」

小菊渾身劇震，抬起頭來看他，杏目睜大，不能置信地道：「小柏！天啊！你眞的變了樣子。」

韓夫人哪有興趣讓他們敘舊，不悅喝道：「五小姐起床了沒有？」

小菊吃了一驚，雖心中有許多話，但哪還敢向韓柏詢問，答道：「剛起床，小婢正服侍她在房內梳妝。」

韓夫人喜向韓柏道：「來！快隨我進房見她。」

韓柏平時絕不會理甚麼男女之防，可是自幼在韓家當僕役慣了，現在像忽然回復了那時的身分，哪敢隨便闖入小姐閨房，囁嚅道：「我還是在外廳等候小姐吧！」

韓夫人還以爲他懂得守禮，欣然道：「我叫你進去就進去，隨老身來吧！」不理他是否答應，走進屋內，大聲道：「寧芷我的小心肝，看看是誰來探你。」

韓寧芷懶洋洋的聲音由房內傳來道：「娘啊！人家才剛起床，是甚麼人呢？」

韓柏經過小菊旁，忍不住輕捏了她的小手，表示親熱，豈知一向待他如弟的小菊俏臉倏地擦紅，垂下頭去，不敢看他。韓柏心中大樂。少年時的唯一夢想，就是要娶韓寧芷爲妻，而這俏秀的小菊姊當然最好也一齊嫁給了他，現在看來這並非妄想了。縱使韓寧芷及不上虛夜月和莊青霜諸女的美麗，可是她總是兒時的親密伴侶，兩小無猜，有甚麼荒唐話未說過？只是其後寧芷年齡漸長，才明白到主僕之分，稍作矜持罷了。

胡思亂想間，隨韓夫人步入房裏。韓寧芷坐在梳妝鏡前，正爲自己的臉蛋抹上水粉。她長高了很多，但也消瘦了。比起上次在韓府偷看她時出落得更清麗可人。尤其那脹鼓鼓的酥胸，任何有眼睛的人一看便都知道她是成熟了，恰是韓家有女初長成的動人時刻。韓寧芷見到鏡中出現俊偉軒昂的男兒漢，張開小嘴「啊」一聲叫了起來，目瞪口呆，手中的粉塊掉到檯上去。

韓夫人愛憐無限地走了過去，抓著她兩邊香肩，向鏡裏的韓柏招呼道：「小柏快過來，讓寧芷看看你，如此有爲男兒，到哪裏才尋得著呢？」

韓柏興奮得頭皮發麻，來到韓寧芷的另一邊，看著鏡中的初戀情人，搔頭道：「五小姐！」

豈知韓寧芷的俏臉倏地轉白，尖叫一聲：「鬼啊！」兩眼一翻，往後便倒。韓柏從後一把抱著她，不讓她倒在地上，和韓夫人面面相覷，互知對方的臉色定是難看無比。

韓夫人焦灼道：「快扶她上床！」韓柏攔腰把她抱起，放在床上，心情變得非常惡劣。難道韓寧芷不堪刺激，瘋了起來？

當韓夫人和趕了進來的小菊爲韓寧芷蓋上被子，忙著叫喚施救時，匆匆由樓上聞聲走下來的韓慧芷出現門處。這美麗的二小姐兩眼紅腫，花容慘淡，看到韓柏時一呆道：「原來小柏來了！」眼光落到乃妹身上，顧不得招呼韓柏，驚呼一聲，搶到床旁細看究竟。

韓柏因急著要找盈散花，暗忖寧芷是不會有何大礙的，他留在這裏也幫不上多少忙，傳音入韓慧芷耳內道：「二小姐！我剛見過戚長征……」

韓慧芷嬌軀劇顫，朝他望來，韓柏乘機道：「夫人！小柏因有急事待辦，要先行告退，遲些再來瞧五小姐吧。」向韓慧芷使了個眼色，心中同時泛起奇異的滋味。以前在韓府，他對韓慧芷敬若天人，想不到今天竟能和她眉來眼去，雖不涉及男女之私，已大感過癮。

韓慧芷會意，道：「讓我送小柏出去！」

韓柏裝模作樣道：「怎敢勞煩二小姐。」

豈知韓夫人道：「慧芷照顧五妹，讓我送小柏，我有話要和他說。」話完牽著韓柏衣袖走出房去。韓慧芷空瞪著眼，卻是無計可施，只能目送兩人出房去了。

嚴無懼向高踞龍桌上的朱元璋伏地跪稟道：「龐斑已經入城。」

朱元璋兩眼精芒亮起，一掌拍在檯上，大喝道：「好！」

嚴無懼心道何好之有，龐斑此來，頓使形勢複雜無比，再沒有人能預測事情發展的方向和結果。自大明建國以來，朱元璋便下了密令，絕不去碰與龐斑有關的任何事，這河水不犯井水的政策，直到此刻仍維持著。

朱元璋閉上龍目，沉思了好一會後，再張開眼來，微笑道：「無懼平身！」

嚴無懼站了起來，仍垂著頭，避免與這天下至尊對視。

朱元璋舒服地挨在椅背處，悠然道：「查到他們落腳的地方沒有？」

嚴無懼答道：「找到了，那是遙對著清涼山鬼王府的一所院落，位於雞籠山半山處，屬於一名富商所有。」

朱元璋嘆了一口氣，神思飛越地道：「真想立即讓浪翻雲和他拚上一場，看看結果如何，可惜目前絕非適當時機。」頓了一頓道：「你替我把韓柏找來，朕有事要他辦。」

嚴無懼領命後道：「臣屬應對龐斑採取何種態度呢？」

朱元璋微微一笑道：「無懼你語氣中隱含憤慨，可是仍氣惱方夜羽等昨夜竟斗膽公然在你眼皮子下襲擊韓柏呢？」

嚴無懼心中一懍，惶然道：「臣屬只奉皇上旨意辦事。」

朱元璋出奇地溫和道：「此乃人之常情，朕絕不怪你。」接著微微一笑道：「千萬不要惹龐斑，這是整個遊戲最精采微妙的部分。」

嚴無懼聽得大惑不解，當然不敢出言詢問。朱元璋龍顏轉寒道：「現在我們掌握了藍玉勾結外人，密謀造反的證據，只是仍少了胡惟庸的，所以尚未到最後攤牌的時機，此二賊分別在文武兩方有龐大影響力，一下錯失，天下會立時陷進萬劫不復之境地。」

嚴無懼忽地跪伏在地上，高聲稟道：「臣屬有一事稟上，但先請皇上賜旨，永不提升臣屬，無懼才敢說出來。」

朱元璋龍目精光亮起，嘴角逸出一絲笑意，點頭讚許道：「你想說的事必與楞統領有關，怕朕誤會你有取而代之的心，才有這麼一個要求，不過朕一向賞罰分明，怎能答應如此要求。說吧！誰忠誰奸，誰能瞞得過朕？」

嚴無懼深吸一口氣道：「楞統領與胡丞相關係密切，臣屬的人根本沒法打入他們重重保護著的系統裏去，所以縱然懷疑胡丞相一直與倭子秘密勾結，仍拿不到眞憑實據。」

朱元璋兩眼閃過森寒的殺機，冷哼道：「只要是人為的事，便有破綻，以龐斑通天徹地之能，不是仍有言靜庵這絲破綻嗎？天命教雖然隱秘厲害，還是逃不過韓柏勝人一籌的『福命』，可見我大明氣勢如日中天，不是人力所能破壞，無懼不須將此事擺在心上，朕自有主意。」

嚴無懼心中不由湧起對這主子的佩慕之情，朱元璋的權術，就像龐斑和浪翻雲的武功，教人看不清摸不透。

朱元璋微微一嘆道：「朕與秀秀小姐午膳後，會到鬼王府與若無兄一見，你替我安排一下吧！」嚴無懼愕了一愕，連忙應是。

朱元璋眼中射出複雜的神色，再嘆了一口氣後緩緩道：「給我喚素冬進來吧！」

韓柏和范良極溜到街上時，虛夜月、莊青霜和碧天雁剛由橫街轉了出來，韓柏兩人反應何等敏捷，立時閃入一條小巷去。

范良極一拍他肩頭道：「讓我來應付月兒她們，你立即去找盈散花，我拖她們一陣子才來與你會合。」匆匆告訴了他盈散花落腳之處。

盈散花寓居的莊院位於城北珍珠河之畔，風景優美。韓柏心中焦急，捨開正門踰牆而入，出奇地連婢僕都碰不上半個。他由靜寂的廡廊進入屋內，到了一個空廣無人的大廳處，只見右側有道門戶，隱有聲響由內傳出。韓柏定了定神，來到門前，伸手一推，側門應聲而開，原來是個露天院落，四周圍以高牆，林木婆娑中有一個小亭，盈散花獨坐其內，灼灼的美目直瞪著他。韓柏嚇了一跳，又喜又驚。喜的當然是這麼容易便找著盈散花，驚的卻是盈散花似在專誠地等候著他，一點意外和不安的神色都沒有，顯是早有了心理準備。韓柏搔著大頭，來到盈散花對面的石凳坐下，隔著石桌瞧著這詭秘莫測的美女。

盈散花臉色有點蒼白，但卻多了平時沒有的一層艷光和桃紅之色，使她看來更是嬌艷誘人。她一點不讓地和韓柏對視著，眸子內藏著令人難明的情緒，但亦多了幾分落寞和無奈。

韓柏忽然劇震道：「天啊！是否燕王已奪去了你處子之軀？」

盈散花神情轉為冰冷，毫無表情地道：「吹縐一池春水，干卿底事！」

若換了以前，他只會以為白芳華情報有誤，但現在既知她乃天命教的人，自然猜到自己被白芳華騙了，其實燕王早做了盈散花的入幕之賓。

他雖有妒忌之心，但卻不強烈，使他提心吊膽的是不知盈散花究竟用了何種手法對付燕王。一陣心疲力累的感覺襲上心頭，使他頹然道：「秀色呢？」

盈散花平靜地道：「你究竟是來找我還是找她呢？」

韓柏感覺到盈散花對自己的態度生出劇烈的變化，不知是因為下了某個決定，還是因為已獻身給了燕王，對他再沒有了以往那種關心和情意，甚且對任何事物都不再關心的樣子。他的胸口像給千斤重擔壓著般，好一會才深吸一口氣道：「盈小姐給藍玉騙了仍如在夢中呢！」

盈散花秀目寒光一閃道：「怎樣給他騙了？」

韓柏兩手按在石桌邊緣，俯前道：「他早和倭子有協議，事成後把你的高句麗雙手奉給倭子，你還要為他連身體都賠了去。」

盈散花一震道：「你終於猜到我是誰了！」

韓柏愕然道：「你究竟聽到我的話沒有？藍玉只是在利用你，勢將過河拆橋，你還不明白嗎？」

盈散花一點不為所動，冷笑道：「韓柏！你太多事了！」

韓柏大感不妥，難道自己猜錯了，定神看著她。風聲在後方響起，一道人影從院落奔出，一掌朝韓柏的背脊隔空按來，掌勁狂飆。

韓柏泛起哀莫大於心死的感覺，冷哼道：「好！盈散花！算我看錯了你。」鷹刀離背而起，頭也不回，往後劈去。

這一刀看似隨意，卻是挾著滿腔怨憤出手，且又暗合先天無意的心法，刀氣倏擴，迎上對方掌勁。「蓬！」的一聲，那人悶哼下踉蹌後退，而韓柏只是微晃了一下，高下立見。風聲響起，十多個人由宅內湧出來。偷襲者正是「金猴」常野望，這時他退到「妖媚女」蘭翠貞和「布衣侯」戰甲的中間，運氣調息，勉強壓下翻騰不休的內息。

領頭者當然是被譽為朝廷中鬼王之下論武技穩坐第二把交椅的藍玉，見韓柏仍不回過頭來，怒喝道：「你這小子自投羅網，看你這次又有甚麼逃命的妙法？」

盈散花眼中首次掠過哀然之色，站了起來，避過韓柏攝人心魄的眼神，繞過了他，來到藍玉之旁。

韓柏動也不動，背著藍玉等坐著，心中暗暗叫苦。敵人雖全集中到身後，可是看似毫無攔阻的前、左、右三方的高牆外，說不定便埋伏了水月大宗等高手，這一仗如何能打？這時禁不住暗暗後悔，若肯聽鬼王的話，現在就不會陷身在這種困獸之局裏。驀地豪氣湧起，暗忖你盈散花要害死我，我韓某偏不如你所願，一聲長嘯，霍地立起轉身，盯著藍玉喝道：「一齊上吧！看我韓柏怕了誰來！」

藍玉等均怔了一怔，持著鷹刀的韓柏忽然像變了一個人似的，氣勢強橫，豪氣干雲，一副對生死成敗毫不介懷的樣子。蘭翠貞的鳳目立時亮了起來，想起那晚在媚娘房中的遭遇，芳心湧起難以言喻的感受。盈散花亦是心中抖顫，一片茫然，有點不知自己是做了好或歹事出來的味道，事實上韓柏是第一個也是唯一使她心動的男人，縱使她爲了國仇家恨不得不犧牲韓柏，仍不能抹掉對韓柏的情意。一時間心亂如麻，心痛得俏臉更是半絲血色都失去了。

藍玉點頭道：「好！你要逞英雄，我便讓你得償所願吧！棍來！」後面其中一名隨從忙把肩著的重鐵棍交到他手上。

韓柏知道這次難以善罷，但仍想不到第一個出手的人就是藍玉自己，登時知道對方是要速戰速決，免得夜長夢多，冷笑一聲，提刀冷冷瞧著藍玉。藍玉空著的手打了個訊號，其他人齊往後退，騰出更大的空地讓兩人決一死戰。韓柏收攝心神，元靈倏地提升到萬念俱寂的道境，戰神圖錄一幅一幅湧上心頭，手中鷹刀又變成了有生命的靈物，那種血肉相連的感覺，尤勝昨夜。藍玉眼中露出訝異之色，不敢讓對方的氣勢繼續積聚，往前挺棍邁步，忽地一棍掃出。韓柏知他欺自己功力及不上他，所以出手便是硬拚的招式，亦想試試對方勁道強大至甚麼地步，絲毫無懼，運刀封格。「噹」的一聲激響。兩人收回兵器。盈散花等人均露出不能置信的神色，韓柏硬擋了藍玉力能裂石開山的一棍，竟只是上身微晃了一下，表面看去一點損傷也沒有。藍玉更是心中駭然，當鐵棍掃上韓柏的厚背刀時，就像擊在汪洋大海裏，擊中處雖只一點，但對方的潛力卻像是無窮無盡，使他感到難以在功力上壓倒對方。韓柏卻是有苦自己知，刀棍相交時，藍玉潮水般的眞勁，重重湧至，一波比一波狂猛，若非運起捱打神功，勉強將對方侵入的眞氣化去，只是這一棍便可教他當場出醜，登時英雄氣短，生出逃走之念。

藍玉哪知他這般窩囊，仰天長笑道：「好！自蒙人退出中原後，你還是第一個能硬擋我一擊的人，便讓本帥看看你還有甚麼本領。」倏地衝前，揮棍當頭砸下。

韓柏暫時收起逃走之意，心神集中到敵棍上，運刀一架，又噹的大響一聲，立時全身氣脈逆轉，連捱打功都運不起來。原來這一棍暗含藍玉獨門的「大天罡眞氣」，包含了正反不同的勁力，藍玉的武功已躋身宗師級的境界，剛才和韓柏短兵相接時，早摸到幾成他化解自己罡氣的法門；所以這看似平平無奇的一棍，實是精妙無倫，代表了高明的眼力和數十年的經驗。韓柏幾乎噴血卸勁時，丹田處忽地升起一絲奇異無比，至陰至純的眞氣，逆轉的勁氣立即給導回正軌，身體一鬆，安然無損地架了這一棍。同時湧起明悟，知道這救命眞氣，來自與秦夢瑤交歡後凝結於魔種核心處的道胎。正大喜時，藍玉的鐵棍彈上半空，棍頭生出變化，幻起無數棍影，把他完全籠罩其下。一時勁氣逼盪，風聲呼嘯，既細膩綿密，又有泰山壓頂的威勢。

旁觀的盈散花等見韓柏力擋了藍玉兩棍，已是目瞪口呆，這時藍玉使出如此精巧細緻的棍法招式，均知藍玉因師老無功，動了怒火，誓要當場擊斃韓柏。蘭翠貞心叫一聲罷了，自己雖有放過韓柏的心，但眼前的情勢，卻使她全無插手的機會。她終是心狠手辣的功利主義者，拋開對韓柏的些微好感，與戰甲、常野望和其他好手散往四周，隱成圍截之局。盈散花往後退開，既矛盾又痛苦，尤其想起兩人曾度過的歡樂時光，更是黯然神傷！雖說爲的是自己王族的血仇，使她不顧一切與藍玉合作去害韓柏，但當韓柏陷身如此絕境死地時，一直壓下的對韓柏的深愛，再不受控制地狂湧心頭，熱淚由眼角瀉下。此時的韓柏卻渾然不知藍玉鐵棍外的任何事。他的魔種是遇強愈強，兼且現在魔種內含蘊著來自秦夢瑤道胎的種子，這是連集體創出道心種魔大法的魔門先輩亦夢想不到的異事。更加上來自鷹刀「戰神圖錄」的精神烙印，使韓柏的魔功突破了重重限制，踏足玄妙和高不可測的境界。連他自己都不曉得自己是如何厲害。值此生死關頭，他魔道交融的元神晶瑩通透，不含絲毫雜質，眼耳鼻舌身意的感覺比平時敏銳了無數倍，就像昨晚與秦夢瑤同登極峰時所攀上的至境，渾身精氣澎湃暴漲，似要洩體而出時，他把眞氣全導引至手持的鷹刀之上，一聲長嘯，劈出了魔功渾成後最精采絕倫的一刀。刀光驀盛，奇奧變幻處，教人無法測度，有若天馬行空，把厚背刀的特性發揮盡致。而更驚人的是這一刀包含著深無盡極的感情，充盈著被所愛的人無情出賣的憤慨，對生命的祈求和熱戀。

藍玉正猛施殺手，駭然間驚覺對方生出滾滾刀浪，刀未至，先天刀氣已襲體而來，更使他心寒的是對方有種與天地渾成一體那無懈可擊的氣勢，任自己棍法如何精妙，除了硬拚一記外，再無別法。如此刀法，他還是首次遇上。他一生大小不下千百戰，心志堅凝，當然絕不會臨陣退縮，立把大天罡眞氣提升至極限，化巧爲拙，一棍搗去，破開了對方的刀氣，電射在刀鋒處。棍刀相觸，一點聲音都沒有發出來。藍玉悶哼一聲，往後「嚓嚓嚓」急退三步。韓柏則像斷線風箏般往後拋飛，同時刀隨人走，化作一團寒芒，護著全身要害，硬往守在後方包括「布衣侯」戰甲在內的三名高手撞去。最清楚韓柏意圖的自是藍玉，知道韓柏功力雖稍遜自己，仍不致如此不濟，分明是要藉勁逃走，大喝道：「截著他！」可是自己仍要再退一步，才能提氣追趕。「布衣侯」戰甲功力最高，手中長劍貫足全身功力，若雷霆電閃般一劍向韓柏劈去，其他兩名高手一斧一矛亦由兩側往韓柏硬攻過來，只要能擋他剎那的光陰，所有人圍攏過來，任他有通天本領，亦難活命。

韓柏亦知此乃生死關頭。攔截的三人中，自以戰甲的劍最具威脅性，有足夠阻截他的力量，豈敢以身試險，倏地橫移，避開了戰甲的劍，改向以常野望爲主的五名高手衝去。包括藍玉在內，沒有人想到他能如此突然改變方向。魔種的特質就在於變幻無窮，教人無從揣度，這種隨意改變體內眞氣的奇招，可任意變化速度和方向，等於超出了人類體能的局限，自使攔截者措手難及。常野望先前吃了暗虧，功力仍未全復，防守力大大打了個折扣，見他忽然取自己的方向攻來，人未至刀氣已臨身，一時心膽俱寒，只是虛應故事地一掌拍出，同時往後退去，指望其他人先擋其鋒銳。其他四人均是藍玉座下的一流高手，多年來隨藍玉轉戰天下，實戰經驗豐富無比，絕不因常野望的退縮而生出混亂，一刀兩劍配上長矛，築起一堵有若銅牆鐵壁的兵器網，一無所懼地迎上韓柏疾劈而來的鷹刀。藍玉此時已緊跟而至，只要這四人能擋他片刻，他便可立下殺手，置韓柏於死地。其他人亦圍逼而來，不再給韓柏任何機會。這已不是一般江湖仇殺，沒有人再講身分和規矩。蘭翠貞知道韓柏難逃此劫，放緩了腳步，不欲沾上韓柏的鮮血。盈散花如遭雷擊，退後了兩步，靠在牆上，嬌體乏力，心內一片空白，淚珠卻不受控制地滑下臉頰。

城南秦淮河畔的夫子廟，建於宋天聖七年，一直為文人薈萃之處，名著天下士林。它前臨秦淮，東眺鍾山，沿河兩岸風光宜人，河房水榭，雕梁畫棟，若非剛下了一場雪，平時綠楊垂柳，交相輝映，景色秀麗，現在兩岸一片鋪天蓋地的白雪，又是另一番迷人情致。這天下士人嚮往的聖地重樓疊閣，典雅莊重，廟前秦淮河南岸築堤環抱，氣勢磅礡，又鑿河成「月牙泮池」，北岸置以石堤，繞以石欄。當戚長征和孟青青踏上通往夫子廟的石橋時，秦淮景色，盡收眼底。

孟青青邊走邊笑道：「這條橋就是與杭州西湖三潭印月齊名的『半月橋』，逢明月當頭之時，橋影將河中明月分為兩半，兩側各有一個半邊的月亮，真是難得的奇景。」

戚長征對她豐富的地理名勝知識，早見怪不怪了。瞧她談笑自若，半絲緊張都沒有，已推知此女武功亦極為高明。因為至少自己還未能學她般從容和放開懷抱。兩人言笑晏晏，穿過了寫著「天下文樞」

兩丈多高的大木牌坊，進入了夫子廟赭紅色的廟牆裏。此時天色尚早，夫子廟遊人冷落。在孟青青的引領下，他們穿過廟院，經過奉著「大成至聖先師孔子之位」的牌位，由西廊進入古柏參天的側院。

孟青青幽幽嘆了一口氣，垂首道：「戚兄！青青眞不想和你分出生死，可惜卻是別無選擇。」

戚長征一呆道：「噢！原來這就是你說的決戰好地方，的確不錯，只要我們走入林內，誰死了都不會有人知道。」

孟青青沉吟半晌後道：「我來找你前，里赤媚提醒青青說，你是個天生不怕死的人。到此刻我才眞的相信，所以青青絕不會在膽色這一點上和你爭長短。」

戚長征心中一凜，知道她已動上了手，以言語來向他施壓，進行削弱他信心的攻勢。微微一笑道：「只要你想殺我，便避無可避地定要和我比拚膽色，以命換命，否則公主不如回女眞學習縫紉好了。」

孟青青領著他深入林內，噗哧笑道：「我的縫紉技藝早全族稱冠，何用再學？不怕一併告訴你，我的劍名『織女』，劍法亦名『織女劍法』，以守爲主，主攻的只有三招，若你能全部擋過，青青便賞你一個香吻恭送大駕。」言罷亭亭立定，曼妙地旋過香軀，冷冷地看著六步許外那軒昂雄偉的年輕刀手。

戚長征嗜武如狂，聞言手指都癢起來，問道：「這三招有何名堂？」

孟青青柔聲道：「第一招叫『鵲橋仙渡』，喻的是你們那牛郎織女每年一會的淒艷故事。唉！你或許會奇怪青青爲何連劍招都用了貴國的傳說，因爲青青眞的很仰慕貴國的文化。」

戚長征搖頭苦笑道：「所以你仰慕得要來侵佔我們的土地子女。嘿！不要提這些無聊事了，來！第二招叫甚麼？」

孟青青千嬌百媚的嗔望他一眼後，不情願地道：「第二招取自一句詩詞，就叫做『風露相逢』。」

戚長征雖只粗通文墨，但這樣廣為傳誦的詩詞，總算聽過，知道取自「金風玉露一相逢，便勝卻人間無數」這兩句的詞意。忍不住讚嘆道：「劍招的名字這麼美，我老戚怎可不見識見識。」

孟青青欣然拔出織女劍，微笑道：「想見識便動手吧！」

戚長征哈哈一笑，掣出天兵寶刀，道：「公主何不把第三招的名字也說出來再動手呢？」

孟青青嬌笑道：「你擋過這兩招再說吧！」纖手一挽，千百朵劍花，立時封滿戚長征的前方。

甄夫人隨方夜羽步入大廳時，只有里赤媚、年憐丹、任璧、由蚩敵、強望生、花扎敖、山查岳、竹叟等八人陪著龐斑喝茶。鷹飛、柳搖枝、孟青青這三個有資格列席的人均不知到了哪裏去，而紅日法王則一如往常，沒有參加這種聚會。即使龐斑的駕臨仍不能改變他的習慣。龐斑踞坐廳端的太師椅上，俊偉的容顏透出優閒雅逸的意態，只是舉杯喝茶的動作，便予人一種完美無瑕的感覺，那超然於一切的神韻，有著震撼人心的奇異魅力。分坐下首兩旁來自域外不同種族的各大高手，都收斂了本身的傲氣，恭敬地注視著這六十年來，稱雄天下的無敵高手。當龐斑的目光落在甄夫人身上時，她有種心靈肉體完全赤裸開放的感覺，就像沒有任何心事或秘密可以瞞過這偉大的人物。她隨著方夜羽向龐斑施禮，然後坐在空於上首右方兩張椅子裏。

方夜羽眼中射出崇慕之色，慚愧地道：「夜羽愧見師尊，來京後，尚未達成任何一項重要任務。」

龐斑雙目亮起動人的神光，緩緩掃過眾人，微微一笑道：「夜羽你錯了，你們已做得非常好。來！喝一杯茶吧！」站在龐斑身後的黑白二僕立即趨前為眾人添茶。

方夜羽道：「師尊這麼安慰夜羽，弟子更備感慚愧！」

龐斑再微微一笑道：「為師怎有閒心去安慰你，素善可明白我的意思？」

甄素善想不到龐斑會忽然考較起她來，俏臉一紅，朝這天下第一高手瞧去，一觸對方眼神，芳心立時忐忑狂跳，不自覺地垂下螓首，輕柔地道：「魔師指的是否今天我們能安然來到大明的京師，與漢人展開爭霸天下的鬥爭，已是了不起的成就。」

龐斑欣然點頭，淡淡道：「說得好！」轉向各人道：「你們今天能安坐於此，陪龐某喝茶聊天，正代表著明室已被埋下禍亂的種子，本人敢斷言，無論事情往任何方向發展，朱元璋亦再無力往域外擴張領土，那正代表我們完成了最基本的目標。」

年憐丹皺眉道：「魔師的話自是含著至理，但是否仍須看這幾天的發展，才可以判定我們此行的成敗呢？」

龐斑仰天一陣長笑，搖頭道：「非也非也，這事便等於高手對壘，何用見過眞章才能言勝敗。」接著輕嘆道：「夜羽的問題便在於太著重成敗，故因而起了得失之心。哪知世事豈能盡如人意，只要能放手而為，好好參與這美妙無比的遊戲，已可不負此生。赤媚當會明白我這番話。」

眾人均是才智之士，聽得肅然起敬，明白到龐斑超然於成敗的廣闊胸襟。

里赤媚啞然失笑道：「魔師太抬舉赤媚了，事實上赤媚正為昨天殺不掉韓柏而苦惱了一晚呢。」

龐斑神光電射的目光深深望了里赤媚一眼，欣然一笑，似對他的坦白非常欣賞，平靜地道：「問題是你們始終不明白『道心種魔大法』是怎麼一回事，亦在某一程度上低估了道胎魔種相遇和結合的神妙。」再肅容沉聲道：「赤尊信就是韓柏，而韓柏卻非只是赤尊信那麼簡單。或者可以這麼說，藉著韓柏這淨美的元體，赤尊信再不受任何限制，不但可以繼續邁向天人之際的武道至境，還可以改正生前走錯了的方向，撥亂反正。先不論與道胎結合後會帶來的發展與成就，只是這點，已可知道要殺死韓柏是多麼困難的一回事。」

眾人齊齊一震，想不到龐斑對韓柏評價如此之高，亦想到己方的確一直低估了韓柏。

任璧嘆道：「難怪秦夢瑤會看上了韓柏呢！」

由蚩敵忿然道：「昨夜若非有浪翻雲和了盡兩人出手，韓秦兩人屍骨早寒了。」

龐斑自然聽出他語氣中隱含怪責自己不提早出手對付浪翻雲之意，淡然一笑道：「沒有了浪翻雲，這場遊戲是多麼乏味。」兩眼神光亮起道：「漢人經歷了我大蒙近百年的統治，對外族已存有深刻的仇恨，兼且亂極思治，縱使我們能重新入主中原，要像以前般管治這麼幅員龐大的中土之地，等於怒海操舟，最後只會舟覆人亡，要重振昔日的風光實屬妄想。當年本人袖手不理大蒙之事，正基於此一原因，明知不可為而為，只是執迷不悟的愚蠢行為。」

里赤媚拍了扶手一下，發出清脆的響聲，嘆道：「給魔師你老人家這麼一說，赤媚整個人都輕鬆起來，反更覺鬥志昂揚，充滿了自信。」

甄夫人心中湧起敬意，恭然問道：「魔師憑何斷定明室即使能平定所有叛亂，仍無力西侵呢？」

龐斑眼神落到甄素善俏臉上，立時柔和起來，淡笑道：「夜羽的計劃，實在是計中有計，局中有局，最關鍵處在於鬼王和燕王這兩人，即使你們的計劃全失敗了，鬼王和朱元璋的關係也難以保持平衡。」頓了頓續道：「給你們這麼一鬧，朱元璋錯失了對付鬼王和燕王的千載良機，此必種下將來朱元璋死後大明爭奪皇座的禍根，哪還有力西顧。況且盛極必衰，此乃亙古不變的眞理，朱元璋、鬼王、燕王這類不世之雄，豈會長於深宮婦人之手，故我可斷言明室一代不如一代，反之我們西域各族，長久處於壓力之下，必有雄偉之士冒出頭來，再次踏足中原，這絕非癡想。」

眾人聽得立時眼界大開，似可透視明室未來的發展，原本負在肩上的重擔，忽然都變得無關重要。

方夜羽點頭道：「夜羽一直也有這個想法，當然沒有師尊般肯定清晰，可是一旦面對著生死存亡的關鍵，便身不由己地計較起得失，甚至起了妄想貪念，希望得到全部勝利，現在才知道這實在只會造成重重魔障。」

龐斑微笑道：「兵家爭戰，自是一子不讓，可是若說的是逐鹿天下，在空間和時間上便可擴闊至無限的遠處，失之東隅，收之桑榆，只要確立目標，可進則進，不可進則退，這遊戲是多麼妙趣無窮。」

眾人都精神大振，昨夜擊殺韓秦兩人不果的挫折，一掃而空。

龐斑油然道：「朱元璋最大的問題，在於放不開家天下的私心。不過無論他如何努力，亦克服不了自然那變幻莫測的本質，他愈想確立予後繼者可以依循的成規法則，破壞便來得愈早，哈！老朱啊！想不到你一世精明，卻在此事上如此糊塗，可知私心真的害人不淺。」

眾人聽得五體投地，龐斑的見地果是高人一等。

龐斑又分析道：「舉例來說，假設燕王他日登上皇位，第一件事便是捨應天而取順天爲都，因爲北方才是他的根據地。」再微笑道：「想當年朱元璋爲建國都，歷時二十一載，調動了工部和橫海、豹韜、飛熊三衛，再加上二十八府州和一百八十縣另三鎮的力量，耗費了大量的人力和物力。只是城磚的需求，便動員了江西、湖南、湖北、安徽、江蘇等五省的一百五十二個州，全部約耗用了三億五千萬塊巨磚，而江南富戶無一倖免地都被強迫捐出巨額資財，不計工役的數量，只是工匠便有二十八萬戶被徵調來負責工程。」哈哈一笑續道：「若燕王要以順天爲京，規模必不會遜於應天，只是此項消耗，大明已難有力量往外擴展。況且當燕王坐穩皇位時，早像現在朱元璋般只懂鞏固自己的權力，好安享晚年，哪還有閒情西侵。沒有了朱元璋和燕王這類雄才大略的霸主在有生之年向外擴張，明室何足懼哉？」

眾人無不目瞪口呆。一方面固因龐斑對明朝建都之事瞭若指掌，更折服處是龐斑只從國都轉移一事，便有力地論證了自己的推斷，教人無從反駁。

龐斑啞然失笑道：「朱元璋因宦官爲禍，所以一直蓄意壓抑宦侍，不讓他們有參政的機會，可惜燕王爲了得到宮內的消息，一直勾結宦侍，將來若燕王得了天下，宦侍定可水漲船高，掌得政權，更兼現在朱元璋以六部代丞相一事勢在必行，又準備把掌握天下軍權的大都督府一分爲五，使軍政權力全集中到皇帝手中，若宦官冒起，朝中再無可與頡頏之人，所以龐某敢斷言，明室宦官爲禍之烈，必更勝前代。」眾人更是聽得啞口無語，龐斑識見之高，確達到了洞察無遺之境。

年憐丹謙虛問道：「那我們是否應按兵不動，任由朱元璋剷除藍玉和胡惟庸，然後坐看明室日漸傾頹呢？」

龐斑搖頭道：「當然不可以如此被動，最理想當然是同時扳倒朱元璋和燕王兩人，而對付兩人亦有先後之序，應以朱元璋爲首要目標，否則若平白幹掉燕王，徒然幫了朱元璋一個大忙。若他們父子一齊身死，我們便可立即退出中原，任明室陷於藩王割據，叛臣亂將互相攻戰之局。否則便須匡助藍玉和胡惟庸兩人，拖著朱元璋，使他無力對付燕王。那亦等於完成了我們最基本的目標。」若朱元璋在場親自聽到龐斑這一番話，定要擊節嘆服，因爲他正是因著種種微妙的形勢，明知燕王曾行刺自己，亦要壓下採取行動去對付這逆子的衝動。

眾人聽罷這一席話，心情都大大不同。深覺無論此行成敗如何，均會收到理想的效用。方夜羽更是感激不已，這些年來，龐斑少有如此長篇大論去分析世局，眼前如此大費唇舌，自是看出己方士氣低落，才出言激起眾人的雄心壯志，堅定他們的信念。這番話由人人景仰的魔師龐斑口中說出來，分量自然大是不同。龐斑正是他們的精神支柱。

龐斑微微一笑道：「水月大宗這小子幹過甚麼事來？」

方夜羽恭敬應道：「昨夜他夜闖鬼王府，但與鬼王過了兩招便撤退了，讓人懷疑請他來究竟有何作用？」

龐斑雙目亮起精芒，欣然道：「水月大宗的目標並非鬼王，而是浪翻雲，只要幹掉浪翻雲，龐某便變成全無對手，說不定寂寞難耐下重出江湖，找人開刀，那時中原西域，均陷進亂局，還不正遂了倭人心意！」

里赤媚動容道：「魔師對事物的確獨具慧心，我們都沒有想過這問題。」接著冷哼道：「水月大宗的水月刀法雖厲害，恐仍未比得上浪翻雲的覆雨劍。」

龐斑啞然失笑道：「橫豎要便宜浪翻雲，不如來便宜龐某好了。在我見鷹緣之前，便讓我試試他的水月刀法，看看它飄忽難測至甚麼程度？」接著向方夜羽道：「朱元璋不是逼你師兄把水月大宗交出來嗎？叫你師兄請朱元璋再寬限兩天，到時他定可把水月大宗的人頭奉上，哈！」

看著龐斑仰天長笑的欣悅模樣，眾人均呆在當場。誰可揣測龐斑出人意表的行事？

浪翻雲優閒自得的坐在酒鋪內，蹺起二郎腿，無限享受地喝著清溪流泉，似醉還醒的眼看著正抹拭酒具的左詩三女，分享著她們對工作的投入和熱情。范豹這時和一名俏麗的女子由內堂走出來，有說有笑，神態親熱。

浪翻雲露出一個滿意的笑容，輕喚道：「煙如！到大哥這裏來。」

這美婦當然是因被薛明玉姦污，受盡夫家白眼和排擠的顏煙如，自那晚隨了浪翻雲喝酒後，便被浪翻雲邀來酒鋪幫忙。此刻的她像變了個人似的，精神煥發，聞聲欣然來到檯旁坐下。

浪翻雲愛憐地細看著她，輕輕道：「范豹這小子不錯吧！」

顏煙如立時俏臉飛紅，垂下了頭，不敢看他，又忍不住點了點頭。那邊的范豹這些日子來得范良極和浪翻雲指點，功力大進，隱隱聽到自己的名字，再看到顏煙如羞不自勝的神態，亦臉紅起來，十分尷尬。左詩等奇怪地看看顏煙如，又瞧瞧范豹，哪還不明白發生了甚麼事，都抿嘴偷笑。

浪翻雲長身而起，順手拿起一罈清溪流泉，笑道：「時間差不多了，詩兒！要不要和大哥一道去迎接小雯雯。」

范豹道：「浪首座！這事由我去辦吧！」

浪翻雲搖頭道：「這麼重要的人物，浪某怎可疏忽。」

左詩雙目立時紅了起來，走到浪翻雲旁，小鳥依人般緊挽著他手臂，感動得說不出話來。

浪翻雲向范豹道：「叫行烈小心點楞嚴，這人的厲害處絕不遜於方夜羽，這些天來如此低調，越發使我感到他定有陰謀詭計。」再低頭向左詩道：「可以走了嗎？」

左詩用力點頭，終流下了感激的熱淚。若非浪翻雲，她今天仍只是活在哀悼著父親和丈夫死亡的灰暗日子裏。

第三章

仙劍無情

第三章　仙劍無情

無想僧和不捨兩人，並肩站在城北覆舟山之巔，北望城牆外是廣闊的玄武湖和氣勢雄渾的鍾山，左方可俯瞰近處的珍珠河，遠處的雞籠山和清涼山。兩僧均默然無語，眼中射出緬懷馳想的神色，看著這史無先例的偉大都會，其城牆之綿長堅厚，城樓的高聳雄偉，像奇蹟般展現在他們眼前。

無想僧微微一笑道：「傳統的城門設計，往往在乎方位對稱、距離對等，只有虛若無不拘泥於古制，而是從實地需要和實戰要求出發設置，無論選址、定數、造型均匠心獨運，既大膽卻又教人折服。」

不捨看著依山傍水，利用山脈堤壩、河湖水系、崗壟山脊築起迤邐曲折、蜿蜒若蟠龍的城垣，輕輕一嘆道：「恭喜師兄！」

無想僧欣然道：「不捨你的眼力更高明了，除了浪翻雲外，你是第二個看穿我無想功已臻大成至境的人。」眼光落在西南遠處清涼山腰的鬼王府，平靜地道：「你見過鬼王沒有？」

不捨靜若止水地搖頭，眼神越過被白雲覆蓋了的世界，投向氣象萬千的鬼王府，淡然道：「自小明王被朱元璋害死，不捨便再沒有見過鬼王。」

無想僧苦笑道：「虛若無精通鬼神術數之道，胸襟氣度和想法，均有異常人，當年我對他坐視朱元璋殺死小明王，亦非常不滿，但今天觀之天下昇平，萬民豐衣足食，卻不能不承認要成非常之業，或正要這種非常的眼光和手段，我們師兄弟始終是出世之人，對政治乃門外漢。如今唯一之望，便是國泰民安，捨此再有何求？」

不捨點頭道：「過去了的事，想之無益，可是今天危機再現，一個不好，天下將重陷萬劫不復之局，師兄有何打算呢？」

無想僧嘴角飄出一絲高逸的笑意，油然道：「這正是我今天來找最爲我所看重的小師弟的目的。」

不捨一震望著無想僧道：「師兄！」

無想僧極目遠望，眼中射出深刻的感情，柔聲道：「天下雖大，誰能比我們兩師兄弟更明白對方？正如浪翻雲所言，哪有閒情去理會別人怎麼說。入世出世，豈可以有沒有娶妻生子來決定。旁人不明白雙修大法爲何物，無想會和他們一般見識嗎？」頓了頓續道：「今日師兄來找你，是爲了兩件事，並大膽懇求你先答應了後，我才說出來。」

不捨沉吟片晌，嘆了一口氣道：「請恕師弟不敬，這兩件事均難以答應。」

無想僧驀地仰天長笑，充滿了歡娛之意，教人完全摸不著頭腦，想不通爲何他被拒絕了，仍這般開懷。不捨聽得搖頭苦笑。

無想僧收止笑聲，回復止水不波的境界，平靜地道：「你會答應我的，無想甚至不須解說原因，但小師弟仍不會拒絕我的要求。是嗎？」

不捨苦笑道：「師兄太清楚我了，儘管說來聽聽吧！」

無想僧看著下方的城牆，瞧著那一塊塊飽經風霜、斑斑駁駁的巨大城磚，馳想著驚心動魄的往事，腦內組合出一幅巨大的歷史畫卷，點頭道：「第一個要求，就是希望師弟不要出席今午舉行的元老會議，因爲無論你來與不來，這個會議都不會有甚麼好結果；但師弟的參與，只徒使秦夢瑤更難發揮她的影響力。」

不捨淡淡道：「師兄爲何又要解釋原因呢？」

無想僧啞然失笑道：「這你也不肯放過我嗎？」

兩人對望一眼，齊聲笑了起來，充滿了知己和師兄弟深刻的情懷。無想僧似笑得立足不穩，一手按在不捨肩上，湊過來道：「第二個要求，是希望師弟在爲兄與龐斑一決生死之前，不要挑戰龐斑。」

不捨毫不訝異，苦笑道：「不捨早知師兄會有此要求，但卻完全不知怎樣才可拒絕你。」

無想僧欣然道：「這才是我的好師弟。若我估計無誤，今晚方夜羽將會全力攻打鬼王府，而朱元璋和燕王均會袖手不理，師弟是否仍會因舊事而不去鬼王府助陣呢？」

不捨吁出一口氣道：「師兄眞厲害，硬要逼我今夜之前，不能挑戰龐斑。」

無想僧哈哈一笑道：「師兄怎會欺負你這小師弟，不捨你要幹甚麼，我無想幾時曾干涉過？」最後一句話時，已飄身而起，迅速遠去。

不捨雙目亮起電芒，遙眺遠方清涼山的鬼王府，耳內似聽到了吶喊廝殺的慘厲呼叫。

朱元璋道：「葉卿平身！」葉素冬長身而起，垂頭恭聆聖示。

朱元璋親切地道：「素冬滿意目前的職位嗎？」

葉素冬嚇了一跳，忙道：「只要小臣能奉侍皇上龍駕之旁，保護萬歲安全，小臣便心滿意足，再無他求。」

朱元璋微笑點頭，按在桌上的手輕拍了兩下桌面，油然自得地道：「明晚歡宴八派之事，安排妥當了嗎？」

葉素冬答道：「所有元老人物和種子高手，均會準時赴皇上爲他們擺設的御宴。」

朱元璋輕嘆道：「想起可以見到這麼多老朋友，朕恨不得可令光陰的步伐走快一點。」接著沉聲道：「你們今年的元老會議，秦夢瑤是否亦會列席呢？」

葉素冬點頭道：「這正是我最擔心的事情，現在秦夢瑤已隱然成了兩大聖地的代表，身分尊崇無比，除了我們西寧派和長白派外，誰都要給她幾分面子……」

朱元璋打斷他道：「素冬！信我吧！秦夢瑤就像當年的言靜庵，即使你們西寧和長白早有默契，最後仍是過不了她那一關。」

葉素冬愕然望向朱元璋，失聲道：「皇上！」

朱元璋兩眼閃動著奇異的光芒，沉吟了好一會後，嘆了一口氣道：「朕不會干預你們在這件事上的決定，由你們八派自行作主好了。」

葉素冬心中苦笑，你的龍口雖說不理會，但我豈能不依你先前的旨意辦事，這豈非分明把責任推到我西寧派的身上嗎？口中當然恭敬領命。

朱元璋有點疲倦地道：「後天朕會正式改組六部和大都督府，朕要禁衛軍、巡檢司和東廠全面戒備，以應付任何突發事件。」

葉素冬精神大振，跪下接旨，同時知道朱元璋已有了對付藍玉和胡惟庸的把握。

朱元璋逸出一絲莫測高深的笑意，悠然道：「未來的三天將是我大明最關鍵的時刻，爾等不可有絲毫疏忽大意，明白了嗎？」說到最後一句時，語氣轉厲。葉素冬高聲答應，俯身退出書齋外。

眼看韓柏要被捲入刀光矛影裏，這小子哈哈一笑，手中鷹刀電芒一閃，射在最接近的矛頭處。使矛高手作夢都想不到己方四人齊向他攻去，而對方的力量卻能全集中到自己身上，駭然下運聚全身功力，由矛端送向對方，以對抗對方的刀勁。豈知勁氣送出，不但半點抗力都遇不到，還虛虛蕩蕩，有力無處使，就若以全身之力，去搬起一塊巨石，卻發現那所謂巨石，比一片紙還要輕，那種錯用力道的難受，令他立即往前仆跌，鮮血狂噴。韓柏大喜，這一招是他臨時由戰神圖錄領悟而來，「實者虛之，虛者盈之」。當然因他的功力遠勝這使矛高手再配合捱打神功，根本不怕對方勁氣侵入體內，還立時把對方眞氣借爲己用，化成退飛之力，加上自身氣勁，在其他兵器臨身前，沖天後翻，剎那間腳上頭下，來到藍玉頭頂上空處。藍玉和其他所有人第二次錯估了韓柏的下著變化，不過也難怪他們，魔種的變幻無窮，確是難以測度。

韓柏大笑道：「散花！看看這招！」一揮鷹刀，疾砍向藍玉頭頂，去勢既威猛剛強，又是巧奧靈妙，無痕無跡。藍玉心中的震駭，實是難以形容，自問無論功力經驗，均勝對方一籌，可是對方詭異莫測的變化，完全不講任何法度卻又似妙若天成的刀法，卻使他生出有力難使的感覺。若韓柏肯和他正面交鋒，他有把握在百招之內置之死地，但現在卻充滿著無處下手，奈他莫何的感覺。此時韓柏刀未至，刀上森寒的殺氣，早狂風般往下罩來，更使他心寒的是，以他的眼力，仍瞧不出他的變化後著，以藍玉這麼強橫好勝的人，亦只有運棍護體，矮身以避。「噹！」鷹刀劈在鐵棍上。韓柏仰天狂笑道：「大將軍原來如此膿包！」倏地閃落地上，刀化長虹，衝破了三個高手的圍截線，來到盈散花之旁，一指往她戳去。盈散花一聲驚呼，飄了開去。韓柏冷喝道：「盈散花，由今天開始，韓某人把你休了！」「砰！」的一聲撞碎側門，閃入廳內去。眾人全愕在當場，哪想得到他竟會捨高牆外的廣闊天地不走，反逃回屋內去，可是如此一來，誰也猜不到他會由哪個方向逃走了。

戚長征見劍光臨身，嘻嘻一笑，沿樹往上升去，到了橫椏處腳尖輕點，迅若鬼魅般再攀升兩丈，還未到達另一目標的橫幹，「啪！」的一聲，那橫幹竟折斷向他頭上掉下來，原來是正如影隨形緊追而來的孟青青，以劈空掌力先一步震斷橫幹。戚長征對孟青青，早不敢輕視，仍想不到她如此厲害，當然更不知昨晚連了盡禪主都逃不過她的攔截，被迫停下作戰。孟青青一聲嬌笑，劍光大盛，像一張眩目的光網，又似食人花般由下往戚長征雙足合攏上來。戚長征腳尖撐在樹幹上，橫移開去，避過擲下來的樹幹，剎那間掠過了十多株參天古樹，到了柏林核心處。心中暗笑，這麼一個樹林，宜逃不宜追，若真打不過這美女的話，我老戚豈還會為了逞英雄，而不逃之夭夭呢？

往後一看，孟青青竟不知去向。突然前方風聲傳來。一束束由林頂灑下的亮光中，孟青青衣袂飄飛，有若下凡的仙女般，手中織女劍織出一朵朵花紋，由兩棵巨柏間人劍合一，凌空掠至。戚長征遍體生寒，到此刻才恍然大悟，這美女不但劍術已臻頂尖高手的境界，輕功更是勝己最少一籌，才能著著封死自己的逃路。此時退已不及，兼且他的刀法以攻為主，若不住閃躲，氣勢會每下愈況，更不是對方敵手了。猛一咬牙，收攝心神，一聲狂喝，天兵寶刀翻起重重刀浪，風起雲湧般往孟青青捲去，同時大笑道：「讓老戚來和公主親熱親熱！」兩下一合，頓時光芒閃爍，勁氣狂飆，刀劍剎那間交擊了十多下。戚長征的震駭有增無減，原本他欺孟青青終是女流之輩，腕力必不及自己，哪知硬拚之下，對方劍勁竟絲毫不弱於他。這十多刀毫無留手，刀刀用足全力，可是對方守得綿密柔韌，無隙可尋，從容地擋格了他所有攻勢。

兩人在林木間倏退迅進，疾快無倫，轉眼間激鬥了百多招，戚長征主攻，孟青青主守，難分難解。戚長征劈出了百多刀，無論他如何剽悍狠勇，銳氣一過，氣勢立時衰竭下來，而孟青青的劍網卻漸漸收緊著，使他更是吃力。最驚人處是孟青青的織女劍法有種愈織愈密的特性，時間愈久，她的劍法更能發揮盡致。戚長征就像跌進了蛛網的飛蟲，逐漸步上死亡之途。此時戚長征劈出了第二百零三刀，「鏘」的一聲砍在孟青青挽出的一朵劍花上，似乎一下力竭，踏斷了腳下橫枝，往下墜去。孟青青嬌笑道：「鵲橋仙渡！」驀然寒氣大盛，劍花朵朵閃起，組成一道芒光，由上而下，以難以描述的美麗和高速，破空往戚長征上盤急擊而來。戚長征年紀雖輕，作戰經驗卻是無比豐富，但卻從未遇上使他感到如此有力難施的劍法，守時細密連綿，攻時若長江大河，盡備剛柔之氣，不怒不懾，才知對方為何如此有收拾自己的把握。但斷枝下墜，其實只是他故意示弱，引對方出招。此時見對方改守為攻，反精神大振，加速下墜，腳才踏上實地，忙往橫移開。朵朵劍花，真像喜鵲築起的橫空仙橋，直逼而來，氣勢愈聚愈足，更是凌厲，使人感到孟青青施展此招時，必有一套特別的運功法門。

事實上戚長征刀法之精妙，氣脈的柔長，亦大出孟青青意料之外，表面看她似輕巧從容，那只是織女劍法的特性，事實上早施盡渾身解數，才抵擋了戚長征曠絕古今，蘊蓄著天地至理，有君臨天下氣象的刀法。此刻見到對方露出頹勢，狂喜下全力改守為攻，務要速戰速決。戚長征倏地在兩顆巨柏間立定，手提天兵寶刀，雙目凝注對方，對孟青青既好看又凶厲無比的劍勢，一點不為所動。劍芒臨身，水銀瀉地般攻來。戚長征乃天生好勇鬥狠的人，大喝一聲，施出封寒的左手刀法，只見刀芒如濤翻浪捲，勁氣激盪，重重刀影，往孟青青沖擊而去。這一下刀法只攻不守，完全是以命換命的格局，交戰至今，他才首次得到了與對方比拚膽力的機會。一直以來，戚長征的刀法和先天心法，均在敵人的壓力下和實戰中不住進步著，孟青青的織女劍法雖使他憋了一肚子悶氣，但亦使他的先天氣功在強大的欺逼下深進了一重，這時含怒出手，自然是非常有看頭。一連串金鐵交鳴的聲音響徹柏樹林。兩人倏地分開。戚長征踉蹌退了五步，才勉強立定，刀交右手，刀鋒插地，支撐著身體，鮮血不住由左肩湧出，染紅了半邊身。孟青青則退了三步，釵橫鬢亂，表面看來全無損傷，可是俏臉煞白，顯已在戚長征的刀氣下受了內傷。

戚長征渾然不理左肩的劍傷，一對虎目神光閃閃，射出令孟青青無名火起的譏嘲之色，哈哈笑道：「公主始終仍不夠膽色，若肯犧牲一條玉臂，這一劍便可貫穿老戚的心臟了。」

孟青青氣得面寒如水，運功吐出一口瘀血，俏臉立時回復紅潤，冷然道：「死到臨頭都不知道，沒有了左手，看你如何使出封寒的左手刀法。」

一聲嬌叱，劍網再現。戚長征哪肯再陷入她的織女劍網裏，狂喝一聲，先發制人，挺刀連跨兩步，一股凌厲的凶霸刀氣，狂湧而去時，天兵寶刀已疾劈在對方長劍上。劍網立即散去。接著是刀劍交擊的響音，刀影劍光，把兩人身形都遮沒了。孟青青氣得差點吐血，因爲戚長征憑藉著不顧自身的打法，硬逼她近身拚搏，使她展不開織女劍法，只能見招拆招。兩人各盡所能，忽快忽慢地展開在刀刃劍鋒間不容髮的生死惡鬥，動輒就是濺血當場的局面，凶險處緊張得難以形容。但不旋踵孟青青逐漸守穩陣腳，戚長征似乎因爲失血過多的緣故，再不能步步緊逼這美麗的女眞公主。

孟青青芳心竊喜時，戚長征則暗暗偷笑。他與孟青青一輪血戰後，早摸到孟青青的織女劍法在整體上確勝過他的刀法，但經驗和拚勁卻始終及不上他這自小在刀頭上舐血的人，這時故意示弱，就是要引她使出第二招「風露相逢」。只有在展開攻勢時，織女劍法才有可乘之機。此乃天地至理，當你要殺人時，自然也有被人殺的空隙破綻。剛才當織女劍刺中他左肩，眞勁仍未透體而入時，他的刀氣便劃破了她的護體眞氣，傷了她的右脅，孟青青雖以獨門心法強壓下傷勢，卻是不利久戰，所以她亦唯有行險出擊，以免傷勢加重。果然當他裝作不慣右手使刀地滯了一滯時，孟青青清叱一聲，手中織女劍振起一圈強芒，驀地擴大，把他捲入劍芒裏，嬌笑道：「金風玉露一相逢，便勝卻人間無數。」戚長征哈哈一笑，戲道：「那便待我這牛郎來地府會你吧！」踏步進擊，天兵寶刀湧出千重光浪，但心神卻進入止水不波的先天境界，晴空萬里，月映夜空，以右手使出變化了的左手刀法「君臨天下」，奇幻無比的一刀朝孟青青的俏臉砍去，絲毫不理對方飆刺小腹的一劍，又是同歸於盡的打法。孟青青魂飛魄散，勉力一劍架著對方寶刀，往後疾退。戚長征面容肅穆，虎目精芒電閃，踏步逼進，一連七刀殺得孟青青香汗淋漓，左支右絀。她當然不是武功遜於戚長征，只因不肯和他同歸於盡，氣勢驟弱下被對方乘勝追擊，落在下風。戚長征驀地收刀後退，冷冷看著對方。孟青青見他屹立如山，意態自若，氣度淵渟嶽峙，芳心升起氣餒的感覺，又大感不服，至此才明白里赤媚語重心長的臨別贈言。

戚長征隱隱流露出堅強無比的鬥志，微微一笑道：「請公主再賜教第三招，那戚某人便可享受公主香唇上胭脂的滋味了。」

孟青青白了他一眼，沒好氣地還劍鞘內，柔聲道：「快些去包紮傷口吧！到現在青青才明白爲何連殷素善都要在你手底下吃了虧。」

戚長征失望地道：「終有一日我會得到你的香吻。」

孟青青往後飄退，嬌甜的聲音隨風送來道：「下次當青青內傷痊癒時，戚兄便將有難了，唉！男人都是那麼好色的嗎？」

戚長征看著她消失在林木之外，苦笑道：「不好色的還可算是男人嗎？」

韓柏由後門奔出後院，踰牆而去，驀地左方寒氣大盛，凜冽的刀氣破空襲來。他不用拿眼去看，也知道來的是水月大宗那把熟悉的水月刀，大吃一驚，暗忖若讓這死倭鬼截上自己，再加上藍玉，恐怕自己連一點渣滓都留不下來，一聲大喝，鷹刀揮出。水月大宗迅若鬼魅般來到他前左側的上空，眼看要給韓柏擋著水月刀，忽然移前了少許，韓柏登時一刀劈空。韓柏才覺不妙，水月刀倏地出現正前方，迎面飆刺而至。他駭然下鷹刀回收，刀柄猛撞在水月刀鋒處。「鐺」的一聲暴響，就在刀柄撞上水月刀鋒時，水月刀生出一股吸啜之力，同時往回拉去。韓柏本想藉勢橫移，哪想到對方的水月刀法精妙至此，竟被帶得向掠至前方的水月大宗投懷送抱。水月大宗面容平靜，兩眼寒光緊罩著韓柏，水月刀生出變化，倏地脫離了與刀柄的糾纏，同時身子下墜，閃電般橫砍韓柏腰側，凶辣絕倫。韓柏被他的怪異力道弄得氣血翻騰，千鈞一髮下猛吸一口眞氣，鷹刀側劈在水月刀上。「蓬！」的一聲氣勁交擊，韓柏整個人往上拋飛，身不由己地翻滾騰升上五丈的高空，再落下來時，水月大宗已足踏實地，恭候他的大駕。

韓柏叫了聲吾命休矣，正要拚死力搏，一道劍芒由一顆大樹後向水月大宗激射而至。水月大宗首次露出驚異之色，倏地橫移，與趕來的藍玉等人會合在一起。盈散花卻不在他們之內。劍芒消去，現出淡雅如仙的秦夢瑤。

韓柏落到她仙體之側，大喜道：「夢瑤！你怎知為夫在此有難？」

秦夢瑤還劍鞘內，俏臉平靜無波地看著正對她虎視眈眈的水月大宗、藍玉諸人，輕輕應道：「若連與自己心心相印的夫婿的危難都感應不到，哪還有資格配稱言靜庵的弟子。」接著向水月大宗微微一笑道：「夢瑤何幸，請水月大宗不吝賜教！」

風聲響起，一道人影忽地來到韓柏身旁，同時仰頭大叫道：「在這裏了！」當然是韓柏的好拍檔范良極，並顯在呼召救兵。藍玉等心中大恨，知道已錯過了殺死韓柏的機會，想不到以如此陣仗，仍讓此子逃過大難。蹄聲由遠而近，虛夜月、莊青霜和碧天雁由小路穿林過來，到了這綠草如茵的曠地處，大喜下馬，加入了韓柏的陣營裏，兩女興奮地偷看著秦夢瑤，只恨此刻不是親近的好時機。

秦夢瑤含笑向兩女和碧天雁打過招呼後，美目深注在正瞪視著她的水月大宗身上，大感興趣地道：「大宗爲何沒有動手之意？」

水月大宗默默注視著秦夢瑤，冷酷的面容嚴肅鎮定，點頭道：「本宗不想動手，因爲夢瑤小姐並非本宗這次西渡來此的目標。」

秦夢瑤嘴角逸出一絲笑意，仙子般清麗絕俗的玉容泛著一種內蘊的聖潔光輝，看得水月大宗和藍玉等全爲之一呆。藍玉乾咳一聲道：「夢瑤小姐若無他事，我等便要先行告退了。」秦夢瑤的身分非同小可，以藍玉的驕狂，仍不敢對她無禮，更兼她有一種震懾人心的風采和魅力，即使是敵人，也起不了對她冒瀆之心。

韓柏看著秦夢瑤和心愛的月兒、霜兒，渾身都酥癢起來，就像擁有了全世界般自豪和得意。莊青霜和虛夜月見到這位飄逸若神仙的姊姊，把不可一世的水月大宗和藍玉壓得乖乖的動彈不得，連退走都要出言請求，亦感與有榮焉。

當范良極和碧天雁也以爲秦夢瑤會趁勢收手時，這仙子輕輕一嘆道：「既然來了，哪有這麼容易說走便走，水月刀法名震東瀛，夢瑤怎可錯過領教高明的機會？」

水月大宗眼中射出淩厲的光芒，冷哼道：「好！那就讓本宗看看慈航靜齋的傳人有何本領？」舉步趨前，同時「鏘」的一聲拔出了水月刀，遙指著秦夢瑤，凜冽的殺氣，立時瀰漫全場。

秦夢瑤示意己方五人往後退去，微笑道：「我這就出手啦！」話聲未完，飛翼劍已來到手裏，一陣森寒的劍氣，往水月大宗潮湧過去。場內一時氣勁奔流，使人顫慄的寒氣激盪翻滾。

水月大宗擺出了不同的架式，抗禦著秦夢瑤無堅不摧的劍氣，神色卻前所未有地慎重。秦夢瑤的飛翼劍亦不住地畫著小圓圈，催發劍氣。兩人相距足有三丈之遙，可是其中的凶險，卻絕不會遜於近身肉搏，只要任何一方氣勢稍弱，另一方在氣機牽引下生出感應，便會立即發動至死方休的猛攻。誰都想不到看似和平淡逸的秦夢瑤，一上場便是如此處處逼人的氣勢。韓柏等都緊張得透不過氣來，因爲水月大宗實在太厲害了，仙體初癒的秦夢瑤是否能勝得過他呢？藍玉等人雖知秦夢瑤劍術必然高明至極，但卻欺她實戰經驗和火候遠及不上水月大宗，所以均心底篤定，對水月大宗充滿了信心。但局內的水月大宗卻全是另一番感受。只從秦夢瑤拔劍離鞘的動作，那種渾然天成，無懈可擊的氣概，便一直緊攫著他的心神，使他生出無隙可尋的感覺。即使昨晚面對鬼王時，他都沒有此刻般的震撼。秦夢瑤立時生出感應，悠然一笑，劍光暴漲，有如一道電芒般往水月大宗激射過去。

場中雙方均感愕然，想不到會由秦夢瑤發動主攻。而更使人覺得玄妙的是，儘管秦夢瑤劍勢如疾雷激電，偏使人生出至靜至極的怪異感覺，似乎天地在這一刻完全靜止了下來。水月大宗知道對方正以無上道法，隱隱制著自己心靈，一聲狂喝，運起堅凝的意志，水月刀化爲一圈強芒，護著前方。「錚」的一響，飛翼劍刺中光圈的外緣處。刀光散去。縱使在這種生死相搏的時刻，秦夢瑤仍是那副飄逸如仙，美得不食人間煙火，超然於世情之外的寧恬模樣，香唇帶著一絲拈花微笑的嬌態。忽又「鏘鏘……」連擊五劍，每劍均由一個令人完全意想不到的角度刺出，彷如鳥跡魚落，全無斧鑿之痕。水月大宗亦進入止水不波的刀道至境，水月刀在空氣中神蹟似地忽現忽隱，每一次出現，均把秦夢瑤奇怪無比的飛翼劍擋著，發出清脆至極的交擊聲，還似遊刃有餘的樣子。

秦夢瑤忽然收劍後退，來到虛夜月和莊青霜中間，回劍鞘內道：「領教了！」水月大宗呆在當場，茫然地瞧著秦夢瑤，卻沒有追擊。這時誰都知道秦夢瑤至少佔了點上風，否則哪能說退就退，而凶狠如水月大宗，也不敢追擊。所有人的目光全集中到水月大宗身上，看他作何打算，是否要討回顏面。水月大宗還刀鞘內，仰天大笑道：「劍心通明，確是非同凡響。」拔身而起，轉瞬遠去。

藍玉大感尷尬，再乾咳一聲，正要說話，「鏘」的一聲，秦夢瑤劍再出鞘，遙指藍玉，催出劍氣。藍玉與她相距足有四丈，可是森寒的先天劍氣卻是逼體而來，忙運聚功力，發出一股無形的殺氣對抗，失聲道：「夢瑤小姐竟要和藍某動手嗎？」虛夜月和莊青霜見秦夢瑤如此厲害，均露出崇拜悅服的神色。韓柏、范良極和碧天雁亦都對秦夢瑤忽守忽攻的戰術感到驚異。戰甲、蘭翠貞、常野望等更緊張起來，紛紛拔出兵刃，擺開架式。敵方只是一個秦夢瑤，便已教他們不敢輕忽，何況還有韓柏、范良極、碧天雁和虛夜月、莊青霜這些厲害人物。

秦夢瑤洞察一切的目光凝視著藍玉，淡淡笑道：「大將軍既要殺死夢瑤的夫君，我這作小妻子的，怎能不先發制人，否則誰知你何時又再施出不要臉的詭謀？」

藍玉方面的人聽到秦夢瑤親口承認嫁給了韓柏，都露出不能置信的神色。可是看到韓柏立刻挺胸昂首，神采飛揚的得意氣概，又知此言不假。

藍玉身為當代高手，雖對秦夢瑤非常忌憚，仍不露絲毫懼色，拋開手中鐵棍，從手下處接過另一桿長矛，雙手一振，矛頭晃動，發出嗤嗤之聲，喝道：「你們退下，收起武器！」戰甲等愕了一愕，依言退後。

范良極取出旱煙管，吞雲吐霧地向韓柏笑道：「這大將軍不是有種，而是怕群戰對他們更是不利。」

虛夜月鼓掌道：「秦姊姊快宰了他，看他是不是有種得不會逃命！」

藍玉哪敢動氣，一語不發，對抗著秦夢瑤正尋隙而入的驚人劍氣。秦夢瑤溫婉一笑，愛憐地瞥了雀躍鼓舞的虛夜月一眼，微微向前傾側，劍氣立時大幅加強，陣陣湧撲過去，使人感到主動權絕對地操縱在她手裏。事實上自她忽然拔劍挑戰藍玉，在實際上和心理上，已領了先機，壓得藍玉完全處於被動之勢，深合劍道之旨。韓柏等均往後移退，使她更能放手施為。一時成了對峙之局。秦夢瑤由出現至今，一直保持著她那意態閒逸的模樣，對甚麼人或物均只是淡淡掃瞥，教人全不能由她的神色察覺出任何意思，使敵人更感到她輕描淡寫的深不可測。藍玉生出一種奇異的感覺，就是假若如此對峙下去，最後耐不住的定是自己，而不是這達到劍心通明的絕色女劍俠，既然如此，不如趁自己鬥志尚強時，及早出手，才是上策。遂一聲暴喝，手中長矛化出千萬道矛影，還未攻出時，卻光華大盛，秦夢瑤的飛翼劍夾著無堅不摧的先天劍氣，以無可比擬的高速，先彎往外側，才循著一道無形而暗合天地之理的線條，破空而至。藍玉知道由於對方操著主動之勢，所以自己稍有進攻的動作，這仙子立即生出感應，自然而然發動攻勢，純粹出於高手對仗的氣機交感，比刻意出招更要凌厲驚人。不過這時也別無選擇，施出渾身解數，把大天罡氣提至十足，一矛攻去，亦是有往無回的格局，生出無比慘烈之氣，就如戰場上千軍萬馬，衝鋒廝殺。

「鏘！」劍矛交擊。秦夢瑤像化成了一道輕煙，倏忽間到了藍玉左側，白衣飄拂，有若天仙妙舞，一連向藍玉攻出了九劍。藍玉絕不想和秦夢瑤近身搏鬥，事實上他選取了長矛，就是希望以長制短，哪知秦夢瑤初發的那一劍，實有洞穿乾坤之威，他雖擋了對方劍勢之形，卻被對方先天劍氣透矛攻入，為了化解劍氣，不由自主地行動上滯了眨眼的工夫，已給對方欺到近身處。駭然下藍玉橫移開去，兩手移到長矛正中處，分以矛頭矛尾抵擋這飄然若仙的美女狂風掃落葉般的劍勢。雙方的人無不看得目瞪口呆，深切體會到為何秦夢瑤能破去禁例，成為兩大聖地首位公然踏足塵世的傳人。人影乍合倏分。秦夢瑤收劍退回虛夜月和莊青霜處時、藍玉仍步履不穩的退了三步，才喘息立定，臉上再無半絲血色。接著手中長矛一輕，頭尾同時與矛身分離，掉在地上，發出一響一沉的兩下聲音。戰甲等潮水般湧出，把藍玉團團護著，全體亮出兵器。

藍玉再一個踉蹌，噴出一口鮮血，臉上才恢復了點人色，兩眼射出深刻的仇恨，瞪著秦夢瑤道：「好劍法！藍某人領教了！」

韓柏哈哈一笑，踏前幾步，來到敵陣之前，得意洋洋地道：「試過我小夢瑤這高手的厲害，現在可又輪到我這低手出馬了。」

戰甲等均臉色發白，優勝劣敗，不用動手已可知道了。范良極和碧天雁均是老謀深算的人，怎肯放過這除掉藍玉的機會，來到韓柏左右兩側處，隱成合圍之勢，蓄勁以待。

藍玉挺直身子，像完全回復了正常般冷眼看著韓柏，沉聲道：「想收拾我藍某人，還沒有這般容易！」嘬唇發出尖嘯。風聲由盈散花站立的房子處傳來，百多名勁服大漢，繞屋而至，剎那間擠滿了藍玉後方的空間，人人太陽穴高高鼓起，眼神狠定，顯然是隨藍玉東征西討的好手。

韓柏與范碧兩人交換了個眼色後，哈哈一笑道：「這麼多人，不打了！」大模大樣地走回秦夢瑤之旁，湊到她小耳畔道：「還是回家上床睡覺才是上算！」

范良極和碧天雁亦知趣地退了回來，剛好見到秦夢瑤狠狠盯了韓柏一眼，道：「走吧！」

林蔭道上，一片雪白。虛夜月和莊青霜興高采烈地一左一右纏著秦夢瑤，開懷談笑，走在最前方。碧天雁一人牽著三匹駿馬，落在最後方處。韓柏和范良極兩人走在中間，正商議著盈散花的問題。

范良極臉色凝重道：「情況看來非常不妙，盈散花既已和燕王上過床，顯然奸計得逞，但那究竟是甚麼奸計，我們卻一無所知，不如索性找燕王直問，她不仁你不義，縱使燕王向她報復，她也怪不得你。」

韓柏想起盈散花，便恨得牙癢癢地，又是傷心不已，嘆了一口氣，一副不知如何是好的樣子。

范良極正要怒責，前方的秦夢瑤停了下來，扭過仙軀，嫻靜地道：「大哥和韓郎均忘記了一項至關緊要的事，就是爲何盈散花明明是黃花閨女，卻要借秀色的身體，弄得自己聲名狼藉？以及秀色爲何要如此幫助盈散花？」

各人隨著秦夢瑤停下腳步，形成一個以她爲中心的小圈子。韓柏和范良極先擺出個恍然大悟的表情，接著一個搔頭、一個抓腮，其實都想不出這與對付燕王的陰謀有何關係。

看到他們的模樣，虛夜月忍不住噗哧笑了出來，皺著可愛的小鼻子，依戀地挽著秦夢瑤的玉膀撒嬌道：「秦姊姊快點醒他們吧！月兒也想知道盈妖女的事哩！」眾人眼光全集中到秦夢瑤處。

韓柏看著自己這三位美絕人世的嬌妻親熱地並排而立，那種幸福和滿足的感覺眞非任何筆墨可形容其萬一，魔種被刺激得往上攀升，腦際靈光一現，叫道：「我明白了，散花是要人誤以爲她不是黃花閨女。」

秦夢瑤讚許地道：「這話很有道理，而且她還有一套功法，可使別人看不穿她尚未破身，甚至在似已與她歡好過後，仍然不知道。只是這點，已可知她也如秀色般，身具姹女心法，還是第一流媚心之道的高手，比秀色還要高明，否則哪有對付燕王的資格？」

碧天雁色變道：「那燕王豈非已著了道兒？但據知燕王至今仍是安好無恙。」

范良極心思敏捷，得秦夢瑤提醒，冷哼道：「盈妖女的陰謀，必是要藉處女元陰才可施展，想不到以燕王的精明，仍逃不過這美人計，那可能也是燕王的唯一破綻。」

虛夜月聽到美人計，狠狠盯了韓柏一眼，道：「韓郎看你以後對美女還敢不檢點一些。」

韓柏尷尬一笑，岔開話題道：「若我們弄不清楚盈散花究竟在燕王身上下了甚麼手腳，可能會一敗塗地，連敗在甚麼地方都不知道。」

秦夢瑤向倚著她的虛夜月道：「這事最好由你爹出馬，看看可否探出燕王的問題。好了！我還要回莫愁湖打坐入定，在赴八派的元老會議前爭取多點靜修的時間。」

韓柏不好意思起來，知道秦夢瑤爲了自己，中斷了靜修的功課，趕來援救，所以雖想纏她，卻只能在心裏想想，不敢說出並付諸行動。

虛夜月露出失望之色時，莊青霜在另一邊挽緊秦夢瑤，欣然道：「我們和韓郎一起爲秦姊姊護法。」

秦夢瑤笑道：「韓郎還有很多事做哩！怎可浪費時間為我把守門口。」接著向韓柏甜甜一笑道：「夢瑤有一個直覺，這毒計針對的必是朱元璋，否則除去了燕王，徒然幫了朱元璋一個大忙。韓郎和大哥可分別向陳貴妃和盈散花著手調查，看看會不會是一條連環的美人計？」

虛夜月埋怨道：「秦姊姊還要韓郎去惹這些歹毒女人嗎？」

秦夢瑤失笑道：「月兒乖一點，這牽涉到萬民的福祉，犧牲點仍是值得的。」

范良極瞪著韓柏道：「這小子怎會有甚麼犧牲可言，只嫌佔不夠便宜吧！」

莊青霜嬌痴地道：「犧牲的是我們嘛！」

碧天雁看了看天色，濃厚的雲逐漸掩蓋了晴空，催促道：「大雪快來了，我們上路吧！」

龐斑安坐園心小亭內，看著亭外緩緩飄下，逐漸綿密的雪絮。陪著他的是里赤媚、方夜羽、甄夫人和年憐丹。外出的柳搖枝和鷹飛這時回來，見到龐斑，恭敬地行過大禮後，圍桌坐下。

龐斑悠然自若地欣賞著亭外的雪景，淡淡道：「找不到嗎？」柳搖枝頹然搖頭。

鷹飛冷哼道：「只要跟緊韓柏，還怕找不到花護法？」

龐斑怎會聽不出鷹飛語氣中對韓柏的深仇大恨，雙目射出冷厲的神色，盯著鷹飛。各人都大惑不解，鷹飛這兩句話為何竟惹得龐斑不高興。

以鷹飛如此高傲自負的人，給龐斑若有實質的眼神一瞥，立即心膽俱寒，嚇得離椅跪倒地上，惶然道：「小飛定是犯了錯，請魔師訓責。」

龐斑冷喝道：「站起來！」

鷹飛才起立，龐斑右手揚起，五指作出奇異又好看的姿態，發出嗤嗤指風，激刺在鷹飛胸腹頭各大要穴。鷹飛全無反抗之力，像扯線玩偶般不住跳動顫抖，卻不後跌，情景怪異無倫。連點二十多指後，龐斑手掌隔空虛按，鷹飛斷線風箏般拋飛到亭外，四平八穩仰身掉在園外的舊雪和新雪裏。

鷹飛背脊觸地，便彈了起來，再次跪倒，高聲道：「多謝魔師，小飛的傷勢全好了！」

龐斑冷然道：「不要高興得這麼早，我雖治好了你的內傷，卻仍治不好你的心魔，若你仍是充滿了私慾、仇恨和貪婪，今晚你到鬼王府只有送死的分兒，下乘的心境，怎使得出上乘的武功？無欲則剛，有容乃大！你明白嗎？」

縱使在這大寒時節，鷹飛仍冒出一身冷汗，羞慚道：「魔師教訓得是！」

龐斑微笑道：「那你便給我在雪裏坐到今晚，若大雪還不能洗淨你的身心，便不要到鬼王府去了！」

鷹飛一言不發，就地盤膝靜坐。天下間，亦只有龐斑可使這桀驁難馴的年輕高手，俯首甘心受教。

龐斑接著再冷冷看了年憐丹一眼，才再欣賞亭外的雨雪。年憐丹終有自知之明，忙告辭離去，避入靜室打坐。只剩下里赤媚、方夜羽、甄夫人和柳搖枝四人陪坐著，都不敢出言打擾龐斑的冥思。

龐斑忽地啞然失笑，向里赤媚道：「爲何你不去找解語呢？」

里赤媚苦笑道：「找到她又怎樣，我根本拿她沒法，更重要的是覺得若她要與韓柏相好，也沒有甚麼不妥當處。」

柳搖枝一呆道：「里老大！這話我便不同意了，韓柏是我們暗殺的名單內主要目標之一，解語和他一起，自然不妥當至極。」

里赤媚嘆道：「早知如此，何必當初？搖枝既然深愛著解語，當年為何又將她冷落閨房，弄至現在這錯恨難返的局面。」柳搖枝低下頭去，再沒有說話。

龐斑淡然笑道：「不要算舊賬了，解語的事便交給我吧，橫豎來到這繁華金粉的都會，我也想四處溜溜，分享一下朱元璋治下的太平盛世。」

眾皆愕然。隱隱知道龐斑定非只是觀光或尋找花解語那麼簡單。

浪翻雲微微一笑，神情欣悅。傍著他走的左詩奇道：「大哥為何這麼開心？」

浪翻雲隨口道：「接小雯雯嘛！自然是非常開心。」

左詩嗔道：「大哥騙人家，不行！快說出來！」

浪翻雲咋舌道：「詩兒你管得我愈來愈厲害了，好吧！我剛才是想起龐斑，他到京城已足有一個時辰了。」接著皺眉道：「他為何會起了殺戮之心呢？誰惹他了？」

左詩愕然道：「大哥怎會知道？你不是一直陪著詩兒嗎？」

這時兩人來到正對著聚寶山的聚寶城門。當下自有跟蹤著他們的廠衛，先一步到守城官處打點，任他們出入自如。聚寶門乃金陵十三個城門之一，與其他「三山」和「通濟」兩門並稱「天下三門」，同以奇特、雄偉、壯觀名噪一時。門呈長方形，城牆四重，夾三道瓮城，四道拱門，成「目」字形，城樓高達八丈，以條石為基，巨磚為牆，極為堅固。

浪翻雲岔開話題道：「虛若無這人真是深不可測，連這樣精采實用的規模也可給他創造出來，使人歎爲觀止。」步出城外，還回首看了一眼。

左詩喜道：「月兒的爹若知你這麼讚他，定然非常高興。」

浪翻雲忽然一手摟著她的纖腰，在她耳旁低喝道：「我們跑快一點！」

左詩吃了一驚時，耳際風生，倏忽間已被浪翻雲夾起飛上了樹頂，接著疾往前掠。天上正下著綿續不斷的雨雪。

韓柏搶前探頭到秦莊兩女之間，湊到前者耳旁道：「死老鬼說夢瑤比以前更美了，夢瑤該怎樣謝我？」

秦夢瑤秀眉輕蹙，若無其事地「哦」了一聲道：「韓柏大甚麼的好像忘記了他的小命是誰救回來的呢！」莊青霜和虛夜月忍不住「咭咭」偷笑。

韓柏老臉微紅，改變話題道：「夢瑤不如隨我們返回鬼王府吧！」

虛夜月雀躍央求道：「秦姊姊快答應吧！月兒練功的靜室是爹特別揀選的，築於風水受氣的脈穴，練起功來可事半功倍呢！」

秦夢瑤芳心一軟，微笑道：「好吧！」

韓柏大喜道：「讓我來和夢瑤合巹……噢！」原來秦夢瑤一肘擊在這小子小腹處，由於用勁巧妙，韓柏再說不出話來。虛莊兩女當然不會可憐他，與高采烈擁著秦夢瑤轉往清涼山的路上。

范良極由後掩至，一把抓著韓柏的後衣領，扯回自己身旁，正要說話，前方蹄聲驟響，兩名廠衛飛騎迎來，臨近時勒馬停定，跳下馬來跪稟道：「奉皇上聖諭，忠勤伯立即進宮見駕！」

藍玉回到住處，面寒如水，一點表情都沒有。眾人知道他心情大壞，都噤若寒蟬，怕無意中觸怒於他。進入廳內後，藍玉向眾手下道：「宋家兄妹既已入京，朱元璋隨時會來對付我們，你們做好準備工夫，若形勢不妥當，立即逃走。」

戰甲猶豫片晌後道：「大將軍的傷勢……」

藍玉不耐煩地道：「只是小事，我打坐上一兩個時辰便沒事的了。」轉向蘭翠貞道：「隨我來！」

蘭翠貞遵命隨他轉過後廳，穿過接通前後進的走廊，來到後院的大宅，剛步入房內，藍玉渾身一震，往地上倒去。蘭翠貞想不到他傷勢如此嚴重，搶前一把抱著他，扶到床上去，駭然道：「大將軍！」

藍玉臉色慘白，苦笑道：「秦夢瑤眞心狠手辣，竟差點破了我的大天罡氣。」

蘭翠貞臉上血色褪盡，幾乎比藍玉更難看，眞氣被破，等於廢去了武功，在此等爭霸天下的關鍵時刻，藍玉還怎能領軍征戰。到現在她才明白爲何秦夢瑤故意氣走水月大宗，因她的目標只是藍玉。

藍玉眼中射出堅決的神色，肅容道：「我要立即入定療傷，只要恢復一半功力，馬上離京。」

左詩被浪翻雲摟著穿林過山，就像回到昔日與浪翻雲剛離開怒蛟島時的親密光景，心神皆醉，壓下了的愛意狂湧而生，只望永遠也不用再離開他的懷抱。這時兩人來到一座小丘之頂，浪翻雲鬆開了手，讓左詩站穩。極目前方，茫茫大江自西南向東北繞廓而行，至左方處與蜿蜒伸入長江的秦淮河交接，除這入江口外，周圍均是山嶺，成爲天然屏障，形勢險要。

浪翻雲指著正揚帆駛來的幾艘帆船，笑道：「中間那艘沒有旗號的就是我幫載著小雯雯的風帆，其他三艘都是護航的水師船，哈！有誰想得到世事的發展會如此離奇，官方竟會與我們的賊船合作無間呢？」接著向左詩微微一笑道：「詩兒應多謝你的柏弟，怕也只有他亂打亂撞的福氣，才可弄出這微妙至極的形勢來。」

左詩這才記起韓柏，俏臉羞紅，但又湧起無盡的甜蜜，赧然道：「大哥啊！詩兒是否水性楊花，既心甘情願從了柏弟，但又情不自禁地愛著大哥，希望能永遠靠在大哥懷裏。」

浪翻雲哈哈一笑，伸手過來摟著左詩的小蠻腰，柔聲道：「我們兄妹之情，可鑑天地，何水性楊花之有？來！讓我們去見小雯雯。」

左詩扯著他道：「不！大哥！讓我們先說一會兒話，太少這樣的時刻了。」

浪翻雲愛憐地看著她道：「從你的清溪流泉，浪翻雲已感到詩兒無限的深情，還用說出來嗎？」

左詩嬌軀輕顫，移入他懷裏，歡喜地道：「詩兒明白了，還感到非常幸福呢！」

浪翻雲仰天長嘯，挾起左詩，朝著大河奔去。左詩兩手緊摟著浪翻雲的粗腰，迷醉在他濃烈的男子氣息裏。她既熱愛著韓柏，亦深戀著浪翻雲。前者使她縱情地燃燒生命，後者卻是純潔無瑕的精神戀曲。

韓柏和范良極在眾衛拱護下，昂然進入皇城。這次他們由南面的洪武門進入皇城，沿著御道朝午門而去，兩側排列著一系列的中央機構，宗人府、吏戶禮兵刑工的六部、大都督府和太常寺等林立兩旁，氣象森嚴。宮內守衛明顯加派了人手，隱隱瀰漫著山雨欲來前的緊張氣氛。

剛經過了吏部的官署，有人在後方高叫道：「大哥！四弟！」范韓兩人別頭回望，只見幾天不見的陳令方一身官服，在五、六名禁衛高手擁侍下，神采飛揚急步往他們走來，還按著頭上的官帽，以免掉了下來，形狀滑稽。兩人同時湧起患難下建立的深刻交情，勒馬停定。

陳令方來到兩人馬旁，第一句話就問道：「瑤妹的仙體痊癒了嗎？」

韓柏好奇地摸了摸他的官帽，笑道：「有我這天下第一情醫，當然好了！唉！不過她的仙氣又加強了，我想一振夫綱也無能爲力了。」

陳令方知他們進宮是要去見駕，不敢阻遲，眉開眼笑道：「那就好了，你們若有空，待會到吏部來找我，我忙得昏天暗地，想去看你們也辦不到。」接著壓低聲音道：「後天皇上會正式改組六部和都督府，屆時必有連場好戲。」

范良極欣然低聲嘲道：「你這利慾薰心的老小子。」催馬先行。

韓柏俯湊下去問道：「燕王送的大禮精采嗎？」

陳令方色迷迷應道：「精采無倫！」

韓柏大笑趕上范良極，傳音道：「你是否隨我進去見老朱？」

范良極傳音回來道：「朱元璋又不是惹火美人兒，有甚麼好見的，我自會找地方打發時間。」

韓柏大感不妥，偏又做聲不得，各人此時在午門外停下，全體下馬。午門城台雄偉壯觀，下寬上窄，古樸穩重，台基以紅大理石砌成須彌座，城台上有五座黃瓦金頂、重檐彩飾的高樓，樓與樓之間有閣道相連，氣象萬千，尤勝大明門。經過中央門洞時，更覺開揚寬暢，此時以巨大青石鋪就的御道滿蓋白雪，百多名內侍正冒雪清理。剛入午門，聶慶童早恭候其內，一番客氣後，領著兩人直入乾清門，進入後廷，來到朱元璋和妃嬪日常起居的乾清宮前。范良極眉目間隱隱透出興奮神色，隨便找個藉口，留在殿外，只剩下韓柏一人獨自進殿去見朱元璋。偌大的殿堂，便像一個富貴人家的大廳，只是空間廣闊多了。

朱元璋優閒地坐在一張太師椅裏，後面是一張滿是書法的大屏風，見到韓柏，隔遠笑道：「忠勤伯不用多禮了，來！坐到朕身旁來。」

韓柏本以為朱元璋因他奪得了秦夢瑤，會含恨在心，哪知他的態度反比以前更親切了。不理是否在作戲給他看，亦篤定多了，叩跪後坐到他身旁的太師椅去，兩人只隔了一張小几，名副其實的平起平坐。

朱元璋笑了笑，道：「小子你看看朕背後這張屏風上寫的是甚麼詩，讀來給朕聽。」

韓柏雖不知他弄甚麼鬼，唯有往屏風瞧去，唸道：「南朝天子愛風流，盡守江山不到頭，總為戰爭收拾得，卻因歌舞破除休。堯將道德終無敵，秦把金湯可自由，試問繁華何處在，雨花煙草石城秋。」

朱元璋淡淡道：「這是唐人李山甫的〈上元懷古〉詩，朕特別教人寫在起居當眼處，便是以之律己，提醒自己必戒華奢，惜用民力，以免萬民受苦。朕的作為，眼前雖有人不同意，但證諸百世之後，當能體會朕的苦心。」

韓柏對這首詩只是一知半解，亦無心求解，更不明白朱元璋為何說起有關節儉愛民這方面的事，只好唯唯諾諾，虛應故事。

朱元璋嘆了一口氣道：「昨夜與夢瑤一席話後，朕整晚都沒有睡覺，不但想著她的話，也想到靜庵和若無兄，想得糊塗起來，眞希望時光能倒流，讓我可以把一些往事糾正過來。」忽地龍目寒光一閃道：「你可知朕為何會和若無兄弄到今日如此田地？」頓了頓語氣森冷低喝道：「不要像那些人般騙朕說不知道。」

韓柏心中叫苦，硬著頭皮道：「好像是皇上與鬼王在建都上有分歧之見吧！」

朱元璋點頭道：「這只是第一樁朕不聽他提議的事，豈知只此一項，竟若長堤破開了缺口，連串的爭執便由此而起。」嘴角牽出一抹苦笑道：「這也應怪朕當時迷上了鐵冠道人看風水的本領，不但選了金陵為都，還讓這空負盛名的人為我卜定地基，不顧若無兄的反對，調集了幾十萬民工，耗費了大量土石，照鐵冠的指示把燕雀湖填平，在其上建設這些宮殿樓台，忘記了這些工程是如何勞民傷財。」

韓柏聽著這天下至尊破天荒第一次承認自己的錯誤，好感大生，暗忖難道經夢瑤昨夜「教訓」他後，這老小子竟轉起死性來嗎？

朱元璋喟言道：「當時在朕一力堅持下，特別在地基下打進了密集的木柱，牆基全部鋪上巨石，又構築了良好的下水道，以防止地基下沉，當時若無兄已指出所有這些工事最後均徒勞無功，可是朕卻一意孤行。唉……」

韓柏一呆道：「皇宮現在是否有甚麼不妥呢？」

朱元璋苦笑道：「是大大的不妥，宮殿建成後，地基就開始下沉，到現在情況日趨嚴重，整個宮城前昂後窪，形勢不稱。唉！朕自見了你這小子後，看著你享盡人間艷福，越發相信興廢有定，尤其與夢瑤一見後，更感精力非比從前，只望改組軍政後，天下會出現一段長治久安的大一統局面，那便無負靜庵之託了。」

韓柏心中感動，熱血上湧，不理這是否只是朱元璋籠絡和收買他的虛假之言，拍胸道：「只要我韓柏有一口氣在，定會助皇上完成心願。」

朱元璋深深看了他一眼後，沉吟片晌，奇峰突出地道：「你說朕應不應除掉燕王？」

韓柏一震道：「甚麼？」

朱元璋雙目射出冷酷的光芒，緩緩道：「現在形勢明顯，就算我平定了藍玉和胡惟庸，燕王始終是另一個禍亂的根源，朕怎忍心看著萬民再受戰亂之苦？」

韓柏給他弄得糊塗起來，囁嚅道：「皇上不是已要小子轉告他，若他乖乖的在皇上有生之年不謀反，便不會削他的權力。」

朱元璋啞然失笑道：「爭霸天下，只有兩種人，就是成功者和失敗者，而爭霸的目標，就是要成爲那唯一的勝利者，甚麼手段都可以用上，最重要是那手段能否使你成功，此所謂兵不厭詐。數十年來，就是基於這信念，朕才得以坐到了這位置上，明白了嗎？」

韓柏道：「皇上不是說過燕王是你不忍心對他無情的九個人之一嗎？」

朱元璋不悅道：「竟敢算起朕的賬嗎？」

韓柏愈來愈弄不清楚朱元璋究竟是怎樣的一個人，更難猜他心中想的是甚麼，嘆道：「小子不敢！只是有點糊塗吧！」

朱元璋冷冷看了他一會後，吁出一口氣道：「若藍玉伏誅，燕王便成爲天下最有軍權的人，即使朝中百官全力支持允炆，最後仍非他這精通兵法的人的敵手，在這種情況下，若你是燕王，在朕身故後，肯不肯坐看天下落於別人之手？」

韓柏更是不解，問道：「既是如此，皇上爲何不乾脆聽鬼王之勸，不理其他人的反對，立燕王爲太子，那豈非天下太平了？」

朱元璋龍目射出複雜無比的神色，長嘆一聲，岔開話題道：「人人都說我朱元璋毫不念舊，誅戮功臣，豈知朕亦是不得已而為之，若人人都像小子你那樣，不把功名富貴放在眼裏，朕又何須出此下策？」接著雙目一凝，寒光閃現道：「歷史早清楚告訴了我們，權力只可以有一個，權力愈集中在中央，政令便容易推行，大一統的太平愈可持久，故漢高祖建朝後，第一件事就是誅除不肯歸還權力的大將；趙匡胤陳橋兵變後，還不是靠杯酒釋兵權；只有集中權力，才不致出現亂局。看看今天的藍玉和胡惟庸，當知朕所言非虛。」

韓柏皺眉道：「藍玉確是恃功驕橫，可是胡惟庸之有今天，完全是皇上一手捧出來的，卻又有何道理呢？」

朱元璋微一錯愕，望向他道：「這幾句話換了是別人來問朕，必是誅連九族的下場，幸好是你這不知天高地厚的小子。哼！單玉如確是高明，竟可瞞了朕這麼久！」

韓柏知道朱元璋不會直接答他，但亦隱約猜到了胡惟庸實在是朱元璋用來對付功臣的擋箭牌和劊子手，只要幹掉胡惟庸，所有權力便全回到了朱元璋和他的繼承者手裏，這一著可謂老謀深算極矣。試探道：「皇上是否要小子對付燕王？」

朱元璋的臉色陰沉起來，好一會才道：「待會朕去見若無兄，先聽聽他還有甚麼話說。」

韓柏見談了這麼久，急於脫身，道：「皇上這次召小子來，是否有甚麼特別差遣呢？」

朱元璋肅容道：「現在最使朕擔心的有三個人，第一個是單玉如，若查不清她有甚麼厲害手段，我們栽了跟頭都不知是怎麼一回事。」

韓柏拍胸道：「這事包在小子身上，有范良極幫忙，甚麼陰謀都可以查個一清二楚。」

朱元璋苦笑道：「這老賊眞是死性不改，你知不知道他究竟想偷朕的甚麼東西呢？」

韓柏大吃一驚，色變道：「皇上怎知他要偷東西？」

朱元璋微微一笑道：「若他不是有所圖謀，怎會無端端要睡上一覺，那時我還不知他是范良極，所以沒有疑心罷了！」

韓柏尷尬地道：「讓我勸勸他吧！」

朱元璋搖頭道：「不！讓他試試也好！朕也想看看他的偷術高明至何種程度。」頓了頓道：「另兩個人就是陳貴妃和楞嚴，他們均爲最接近朕的人，若有圖謀，必是防不勝防。」

韓柏苦著臉道：「小子眞不敢碰陳貴妃，據浪翻雲說，我根本不是她的對手。」

朱元璋一呆道：「浪翻雲這麼說過嗎？」韓柏連忙拚命點頭。

朱元璋失笑道：「朕看是浪翻雲低估了你吧！唉！或許朕是年紀大了，每次想起陳貴妃，心腸都軟了起來，感到難以下毒手。你快想想辦法吧！時間愈來愈少了，最好你能在這兩天爲朕解決了單玉如和陳貴妃的問題，那朕便可全力對付其他人了。」

韓柏心中苦笑，自己眞能在兩天之內，解決了厲害至不知何等程度，神秘莫測的單玉如和狡猾狠毒，連父親都忍心謀殺的陳貴妃嗎？這時記起了爲韓家找屋的事，向朱元璋提出請求，獲准後，施禮退去。

第四章 前塵舊事

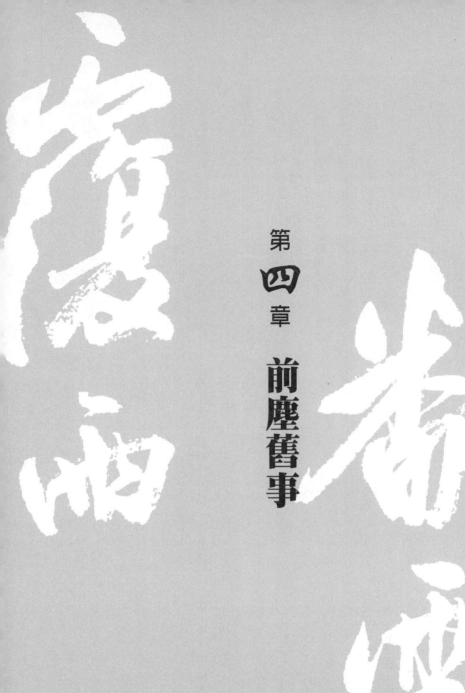

第四章　前塵舊事

月榭內，戚長征赤著精壯的上身，由寒碧翠、褚紅玉、紅袖和宋媚四女爲他處理包紮左肩的劍傷，自然要同時默受諸女的埋怨。宋楠也來了，正和小鬼王荊城冷下棋，後者顯是落在下風，不住皺著眉頭，苦苦思索。虛夜月和莊青霜把秦夢瑤送入靜室後，領著翠碧和夷姬這金髮美人兒來湊熱鬧。虛莊二女不住向戚長征瞪眼，不明白爲何他泡妞竟會泡到負傷而回。

戚長征向在一角下棋的荊城冷笑道：「知道我大舅的厲害了嗎？」

荊城冷嘆道：「要找師父來才行了。」

虛夜月嚷道：「爹到哪裏去了？」

鬼王的聲音由遠而近道：「總算還記得阿爹哩！」

虛夜月歡喜得跳了起來，掠出齋外，不旋踵分挽著虛若無和乾羅步入齋裏，旁邊還有個「掌上可舞」易燕媚。眾人紛紛施禮。客氣一番後，乾羅關心義子，問起戚長征受傷的事。戚長征不敢隱瞞，把過程說出後，與乾羅並排上座的虛若無微笑道：「這孟青青不但劍法高明，還是個光明磊落的人物，否則只要找個鷹飛之類的人物埋伏暗處，小子你休想有命回來了！」

戚長征暗叫慚愧，自己眞是太粗心大意了。旁邊的寒碧翠狠狠瞪了他一眼，低罵道：「看你以後還敢不敢再逞強？」

乾羅見戚長征受窘，岔開話題道：「想不到秦夢瑤竟爲韓柏動了眞怒，我看藍玉休想能從這一劍復元過來，等於幫了朱元璋一個大忙。」

虛若無舒適地挨著椅背，優閒地道：「眞想快點看到她和紅日法王決戰的動人情景，紅日這傢伙號稱西藏第一高手，修的是不死法印，一擊不中，遠颺千里，如此功法，多麼引人馳想。」

虛夜月不屑道：「不過是個藏頭露尾故作神秘，但其實是天生鬼祟的臭喇嘛罷了！月兒說秦姊姊定能一劍把他的臭頭劈了。你若見到自以爲不可一世的水月大宗在她面前那氣燄全消的可憐樣子，才知她是多麼威風哩！」眾人聽她語氣天眞，均發出會心微笑。

乾羅正容道：「我們今晚絕不能輕敵，龐斑乃魔教百年來最傑出的人物，像神一般備受尊崇，此番他親自來京，必然大大振起敵方的士氣，所以若沒必要，切忌群戰，免致兩敗俱傷，徒然便宜了朱元璋和八派聯盟，單玉如更在暗中笑壞了肚皮。」

寒碧翠輕輕道：「單玉如眞的那麼厲害嗎？」

乾羅臉色凝重起來，嘆了一口氣道：「她不但武技可躋身宗師級的位置，最使人防不勝防的是她的媚術，能制人心神於無形，男女均不能倖免。這二十多年來銷聲匿跡，可想見必是在潛修中土魔門某一種厲害無比的魔功秘法，此番出世，定然非同小可。」

眾人聽得心中懍然，這女魔頭能二十多年來無聲無息地躲在胡惟庸的背後，暗中密謀奪取明室的皇權，只看此點，當知她有過人的毅力和耐性。

這時有人來報道：「許宗道求見鬼王！」

鬼王虛若無愕然道：「他終於肯來見我了嗎？」

雨雪緩緩停下。韓柏和范良極兩人剛離開皇城，韓柏道：「死老鬼！你最好暫時忍一下你那雙賊手，朱元璋已識破你想偷他的東西了。」

范良極嘻嘻笑道：「識破又怎樣，現在我們這麼有利用價值，即使老朱明知我要偷他的東西，也只有睜隻眼閉隻眼了。」

韓柏皺眉道：「這樣即使把東西偷到手，那又有甚麼趣味？」

范良極故作驚奇道：「你明知瑤妹不用追求遲早也要獻身給你，那你成其好事時究竟有沒有樂趣呢？」韓柏立時爲之語塞。范良極見佔盡上風，大樂摟著他的寬肩，走上途人熙攘，一端連接著皇城御道的玄津橋去。

韓柏道：「天命教那巢穴你查過沒有，朱元璋剛才又催我動手了。」

范良極頹然道：「昨晚你和瑤妹風流快活，可憐我卻東奔西跑，唉！甚麼名單，連封像樣點的書信也沒有。只找到一些日用品和雜貨糧油的賬目單據。那種可把天命教人一網打盡的名單，只是朱元璋一廂情願的想法，若我是單玉如，也絕不會那麼愚蠢，記在腦裏才是最安全的。」

韓柏苦笑道：「不如我們去把那巢穴最高級的負責人，活捉來送給東廠，他們自有方法要他們甚麼都招供出來。」

范良極搖頭道：「不要白費心機了。那裏只有幾個丫頭，要找個像樣點的人都很困難，這幾天風聲這麼緊，天命教的人怕都躲起來了。」

韓柏忍不住搔頭道：「這麼說來，唯一的線索就是白芳華，我眞有點怕見到她。」

范良極肅容道：「若她確是天命教的護法，武功定然非常高明，平時那武功平常的樣子，只是裝出來騙人的。」

不知不覺間，兩人邊談邊走，步上了落花橋。女子的呼聲傳來道：「韓柏！」

范良極的耳朵何等厲害，一呆道：「是盈散花！」

只見一輛馬車由後邊駛上橋來，駕車者叱喝一聲，把馬車停在兩人之旁。垂帘掀了起來，露出盈散花蒼白的俏臉，秀眸茫然，予人一種哀莫大於心死的淒涼和落寞。

范良極傳音道：「你去探探口風！」走到遠處，但誰都知道他正豎起耳朵偷聽著。

韓柏湧起複雜難言的情緒，移到窗旁，柔聲道：「你往哪裏去了？」

盈散花平靜地道：「這裏再不需要我了，自然是離這裏愈遠愈好。不過假若你要殺我，隨便出手吧！散花絕不會反抗。」

韓柏一呆道：「你明知我不會殺你，爲何還要殺你？假若你有懺悔的心，不如把你對付燕王的手段告訴我吧！」

盈散花悽然一笑道：「爲何我要後悔？韓柏你還不明白嗎？我們根本處在完全不同的立場，有著不同的經歷，你可以殺死我，但卻休想我會告訴你任何事。」

韓柏嘆了一口氣，自知狠不下心來逼她，苦笑道：「秀色呢？她不和你一起離京嗎？」

盈散花的秀眸淚花滾動，但語氣卻平靜至使人心寒，淡淡道：「她早離開了！」淚水終於忍不住泉湧而出。

韓柏泛起強烈的不祥感覺，猛地伸手抓著她的香肩，搖撼著她道：「秀色是不是死了？」

盈散花淒涼茫然地道：「她既不想破壞我的復仇大計，又不想目睹你被我害死，除了自盡外，她還可以做甚麼呢？」

韓柏全身冰冷，臉上血色盡褪，踉蹌後退，撞在橋欄處才停下來，不能相信地搖著頭道：「這不是眞的！告訴我，你只是在騙我！」

盈散花任由淚珠滾下玉頰，哀然道：「我還騙得你不夠嗎？」

韓柏的心亂成一片，神傷魂斷中，又湧起海洋般的恨意，道：「我現在還未死，仍可以破壞你的大事，爲何你不繼續對付我呢？」

盈散花拭去淚珠，平靜地道：「我現在很疲倦，只希望能遠遠離開這地方，離開中原，到哪裏去都可以，只希望能把你和秀色忘記。韓郎啊！用盡你的氣力去恨散花吧，她根本配不上你的愛。」

帘幕垂下，馬車緩緩駛下橋去。韓柏雙腿一軟，幾乎倒在地上，全賴趕上來的范良極把他扶著。

浪翻雲摟著左詩，落在船頭處。操船的怒蛟幫好手齊聲歡呼。幾個人由船艙鑽了出來，赫然是凌戰天、翟雨時和上官鷹。當然還有稍長高了，美麗得像個小公主的小雯雯。他們的出現，連浪翻雲都大感意外，尙未說話，左詩已和小雯雯緊擁在一起，又哭又笑，看得各人心中又酸又喜。

浪翻雲伸手抓著凌戰天的肩頭，大笑點頭道：「是否要和朱元璋攤牌了？」

翟雨時佩服道：「甚麼事都瞞不過大叔。」

上官鷹激動地道：「大叔！你會反對嗎？」

浪翻雲微笑道：「怎會反對呢？這天下再不是以前的天下了。人民只是希望能有安逸太平的日子，怒蛟幫也該順應潮流。當年幫主創幫時，目標正是要爲天下帶來幸福，若天下寧靖，怒蛟幫的存在便是多餘的了。」

凌戰天也笑道：「我早知大哥會同意我們的決定，這次我們來京，就是希望弄清楚形勢，看看可在甚麼地方盡點力量。」

浪翻雲失笑道：「若你不怕頭痛，便盡力去了解吧！」

這時小雯雯脫離了母親的懷抱，奔到浪翻雲前，歡呼道：「浪首座！」

浪翻雲一把抱起她，親了親她的臉蛋。在水師船的護航下，載著怒蛟幫最重要幾個人物的大船，昂然駛進秦淮河去。

鬼王虛若無在金石藏書堂內單獨接見不捨。這白衣如雪，傲岸孤逸的僧人，步入堂內像往日般行起軍禮，朗聲道：「許宗道參見大帥！」

虛若無作出客氣的手勢，請他坐下後，不勝欷歔道：「二十多年了，我最得力的三個手下，現在只剩下你一個了。想當年應天一戰，我們水陸並進，與元軍大戰於鍾山，再追殲元人餘孽於鳳凰台，一戰定下大明的基業。」

不捨接著道：「由那天開始，朱元璋才有了穩固的根據地，以後南攻西討，擴展勢力，先後攻取了江蘇、皖南和浙東大片土地，進行了呑併別部、統一天下的過程。」

虛若無露出緬懷的神色，油然道：「那時元人大勢已去，最強大的對手就是一代梟雄陳友諒，幸好我們得上官飛水師之助，先後與陳友諒大戰於龍江和鄱陽湖，終大破陳軍，多麼痛快！」

兩人忽然沉默下來，因爲接著就是滅掉張士誠和方國珍，使朱元璋雄霸了東南半壁江山，此時朱元璋羽翼豐滿，於是派人暗殺小明王韓林兒於六合縣瓜步江中，徹底背叛了義軍，自立爲王，揮軍北伐，把元人趕出中原。小明王乃當時起義軍名義上的領袖，朱元璋這一做法，導致了上官飛與朱元璋決裂，成立了怒蛟幫，不受朱元璋的管轄。不捨亦因此心灰意冷，離開了鬼王，往雙修府與谷凝清結成連理，修習大法。前塵舊事，一一湧上心頭，不堪回首。

鬼王喟然長嘆道：「成又如何？敗又如何？回想往事，便像作了一場春秋大夢，宗道你看破了嗎？」

不捨苦笑道：「昨天仍未看破，但今天與敝師兄無想的一席話後，皤然大悟，甚麼仇甚麼恨都消了。到現在我才明白爲何師父與龐斑決戰回來後，明知命不久矣，仍是那麼安詳欣悅。生生死死，算甚麼？甚至快樂和痛苦，也只不過是生命裏不同的插曲，有甚麼大不了。」

鬼王一掌拍在几上，長笑道：「說得好！說得好！」

不捨心生感觸道：「一直以來，小僧都把自己的想法和情緒擺在最重要的位置，所以才與谷凝清有二十年的相思之苦，不捨實在太自私了。」

鬼王定神看了他一會後，沉聲道：「宗道語氣中隱然有所決定，看來你連與龐斑的決戰亦拋開不想了，是嗎？」不捨微微一笑，點頭應是。

鬼王舒服地挨入椅背，欣然道：「那要恭喜你了。」輕輕一嘆道：「這二十年來，我把心神全放在寶貝女兒身上，始明白征逐武林，是多麼沒有意思的事，只有生活才是生命的眞義，才能品嚐存在的意趣。」

不捨油然一笑，淡淡道：「只要能殺死年憐丹，不捨便拋開一切，帶同妻女部屬，返回域外，重建無雙國，終老域外，享受一下塞外純樸的生活，其他都不管了。」

鬼王會心微笑道：「好一個『不管』。」再長嘆一聲，道：「我們是否管得太多呢？」

不捨道：「大帥你又有何打算？」

鬼王虛若無啞然失笑道：「有甚麼好打算的，與里赤媚一戰正迫在眉睫，虛某已等了二十多年，等得手都癢了。眞想不到這傢伙竟練成了天魅凝陰，這是多麼令人興奮的事！」

不捨莞爾道：「大帥豪情二十年如一日，宗道心中確是非常歡悅。」

鬼王搖頭嘆道：「現在我最擔心的反是單玉如，她暗中部署了二十多年，任由朱元璋一統天下，打下深厚的國基，故她除非不發動，否則必是無可抗禦的毒計陰謀，使她可將大明接收過去。不過正如你所說，虛某對朱元璋早意冷心灰，再無興趣去管，便讓後生小輩去理吧！」接著長身而起，欣然道：「來！讓我去見見使你同時動了仙凡兩心的美人兒吧！」

韓柏神傷魂斷地和范良極來到左家老巷時，酒鋪內卻是喜氣洋洋，唯有壓下心中悲痛，走入鋪裏。左詩三女、范豹和顏煙如正逗著小雯雯說笑，見到韓范兩人，都停了下來。

左詩喜翻了心頭地道：「小雯雯，看看是誰來了？娘教你怎麼說哩！」

小雯雯蹦跳著轉過身來，瞪大美麗的眼睛，定神看著兩人。先望著范良極，猶豫地道：「是你嗎？」

范良極笑得彎下腰來，捧腹道：「對！我也是你的爹，不過卻是乾爹。」

左詩俏臉飛紅，狠狠瞪了范良極一眼，又向韓柏猛使眼色。韓柏看到這麼精靈秀麗的小女孩，打從心底歡喜出來，單膝跪下，張開雙臂柔聲道：「乖寶寶！快到爹懷裏來！」

小雯雯小臉紅了起來，跺足道：「我不是乖寶寶，是小雯雯。」說完衝入左詩懷裏，不肯再回過頭來。

韓柏臉皮最厚，哈哈一笑，站了起來，走到她的背後，跪下湊到她耳邊道：「是爹錯了，你是小雯雯，最乖的小雯雯。」

左詩催道：「小雯！忘了娘怎麼教你嗎？」

小雯雯旋風般轉過身來，摟上韓柏的脖子，在他臉頰親了一口，叫道：「爹！」又再轉回左詩懷裏，這次怎也不肯離開了。眾人都看得湧起溫情。

柔柔過來拉起韓柏道：「怒蛟幫的人來了，正和浪大哥在內堂說話呢。」

范良極愕然道：「甚麼？」往內堂走去。

柔柔再低聲道：「白姑娘也來了，在偏廳等你。」

韓柏立即色變，范良極亦停下步來。柔柔見兩人神色古怪，奇道：「有甚麼問題嗎？」她仍未知白芳華的身分，故有這自然的反應。

范良極乾咳一聲，說了聲沒事後，把韓柏扯到一旁道：「這妖女必是不懷好意，你放心去見她吧！我會在旁照應。有浪翻雲在這裏，估量她也不敢胡來。」

韓柏放心了點，逕往偏廳去見白芳華。這左家老宅前面是鋪位，後面是住宅和工場，佔地寬廣，住上百來人也沒有問題。白芳華嫻雅自若地坐在偏廳，那模樣又乖又賢淑，事實直到此刻，韓柏仍有點不相信她會坑害自己，但受過盈散花的教訓後，他再不敢輕忽託大了。她見到韓柏，臉上現出驚喜的表情，啊的一聲盈盈起立。

韓柏堆出笑容，道：「白小姐的消息眞靈通，竟知我會到這裏來。」

白芳華迎了上來，挽著他的臂彎含笑道：「不是猜，而是知道你必會到這裏來看乖女兒，人家才到這裏找你。」

坐下後，韓柏暗地收攝心神，笑嘻嘻道：「白小姐眞的再不怕我了，否則怎會送上門來呢？」

白芳華拋了他一個媚眼，柔情似水地道：「有甚麼好怕你的，不過這次來找你，卻不是要把自己送上門來，而是受人所託，把一些東西交給你。」

韓柏訝道：「何人要勞白小姐的芳駕呢？」

白芳華白了他一眼，由懷裏掏出一包用火漆封好的包裹，送入他手裏道：「剛才盈散花來找我，要人家把這東西親手交給你，芳華也不知裏面藏的是甚麼。」

換了以前，當還不知白芳華是天命教的人時，韓柏必會深信她所說的每一句話，但現在哪肯相信她會不拆開來看，同時也在奇怪，爲何盈散花剛才沒有提起這包東西的事？

白芳華站了起來，笑道：「韓郎定必心急拆看，芳華不阻你了。」

韓柏不好意思道：「我送你出去吧！」

白芳華按著他肩頭，俯身獻上熱烈的香吻，溫柔地道：「不用送了，這幾天韓郎定是無暇分身，待韓郎大展神威，掃平群魔後，你要怎樣安排芳華都可以。」

韓柏裝出大喜之色，叮囑道：「說過就算數的了，可不能反悔哩！」

白芳華應道：「芳華遵旨！」再甜甜一笑，才婀娜多姿地去了。

看著她動人的步姿，韓柏的心神不由給她勾了去，直至她消失門外，韓柏才回過神來，暗忖這種步姿必是天命教的一種媚術，否則爲何如此厲害。低頭看著手上的包裹，心內百感交集，想起裏面或有秀色自盡前寫給他的絕筆信，又或盈散花揭開對付燕王的陰謀，一顆心不由忐忑急跳著。

范良極一臉狐疑之色走了進來，不能相信地道：「竟是這麼一回事嗎？」再喝道：「還不快拆開來看？」

韓柏把包裹遞給他，呼吸急促起來。范良極明白他的心情，接過包裹，放到檯面上，隔空運指一劃，火漆裂開，包裹打了開來，竟是一疊書信，最上的一封寫著「胡惟庸丞相親啓」字樣。兩人同時「啊」一聲叫了起來，不能相信地看著這十多封信件。范良極撲到桌旁，翻信細看，竟然全是胡惟庸與藍玉、東瀛幕府和方夜羽間往來的密函，內容自然全與密謀造反有關，說的都是事成後如何瓜分中土，卻沒有一字提到任何陰謀。兩人你看我，我看你，怔在當場。

范良極深吸了一口氣後，道：「這事奇怪至極，我要找浪翻雲來商量。」

不一會浪翻雲、凌戰天、上官鷹、翟雨時全來了，匆匆介紹後，由范良極把前因後果詳細交代了，眾人都聽得眉頭深鎖，沉吟不語。

范良極道：「若白芳華眞的沒有拆開來看，當然不知道這些是可誅胡惟庸九族的證據，那便可勉強解釋得過去。」

翟雨時最愛動腦筋，搖頭道：「除非白芳華不是天命教的護法妖女，否則絕不會如此疏忽大意，而且盈散花只是藍玉的人，怎會得到胡惟庸的造反證據，只有單玉如才可以輕易拿到這些書信。」

凌戰天不解道：「可是單玉如為何要害死自己的手下呢？」

浪翻雲嘆了一口氣道：「到現在我才領教到單玉如的厲害，難怪連言靜庵都除不掉她。若非給韓小弟看穿了白芳華的身分，無論如何我們也不會猜到她頭上去。」

翟雨時苦惱地道：「究竟應不應把這些信件交給朱元璋，若白芳華眞不知道包裹的內容，這確是千載難逢的瓦解藍玉和胡惟庸兩人的機會。」

上官鷹皺眉道：「就恐怕我們要在事後，才可以知道這是單玉如的陰謀，還是單玉如的錯失，除非我們能立即追上盈散花，向她問個清楚。」

浪翻雲道：「韓小弟現在怎能分身追她，恐怕追也是徒勞無功。」

韓柏搔頭道：「現在該怎麼辦才好呢？幹掉胡惟庸，總是好事一件吧！」接著再嘆道：「還有件更奇怪的事，聽白芳華的語氣，這幾天都不會來纏我，難道她或單玉如都不想用我的魔種進補嗎？」各人聽他說得有趣，都笑了起來。

翟雨時神情一動道：「我終於想到單玉如為何要捨棄胡惟庸這個手下了，問題出在他暴露了眞正的身分，這事必是由白芳華傳回去給單玉如知道，使單玉如下了這個決定。」

浪翻雲微笑道：「雨時這分析極有道理，但再推論下去，就是單玉如即使沒有了胡惟庸，仍有方法在朱元璋死後控制大局。」

范良極一掌拍在檯上，狂叫道：「定是與允炆這小子有關，一直以來我們都沒注意到他，事實上他卻是朱元璋皇位的合法繼承人，若朱元璋忽然死去，最大的得益者當然是他。」

翟雨時的臉色變得凝重無比，沉聲道：「單玉如可以把白芳華安排到燕王和鬼王身邊，自然亦有方法把另一個護法妖女安排到允炆身邊，說不定就是他的母親恭夫人。」

凌戰天色變道：「若事實如此，允炆的父親朱標定是給單玉如害得英年早逝，加深明室的危機，這些毒計眞叫人心寒。」

浪翻雲淡然道：「你們現在明白我說頭痛的意思了。整件事計中有計，局中有局，若沒有方夜羽的外族聯軍，這事簡單至極，但現在卻混亂複雜至無以復加的地步，要說也很難說得清楚。」

韓柏道：「我們應不應把對恭夫人的懷疑，告訴朱元璋呢？唉！朱元璋身邊還有個陳貴妃，我也頭痛了。」

翟雨時道：「對恭夫人的懷疑，我們只是憑空猜估，若害了無辜的人就不妙了。」

浪翻雲道：「這一仗說不定我們會輸給單玉如，她部署了二十多年，所有佈置都是根深柢固，若胡惟庸一去，我們更連她的尾巴都摸不著。在這種形勢下，唯有盡力而爲，最好能保住朱元璋的命，若不可能的話，也要燕王不死，否則天下終將落入單玉如手中。」

韓柏「霍」地站起，道：「讓我去見燕王，坦白說出盈散花的事，看他自己是否發現不妥當的地方？」

范良極喝止道：「千萬別作這種蠢事，燕王會懷疑你是朱元璋的人，和他坦白，可能會弄巧反拙。」

翟雨時道：「其他事都可擺到一旁，眼前的頭等大事，就是應不應把這些信件，交到朱元璋手裏？」

眾人的眼光均移到浪翻雲身上，當然是信任他的智慧和決定。浪翻雲苦笑道：「若從大處著想，無論是誰掌政，除去了藍玉和胡惟庸，外族聯軍便失去了依恃，避免了外族入侵，對萬民總是好事。去吧！把這些信交給朱元璋，但提醒他覷準時機才好動手。若這眞是單玉如的陰謀，一天朱元璋未去掉藍胡兩人，單玉如仍不會發動的。」頓了頓道：「我們則必須在這之前探查到單玉如的部署。」轉向韓柏道：「交信前，小弟最要緊把事情始末向鬼王詳細說出來，他深悉朝廷之事，又精相人之法，應該比我們這些外人更有卓見。」

韓柏獨自回到鬼王府，通知了戚長征到左家老巷和凌戰天等會合後，立即到金石藏書堂與鬼王密議。鬼王靜心聽畢整件事後，又逐封看過那些書信，驀地仰天狂笑起來，說不盡的歡暢。韓柏愕然看著他，完全不明白他有甚麼値得笑成這樣子的原因。

鬼王收止笑聲，長長一嘆道：「造化弄人，任朱元璋千算萬算，仍算不過老天爺。唉！單玉如才是眞正厲害的人，竟可作出這樣的部署。翟雨時不負謀士之名，憑著一點線索，便看破了單玉如的手段。若我估計無誤，這恭夫人定是單玉如的女兒，而允炆則是她的外孫。正因單玉如藏身處是深宮之中，所以我們千查萬查，仍找不到她的蹤影。」

韓柏色變道：「那應不應立即告訴朱元璋？」

鬼王嘆道：「太遲了！現在唯一的方法，就是保著燕王之命，讓他逃返順天。」伸指一彈，指風擊在門旁的大銅鐘上，發出「噹」的一下清音。

鐵青衣出現門前，施禮道：「府主有何吩咐？」

鬼王喝道：「給我立即找燕王來！」

鐵青衣領命去後，鬼王欷歔道：「這是虛某最後一次理他朱家的事，爲的不是對朱元璋或燕王有任何好感，只是不想天下落入單玉如手裏，她乃魔教之人，行爲邪惡，若讓她掌權，萬民會受到難以想像的毒害，中土勢必長期沉淪。」

韓柏道：「我們揭穿她的事不就行了嗎？」

鬼王道：「很多人連天命教是甚麼都不知道，我們又只是空口說白話，誰會相信我們？而且京中大部分人的利益均和允炆掛了鉤，死也要維持他的繼承權。就算朱元璋也不敢將允炆廢掉，因爲那將立刻引致天下大亂。」

韓柏大感頭痛，不知該作如何打算才好。方夜羽他們有佈置陳貴妃的陰謀，單玉如又有她的陰謀，藍玉和盈散花則又是另一套陰謀，而每一項都可對明室構成致命的打擊，他能有甚麼應付的辦法呢？登時想起了秦夢瑤，趁她尚未起程去赴八派的元老會議，不如找她談談吧！

鬼王卻肅容道：「只要朱元璋下手對付藍玉和胡惟庸，你須立即把所有人全集中在鬼王府，則不論發生甚麼事，我們都可利用秘道安全逃出京師去。」

韓柏想不到事情嚴重至此，色變道：「會發生甚麼事呢？」

鬼王伸手抓著他的肩頭道：「我和浪翻雲均看出了此點，就是朱元璋的性命已操縱在單玉如手上，所以你絕不可把允炆的事告訴他，那只會逼單玉如早一步送他上西天，明白嗎？」

韓柏一呆道：「朱元璋有影子太監保護，手下又高手如雲，單玉如怎樣可殺他呢？」

鬼王神色凝重道：「朱元璋今年七十一歲，大運流年均爲最旺盛的運程。但老年人最忌行旺運，所以很難過此險關。單玉如二十多年來長期隱身於朱元璋之旁，對付起他來有如探囊取物。我們這些人根本無法插手，試問區區幾天，如何可以察破她佈置了二十多年的陰謀？現在唯一的方法，就是詐作不知單玉如的存在，如此或可使大家保命逃生。」

韓柏深吸了一口涼氣，想到了左詩小雯雯陳令方等人，點頭道：「小婿明白了！」

記起了背上鷹刀，忙解下來，正要遞給鬼王，鬼王舉手阻止道：「寶物祥器，唯有德者居之，賢婿留下它吧！」

浪翻雲和凌戰天並肩站在落花橋頭，默默看著橋下潺潺的流水。

浪翻雲微微一笑道：「我們多久沒有這麼在街上閒逛了？」

凌戰天眼中射出不勝緬懷的神色，吁出一口氣道：「很久了，在被幫主收養前，一直都是大哥照顧我，找到了東西大哥先讓我吃，給人欺負時大哥用身體護著我，每天都在逃避戰亂，若非遇上大哥，凌戰天早餓死了。」

浪翻雲苦笑道：「你想得太遠，不過那段浪蕩鄉野街頭，奮力求生的日子確是既淒酸又動人，爲了生存，我們學會了別人一生都學不到那麼多的東西。」

凌戰天欷歔道：「戰爭實在太可怕了，那時年紀還小，只要能塡飽肚子便滿足快樂。現在回想起來，才知道那時是多麼淒涼，眞不希望再見到這種可怕的災難出現在我們下一輩的身上。」

浪翻雲輕嘆道：「但這看來是難以避免的了。只望可局限在最少的地區內，時間也縮至最短，禍害不致那麼慘烈！」

凌戰天道：「這單玉如的耐心眞是可怕，竟可等到朱元璋把所有功臣誅掉，將大權集中到他身上時，才發動陰謀，暗地奪權。若非韓柏這小子識破白芳華的身分，我們一敗塗地還不知發生了甚麼事。」

浪翻雲雙目爆起精芒道：「自遇上惜惜後，我已多年沒有動過殺機，但現在我卻下了決心，決計不擇手段殺死單玉如，否則若有她在背後支持允炆母子，恐怕燕王也不是敵手。」

凌戰天微笑道：「我早知大哥心意，大哥準備何時入宮找她？」

浪翻雲淡然道：「夜長夢多，絕不可遲過今晚。」

凌戰天點頭道：「單玉如仍不知我們察覺到她的存在。所以定然待我們與方夜羽拚個兩敗俱傷，才會動手。明天便是朱元璋三天大壽開始的第一天，所有事也必在這三天內發生。」頓了頓道：「大哥認為方夜羽他們知不知道單玉如的存在？」

浪翻雲油然道：「方夜羽他們或許還不知道，但卻絕瞞不過龐斑，他的心靈力量已臻達天人至境，像單玉如這種武功媚術均臻極境的高手，定會使他生出玄奧奇妙的感應。」

凌戰天道：「這種看不到摸不著的精神力量確是玄之又玄，教人防不勝防。」想了想後道：「今晚大哥進宮，定要特別小心，宮內高手如雲，對允炆的保護必像對朱元璋般嚴密周詳。那裏面又佈滿秘道密室，一擊不中，單玉如躲了起來，以大哥之能，亦要奈她莫何。」

浪翻雲笑道：「你眞知我的心意，唯一把單玉如逼出來的方法，就是詐作刺殺允炆，看來我要扮作水月大宗才行。」

凌戰天失笑道：「這水月大宗眞搶手，希望他不會在同一時間出現在別的地方就好了。」

浪翻雲搭上他的肩頭，走下橋去，欣然道：「不會的！水月大宗的目標既不是鬼王，自然就是浪某人。他送上門來給我試劍後，包管甚麼地方都去不了。所以只會有一個『水月大宗』，而不會有兩個之多。」

凌戰天失笑道：「過了今晚！希望形勢會清楚一點。」

浪翻雲肯定地道：「一定如此，信件交到朱元璋手上，他必然趁今晚方夜羽等人無暇分身的時刻，圍剿藍玉和胡惟庸，不讓任何人逃出京去，若非有單玉如在，他確會成為唯一的大贏家。」

凌戰天哈哈一笑道：「今晚將會好戲連場，不過先讓我們找間館子大吃他一頓吧。」

浪翻雲望著攀上中天的太陽，微笑道：「長征應該來了，我們不如拉大隊去吃午飯，誰想得到我們這些叛國的水賊竟可以在京城有這麼風光的日子呢？」大笑聲中，這對肝膽相照的好兄弟，加入了大街上潮來潮往般的人流中去。

龐斑和里赤媚兩人優閒地在巨宅的大花園內漫步。

里赤媚柔聲道：「魔師似乎並不看好我們這次對付明室的計劃。」

龐斑平靜地道：「那有甚麼關係呢？告訴我，即使沒有推翻明室這遠大的目標，你肯放過與鬼王的決戰嗎？」

里赤媚微笑搖頭道：「當然不會。那就像你不肯放過水月大宗和浪翻雲。否則生命是多麼乏味和沒趣。」頓了頓再問道：「我們的計劃可說天衣無縫，沒有任何人能逆轉過來，為何魔師仍不樂觀呢？」

龐斑來到一株大樹前停了下來，伸手撫上被霜雪包裹凝結的梅樹橫枝，眼中閃動著奇異的光芒，漫不經意地道：「那是一種難以向你解釋的感覺，隱隱中我感應到皇宮內除了鷹緣，還有一個可怕的人物存在著，默默地操縱著一切。浪翻雲正爲此事動了殺機，眞是精采得使人感動。」

里赤媚一震道：「甚麼？」

龐斑微笑道：「不要繼續追問，這類精神的感應最是微妙難言，總之要謹記切戒貪妄之念，應退則退，保持元氣才是最重要的頭等大事。事情日後無論往哪一個方向發展，赤媚都應當感到不虛此行。」

步聲在後方小路響起。「玉步搖」孟青青嬌甜的聲音響起道：「孟青青謹代表女眞族向魔師請安問好！」

龐斑轉過身去，見到在孟青青帶領下，一眾女眞高手跪倒地上，向他行叩首大禮。龐斑欣然上前，扶起了孟青青，並命其他人站起來，不必多禮。孟青青一對柔荑被這天下第一高手握在溫暖的大手裏，嬌軀掠過奇妙無比的舒暢寧和及深遠無盡的感覺。沛然莫測的眞氣由對方手上傳來，與戚長征決戰所受的內傷，迅快痊癒著。

龐斑深深看進她眼裏，柔聲道：「在公主的領導和啓發下，女眞族將來當可大有作爲。」

孟青青心頭一陣激動，湧起對尊敬的長者孺慕之情，赧然垂首道：「魔師誇讚了，青青平庸得很哩！」

龐斑放開了她的手，哈哈一笑道：「只看公主能拋開種族間的成見，爲更遠大的目標努力，便知公主的心胸和識見，誠女眞族的福氣。」

旁邊的里赤媚笑道：「若非有魔師作號召，想我們這些人團結合作，眞的難之又難呢。」

這時方夜羽來報道：「藍玉的傷勢看來頗爲嚴重，我們應否先助他逃出京師？」

龐斑雙目精芒一閃道：「先不說我們能否分出人手助他，若藍玉連自己的小命都保不了，哪還有爭霸天下的資格？」

韓柏步出金石藏書堂，在外面等得不耐煩的虛夜月和莊青霜大喜迎上來，分在兩邊挽緊了他。兩女見他臉色凝重，滿肚子的怨言頓時煙消雲散，知道有不尋常的事發生了。

韓柏偎紅倚翠，還是這兩個嬌滴滴的美人兒，芳香盈鼻，能令他心懷稍放，道：「我要立即找你們的秦姊姊，我的小夢瑤，你們乖乖的在這裏等我，我有天大重要的事情急著去辦。」

莊青霜傍著他邊走邊道：「恰好霜兒亦要回家探望爹和娘，所以想和秦姊姊一道回道場。」

虛夜月不甘人後道：「月兒也要陪霜兒哩！」

韓柏知道兩女不見了他半天一夜，定然不肯放過他，不過他亦喜有兩女在旁相伴，笑道：「好了！不要耍把戲了，我帶著你們兩個去玩兒吧！」兩女大喜。

這時月樓在望，秦夢瑤剛好步出樓來。三人見到秦夢瑤，同時呆了起來。經過了兩個時辰的清修後，秦夢瑤更是清麗照人，使人不敢逼視，尤其她那種寧恬超然於世俗的氣質，越發令人生不出冒瀆之心。

秦夢瑤笑著迎來。韓柏大聲讚嘆道：「夢瑤的仙氣又加重了，那我這徒兒亦慘了，縱使師父傳了我一門最珍貴的手藝，看來都派不上用場呢。」

秦夢瑤淡淡一笑道：「韓郎是否有事要告訴夢瑤呢？不如我們邊走邊說好嗎？」向兩女柔聲道：「月兒霜兒，讓我們把臂同行，韓郎便讓他追在後面好了。」

兩女大喜，嬌嗲地附到秦夢瑤兩旁，看得韓柏眼也呆了。嘻！誰比我「浪子」韓柏更能享受到如此仙福呢？忽然間，凶險的鬥爭也無關痛癢，整個人輕鬆起來，心神倏地提升，才醒覺到自秀色死訊傳來，心內魔障重重，精神跌至前所未有的低點，始會生出驚懼、頹喪種種負面的情緒，此刻見到秦夢瑤，受她道胎的影響，才把自己解放出來。忙追在秦夢瑤背後，把單玉如的事說了出來。秦夢瑤平靜無波地聽著，到關鍵處才問上兩句，聽完整件事後，已遠離了鬼王府，到了秦淮河旁。虛夜月「遊興」大發，找了艘小艇來，由她和莊青霜負責操舟，韓柏和秦夢瑤同坐船尾處。貼著秦夢瑤的仙體，看著虛夜月和莊青霜兩女操舟，韓柏哪還知人間何世，但出奇地心中沒有半絲綺念，只覺這樣已滿足幸福得要命。

秦夢瑤幽幽一嘆道：「師父當年早說過單玉如會是禍根，想不到她的預言終究成了現實，還這麼嚴重。」接著向莊青霜道：「霜兒切莫對令尊提起此事，由韓郎找機會直接對他說會妥當一點。」

莊青霜乖乖的點頭答應，又擔心地道：「爹他們一向都是擁護允炆繼承皇位的，怎辦才好呢？」

秦夢瑤愛憐地道：「韓郎和姊姊怎會不關心霜兒的家人，只是要找到適當的機會，才提醒他們罷了！假若允炆得勢，給他天大的膽子也不敢動八派的人。問題只在除田桐外，八派還有多少人被單玉如收買了。」再嘆一口氣，把臉頰側枕到韓柏的寬肩上，軟弱地道：「韓郎！夢瑤終於明白師父揀選朱元璋時的心情了。」

莊青霜和虛夜月從未想過這超然於物外的仙子，也會有這種柔弱女兒家的情態，一時只懂呆看著她。韓柏亦是心中一震，伸手摟緊她的香肩道：「夢瑤何出此言？」

秦夢瑤無力地靠在他身上，輕輕道：「因為那就像夢瑤現在要選取燕王般，縱使千萬個不情願，可是再無他法。」

燕王把三十多個隨從高手留在外面，獨自進金石藏書堂去見鬼王。鬼王虛若無踞坐堂上，冷冷看著進入堂內的燕王，面容肅穆。燕王下跪施禮。

虛若無面容不動道：「朱棣你被封爲燕王後，還是首次向我行跪叩大禮。」

燕王沉聲道：「朱棣爲了爭取皇位，愈來愈不擇手段了。見到若無先生，想起一向得你提攜教導的恩情，心中慚愧，忍不住跪了下來。」

虛若無哈哈一笑，道：「我沒有看錯你，起來吧！」燕王也弄不清楚他是褒是貶，長身而起。

虛若無絲毫沒有請他坐下的意思，戟指厲喝道：「朱棣！你可知自己性命危如懸卵！」

燕王嚇了一跳，愕然道：「先生指的是哪方面的事？」

鬼王虛若無臉色一寒道：「你竟斗膽派人行刺我的好女婿，你和我本已恩斷義絕，若我要毀掉你，在現在這情勢下，就像捏死一隻螞蟻般容易。待會你父王會來見我，只要虛某點一下頭，你會發覺燕王府外全是禁衛和東廠的高手，所有地道均被堵死。大軍同時開入你的領地，朱棣啊！你仍不是朱元璋的對手。」

燕王想不到鬼王如此不留情面，立時汗流浹背，跪了下來，叩頭道：「朱棣知罪了！」

鬼王喝道：「看在你沒有像一般愚蠢之徒般出口否認，仍算是個人物，給我站起來，挺起胸膛聽虛某說話。」

燕王聽得事有轉機，忙站了起來，沒有人比他自己更清楚，朱元璋一直動不了他，全因有鬼王在背後撐他的腰。他之所以行刺韓柏，也是不得已中的險著，這時給鬼王罵出來了，心中反舒服了點。

鬼王兩眼神光閃閃，盯著他道：「小不忍則亂大謀，值此緊要關頭，仍不收起色心，如何才能成霸業？你可知盈散花乃藍玉特別請來對付你的高句麗無花王的後人？『散花』兩字正暗含無花王朝消散之意。」

燕王遍體生寒，駭然叫道：「甚麼？」

虛若無不屑地看了他一眼道：「看你眼肚氣色灰暗，顯然中了盈散花高明至極的姹女蠱術，只要遇上引發蠱術的媒介，立會倒斃當場，可是你還懵然不知，眞是既可憐又可笑。」

燕王雙膝一軟，跪了下來道：「這是不可能的，姹女蠱術只能由具有處女元陰的女子施展，而她……」

虛若無一聲長嘆，語氣轉爲溫和，喟然道：「元璋諸子中，我只看得起你一個，一直刻意栽培你，又傳你兵法武功，足當你半個師父有餘。」再嘆道：「你還得多謝韓柏這不記仇的人，若不是他，連我都會被盈散花騙了，此女狡猾多智，竟懂利用秀色布施肉身，爲她製造出蕩女艷名，使你在毫無戒心下著了道兒。現在天下間只有三個人能解你身上的艷蠱，一個是盈散花，另一個就是身具魔種的韓柏，至於第三個人，當然是龐斑了。」

燕王渾身冒出冷汗，低頭不語，更不敢站起來。

鬼王虛若無嘆道：「若你眞的殺了韓柏，月兒恐怕也活不了。虛某受此打擊，必敗於里赤媚手下，你也只好等著幾時蠱發慘死。我們更發覺不到白芳華原來是天命教兩大護法的其中之一。可見你是如何不智莽撞。」

鬼王的話一浪比一浪驚人，燕王劇震下朝他望去，不能置信地叫出來道：「甚麼？」

虛若無的銳目射出愛憐之色，搖頭苦笑道：「小棣你和我都栽了個大跟頭，你是好色，我是憶妻，來！坐到我身旁來吧！縱使當上了皇帝，若連一個知己都沒有，人生還有甚麼趣味，元璋就是最好的例子，你見過他快樂嗎？」

燕王這輩子最佩服的就是虛若無，現在被鬼王以攻心之術，連串地施以無情的打擊，利慾薰心的神志驀地覺醒，坐到鬼王下首，汗顏道：「小棣這次是眞心羞愧，再不敢忘記先生的教誨。」

第五章 元老會議

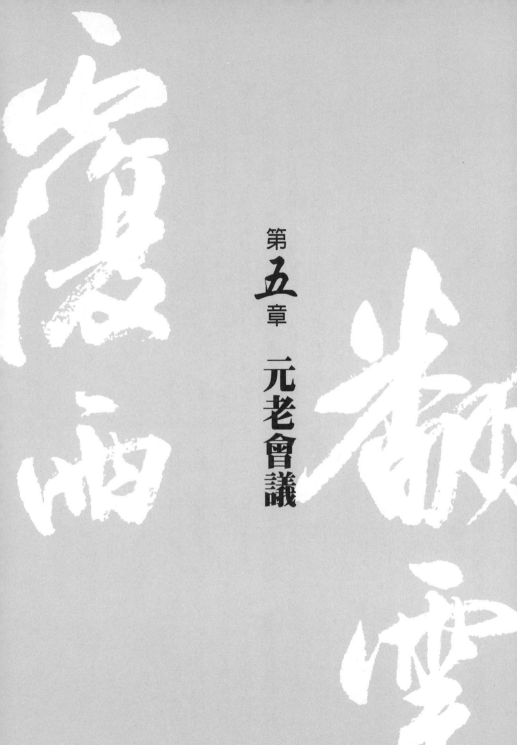

第五章　元老會議

西寧道場一片熱鬧。元老會議在西寧的主道場舉行，當日韓柏就是在這裏遇到莊青霜。地蓆全給搬走了，使道場更見廣闊，九組坐椅分列兩側。上首的只有檯椅，其他兩張至三張不等，前者自然是為秦夢瑤而設的特別席位。能坐到椅子的都是八派有資格舉手作決定的元老。為了能給接班人有學習的機會，種子高手均有列席的參與權，卻沒有發言或舉手表態的權力。會議在準未時初舉行，現在離未時尚有刻許鐘的時間，「書香世家」的向蒼松和兒子媳婦向清秋雲裳最先進入會議廳內，接著是武當掌門純陽眞子、飛白道長和仍是臉色蒼白，內傷初癒的小半道人，再加上兩重身分的俗家高手田桐。純陽眞子和飛白道長二十年來還是首次下山。向蒼松欣然和他們敘舊。

此時古劍池的兩名種子高手冷鐵心和薄昭如在池主「古劍叟」冷別情的帶領下，亦步入會場。冷別情雖為人高傲自負，見到這些元老高手，亦不敢怠慢，親切地打招呼。會場外的園林裏，身為主家的西寧三老，莊節、沙天放和葉素冬負起迎賓之責，殷勤接待與會的各派重要人物。至於隨來的各派弟子，則在外進的大廳內享用茶點，互相認識問好，氣氛熱烈融洽，頗有點節日的味道。負責打點一切的自然是沙千里這些西寧派的弟子了。久未出山的「菩提園」派主寶渡大師，剛於此刻抵達，那天在韓柏手下吃了小虧的種子高手杜明心，隨侍身旁。沙天放見八派的人到了一半，遂陪著寶渡大師進入會場，留下莊節和葉素冬兩人在外邊迎客。素淡的忘情師太領著絕色美尼雲素和春風滿面的雲清來到，寒暄兩句，隨即進入場內。眾元老和種子高手紛紛入座，接受西寧弟子奉上的香茗。眾人的神色均有點凝重，誰都知道這個會議乃朱元璋建立大明朝以來，最重要的一次集會，用以決定八派以後對朝廷和江湖事務的方針。由於非常具有爭議性，一個不好，八派聯盟將四分五裂，各自爲目標和利益而爭鬥。而最微妙的地方，是秦夢瑤這位代表著兩大聖地的人，是否仍能約束代表著各種利益和勢力的八派，仍保持精神領袖的地位。

各自思索間，葉素冬陪著不老神仙、謝峰、「十字斧」鴻達才和「鐵柔拂」鄺卿嬌進入場內。由於不老神仙地位崇高，眾人紛紛起立致禮。不老神仙含笑和眾人打著招呼，逕自來到左首最上方的一組椅子坐下，除謝峰有資格陪坐一旁外，鴻鄺兩人只能站在兩人椅後。長白這一組的下方是西寧派的席位，對面則是秦夢瑤和少林派的位子。少林派的掌門這次並沒有來，但以無想僧的身分威望，已足夠資格代表少林的三票。秦夢瑤、韓柏與莊虛二女剛在此刻抵達，當他們經過前廳時，所有八派的弟子全靜了下來，不論年紀和男女，均被三女的絕世容色所折服，反而沒有那麼留心韓柏。秦夢瑤那超然於世俗的仙姿，虛夜月那種男裝打扮的玲瓏嬌俏，莊青霜玉立修長傲若寒霜的明艷，形成一幅震撼人心的美人圖卷。

行經大廳和會場間的空地時，莊節迎上來施禮道：「西寧派莊節恭候夢瑤小姐！」秦夢瑤斂衽還禮。

韓柏笑嘻嘻致禮道：「小婿拜見岳父。」莊節未及回禮，莊青霜早迎了上去，嬌嗲地拉著他手臂，甜甜地叫了聲爹。

莊節看到女兒幸福得發亮的俏臉，心中歡喜，道：「還不進去見你的娘。」

莊青霜答應一聲，領著虛夜月歡天喜地去了。莊節不由大奇，這對冤家為何會變得如此融洽友善。眼光轉回秦夢瑤處，微笑道：「今日得夢瑤小姐法駕蒞臨，西寧派實大感光采。」

秦夢瑤恬淡一笑，向韓柏道：「韓郎可以去辦事了。」

韓柏湊到莊節耳旁低聲道：「小婿要立即進宮見皇上，稍後還有天大重要的事面稟。岳丈最要緊支持夢瑤，否則八派將會吃上大虧。」不等莊節回答，退到秦夢瑤旁道：「入宮後我立即趕回來，夢瑤至緊要和霜兒月兒在這裏等我。」

秦夢瑤柔聲答應後，韓柏轉身便走，忽地眼前人影一閃，有人攔在前方。韓柏愕然停下，原來是無想僧擋在路心，微笑道：「你就是薛小蠻了，難怪老衲怎樣都點化不了你。」親切地拍了拍他肩頭，行雲流水般到了秦夢瑤和莊節處。開會的人終於到齊了。

燕王聽著鬼王詳述韓柏如何發現白芳華眞正身分的經過，臉色難以掩飾地變化著。說到白芳華把胡惟庸私通外敵的證據交給韓柏，臉上最後一點血色都消失了。以他那麼雄材大略，泰山崩於前而不動容的不世人物，面容仍變得如此難看，可知所受的震撼是多麼巨大。

鬼王嘆道：「現在若我們仍猜不出方夜羽一石二鳥的毒計，也可以收山不用出來混了。」

燕王謙虛問道：「小棣愚魯，仍未能識破他們的毒計。」

鬼王淡然道：「奼女大法源自西藏的歡喜密法，百年前以敗於傳鷹之手的白蓮珏最是有名，為開派的宗師，魔宮護法花解語便是這一派系的傑出弟子。當年白蓮珏有兩個婢女，都學到了她的奼女術，一為漢人，另一個便是高句麗的女子，兩婢分別創立了閩北的奼女派和高句麗的媚心派，秀色和盈散花不用說都是這兩派的後人。」

燕王吁出一口涼氣道：「難怪我見到她時，完全無法控制自己的色心，原來她是精通奼女大法的傳人。」

鬼王續道：「不論是單玉如的媚功，又或白蓮珏的奼女術，均爲魔門秘法。而韓柏的魔種，卻是魔門最巔峰的大法，天性能克制任何魔門秘術，所以我才敢斷定只有他才能破去盈散花施在你體內的媚蠱。這也是盈散花不惜一切去殺死韓柏的眞正原因。」

燕王鐵青著臉道：「爲何我一點異樣的感覺都沒有，運功內視也找不到絲毫線索？」

鬼王神色平靜地道：「這正是媚蠱最厲害的地方，利用陰陽相吸之理，把與處女元陰結合後細若微塵的蠱蟲由你的精氣吸入血脈裏，遍布全身，無形無影。可是只要蠱蟲受到外來的刺激，立會侵蝕體內精血，教你精枯血竭而亡，無藥可救。」

燕王劇震道：「韓柏眞能治好我嗎？」

鬼王微笑道：「放心吧！只要他的魔氣鑽入你的經脈裏，包可把蠱蟲引得全聚集到某一處，那時你便可用自身的功力將蠱蟲盡驅體外了。」

燕王放心了點，道：「父王是否也給人下了媚蠱呢？」

鬼王道：「看他的氣色，應該沒有這問題，唉！你當媚蠱是這麼輕易施展嗎？養蠱者必須以本身元陰精血餵飼蠱蟲，且因施術時須以精氣驅蠱，損耗極大，所以施術後絕不能活過百天之數，盈散花匆匆離京，就是不想韓柏看到她死時的可怕模樣，秀色的自盡，亦含有殉情之意。」

燕王深吸一口氣道：「剛才先生提到方夜羽的一石二鳥之計，究竟又是怎麼一回事呢？」

鬼王道：「那亦是最合理的推測，陳貴妃既精通混毒之法，自然可在你父王身上做下神鬼不知的手腳。當大壽祭典時，只要觸及某一物，便會當場倒斃，說不定還可嫁禍於你，你也應可想像到那後果。你自然死也不會承認，於是他們再引發你的毒蠱，說你畏罪服毒身亡，那時天下還是你們朱家的嗎？」

燕王自從知道中了蠱毒後，心神大亂，才智及不上平日的三成，一呆道：「那父王豈非危殆至極？」

鬼王失笑道：「你不是要殺死他嗎？如此豈非正中你的下懷？」

燕王老臉一紅道：「小棣知錯了！」

鬼王不為己甚，柔聲道：「你留在這裏吧！等韓柏回來後，立即為你驅蠱，然後你找機會盡快逃離京師，返回你的領地，立即整軍備戰，準備和單玉如爭天下，只要怒蛟幫肯助你，最終你也能得到天下的。」

燕王平靜下來，緩緩道：「先生忍心坐看父王被人害死嗎？」

鬼王淡淡道：「此乃天意，非人力所能逆轉，元璋太過殘忍好殺，有損天和，壽元至此已盡，你還是擔心自己的事吧！」

當秦夢瑤在莊節和無想僧兩人左右相陪下，走進會場時，全體起立施禮，以示對兩大聖地的尊敬。秦夢瑤仍是那副虛淡飄逸的嬌姿仙態。深邃無盡的眼神所到之處，無人不湧起奇異的感覺，就像天地停頓了下來，臻達至靜至極的境界。與會者不乏終年參禪修道的高人，立時感應到她深不可測的道心禪境。秦夢瑤與韓柏的道魔之戀，經接天樓一事後，八派中人無不知曉，雖明白其中有療傷救命之實，但都懷疑秦夢瑤動了凡心後，是否仍能維持劍心通明的境界。現在見到了秦夢瑤，眼力高明者頓時釋去疑心，只有嘖嘖稱奇。而曾和秦夢瑤見過面的，都訝然秦夢瑤比以前更具出塵仙姿。莊節和無想僧先送秦夢瑤入座，才回到自己的席位去。

秦夢瑤見眾人眼光都集中到自己身上，淡淡一笑，雙眼一瞥後，緩緩闔了起來，寶相莊嚴，聖潔若普渡眾生的觀音大士。各派元老和眾種子高手，無不心中一震，生出玄之又玄的感覺。因爲她只一瞥間，便沒有人不感到她深深地望著自己。秦夢瑤雖一言未發，但已攝著了與會諸人的心神。葉素冬想起朱元璋所說「過不了秦夢瑤一關」的話來，才切身體會到朱元璋見秦夢瑤時的感受。

無想僧首先出言，微笑道：「直到此刻見到夢瑤小姐，老衲才明白言齋主爲何肯打破兩大聖地三百年來的禁例，讓小姐下山衛道除魔。」

秦夢瑤睜開美眸，淡淡一笑，柔聲道：「聖僧誇獎了，情勢危急，夢瑤只好濫竽充數。」

葉素冬聽著她仙樂般的聲音，心頭一陣衝動，恭敬地道：「夢瑤小姐仙體初癒，立即大發神威，重創藍玉，看還有誰敢對我大明天下起不軌之心。」眾人爲之動容，這才知道秦夢瑤曾劍傷藍玉之事。

武當掌門純陽眞子鬚眉俱白，仙風道骨，這時兩眼閃起精芒，往秦夢瑤望過來，祥和地道：「這次我們八派請得仙子法駕來此，是希望能得到仙子的導引，才下決定如何應付眼前亂局。」

不老神仙見人人都把秦夢瑤捧到了天上，心中不悅，冷哼一聲道：「形勢雖亂，但對我們八派卻是有利無害。魔門黑道的自相傾軋，對我大明的長治久安，只會是一件好事。莊兄對此可有甚麼高見？」

一向以來，代表著朱元璋意向的西寧派，都是和長白派一鼻孔出氣，堅持不插手魔師宮與怒蛟幫的鬥爭，所持的理由，就是怒蛟幫乃朝廷緝拿的反賊。可是若站在江湖同道的立場，那便是域外和中原武林的鬥爭了。莊節本來也只會站在朝廷的方面說話，可是朱元璋親口向葉素冬說過不干涉他們的取向，剛才又被「快婿」韓柏在耳邊說了兩句，縱使他一向極有主意，這時也有點迷糊起來，不知怎麼反應才好。

幸好忘情師太插入道：「不如我們先聽夢瑤小姐的意見，才再作決定好嗎？」她背後的美人兒尼姑雲素瞪大了美目，好奇地打量著秦夢瑤，深露出崇慕的神色。

秦夢瑤淡淡地看了不老神仙一眼，才從容道：「夢瑤今日來此，只想提出一個請求，希望各位掌門元老俯允。」

眾人大訝，向蒼松感激她曾救兒子媳婦一命，出言道：「無論小姐有任何要求，只要向某可以做到，必會遵辦。」這幾句話非同小可，代表了書香世家對秦夢瑤的全力支持。

「菩提園」主寶渡大師宣了一聲佛號後，肅容道：「夢瑤小姐請先見示！」

秦夢瑤一對秀眸亮起難以形容的彩芒，緩緩掃過眾人，若無其事地道：「夢瑤想請各位解散了八派聯盟。」

這句話直有石破天驚的震撼力，連禪功德行深厚如無想僧、忘情師太、純陽眞子等亦愣在當場，呆瞧著她。

箏聲叮咚中，憐秀秀幽幽唱道：「薄霧濃雲愁永晝，瑞腦銷金獸。佳節又重陽，玉枕紗櫥，半夜涼初透。東籬把酒黃昏後，有暗香盈袖。莫道不消魂，簾捲西風，人比黃花瘦！」再一串珠落玉盤的清音，箏聲由微轉無，餘音卻仍繞樑不休。

唯一的聽者朱元璋心神俱醉，好一會才回過神來，一震讚嘆道：「此曲只應天上有，人間哪得幾回聞。」深深看著面箏而坐的美女道：「秀秀歌藝之妙，比之紀惜惜亦毫不遜色。」

聽到「紀惜惜」三字，憐秀秀美眸亮了起來，想起了浪翻雲，同時又憶起龐斑。朱元璋則看得龍目睜大，但他想起的卻是陳貴妃，暗忖若得眼前美女為妃，縱使失去了陳貴妃，對自己的打擊便不會是那麼嚴重。微微一笑道：「若能每天都聽到秀秀的歌聲，朕還有何求？」

憐秀秀心中一懍，知道浪翻雲所料不差，朱元璋果然對自己存著野心，正要設法拖延。聶慶童的聲音遠遠在門外傳進來道：「稟告皇上，忠勤伯有十萬火急的事要向皇上稟告。」憐秀秀感激得幾乎要向這為她解圍的忠勤伯贈以香吻。

田桐雙目閃過陰鷙之色，沉聲道：「秦姑娘是否知道八派聯盟乃言靜庵齋主倡議下而成立的，旨在匡助皇上，驅逐韃子。大明建立後，由御旨策封為八大國派，現在秦姑娘一句話，便要我們解散，是否合乎情理，會不會違反了令先師意旨？」

他故意不像其他人般稱她為夢瑤小姐，自是蓄意貶低她的身分。而他說的話也非常厲害，提出朱元璋和言靜庵來壓她。除了有限幾人外，其他人都露出同意的神色。試問誰可以接受秦夢瑤這樣的要求，那八派豈非變成可任人隨意擺布了。西寧三老想的卻是另一回事，他們已從朱元璋處獲悉田桐的眞正身分，他這樣激烈地反對秦夢瑤的提議，反使他們隱隱覺得秦夢瑤這一著奇兵，含著某一種微妙的道理。無想僧眼瞼低垂，似對身邊的事物不聞不問。但眾人都知這舉足輕重的人，正深思著秦夢瑤的提議。秦夢瑤則仍是那副飄逸如仙的恬淡模樣，絲毫不因田桐的話動氣。

一直沒有做聲的「古劍叟」冷別情冷冷道：「夢瑤小姐有這樣令人難以接受的提議，必然理由充分，冷某願聞其詳。」

不老神仙看了無想僧一眼，見他半點表示都沒有，心中有氣，斷然道：「無論甚麼理由，恕本人都難以接受。」

武當派另一元老飛白道長微微一笑道：「不老神仙連夢瑤小姐的理由都未聽過，便斷然拒絕，飛白亦感到難以接受。」

不老神仙兩眼一瞪，凌厲的眼光箭般射向飛白道長。飛白道長涵養甚佳，仍以微笑回報。氣氛僵持起來。

向蒼松雖曾說過支持秦夢瑤任何提議，但卻沒有想到是要解散八派，而在八派中，本以他的書香世家較弱，故這聯盟實令他的地位陡升，所以此刻也猶豫地道：「夢瑤小姐可否解釋一下？」

尚未有人發言的有出雲庵、西寧劍派，少林和菩提園。但發言的若不是表示不會授受，就是抱懷疑觀望的態度。所以秦夢瑤的提議，實在並不樂觀。

田桐心中奇怪，爲何對朱元璋忠心耿耿的西寧派，態度如此古怪呢，眉頭一皺道：「無論夢瑤小姐的提議多麼有理由，若我們沒有皇上首肯，私自解散聯盟，那後果不用我說出來，各位也應知道。」

忘情師太平和的聲音響起道：「田施主請先弄清楚一件事，聯盟成立的目的是爲了天下萬民的福祉，其他都不是要考慮的因素。夢瑤小姐既有這提議，貧尼相信她定然有很好的理由。」

田桐心中暗罵，卻很難駁斥忘情師太這義正辭嚴的論點。西寧三老則心內一齊嘆道：田桐你錯在太多話了。一時眾人眼光全回到秦夢瑤身上，靜候她的發言。

書齋裏，朱元璋細心看過所有物證後，抬頭望向呆坐桌側的韓柏，皺眉道：「這些信件是否得來太容易呢？」

韓柏已詳細告訴了他得到信件的經過，只隱瞞了白芳華的身分和盈散花對付燕王的重要環節。一聳肩道：「我打開包裹看到這些東西時，也不敢相信自己的眼睛。」

朱元璋一掌拍在檯上，發出「砰」的一聲，再挨到椅背處，另一手緊抓著那些證物，嘆道：「這或許是天助我大明。朕可擔保胡惟庸和藍玉見不到明天的太陽。」接著露出一個殘酷的笑容，道：「當然他們絕不會寂寞，還有很多人陪著他們哩！」

韓柏心中一寒，只想快點離去，最好以後都再見不到朱元璋。

秦夢瑤那對澄澈明亮的眸子，平靜地看了田桐一眼，然後望向道場外的園林。自從和韓柏在接天樓內道魔交融後，她的劍心重達通明的境界。而韓柏則變成了她慧心的一部分，不但不是破綻，反是最強的一環。眼前雖全是世俗的煩事，卻沒有半點留在她的心版上。她的心靈便如瀑布下的堅岩，流水雖不住激濺在石上，卻是過不留痕，了無任何礙滯。眾人裏不論俗道，均被她那種超凡絕俗的仙姿美態吸引著，但卻不會起絲毫塵俗不軌之念，反覺得心平氣和起來，連田桐這用心不良的人亦湧起這種玄妙的感覺，可見她的精神感染力量是多麼強大。

秦夢瑤微微淺笑，收回望著外邊的目光，清雅優閒地掃過廳內每一個人，閒逸地道：「夢瑤如此大膽提議，並不是強要說服各位前輩，而是希望各位能深思這個可能性。任何一種制度的創立，均因應其當時的精神和需要而產生。可是世事變幻無常，若只墨守成規，這種制度便反而妨礙了進步，甚至腐化至再不能應付眼前實際的環境。韓府凶案便是最好的例子，爲了致力保持八派的團結，你們再無餘力去處理其他的事。爲了大局，個人的理想都要在保持聯盟這大前提下被抹殺了。夢瑤眞希望能多有幾個像不捨大師和小牛道人這種有勇氣的人。請恕夢瑤直言無忌，在江湖人的心中，八派聯盟只是擺在朱元璋御書檯上的一件精緻的工具，根本沒有自己的靈魂。」

八派各人均默言無語，秦夢瑤這番話針針見血，教人難以反駁。雲素聽得心中一熱，想起浪翻雲和韓柏，立時體會到秦夢瑤的意思。當時她便感到這樣才配稱作英雄人物。而八派的師長們無時無刻不在刻意保持八派間的和氣，做起事來綁手綁腳，毫不痛快。

一直沒有表態的無想僧，一陣長笑，打破了令人難堪的沉默，欣然道：「夢瑤小姐這番話眞是痛快至極，發人深省。老衲再不管其他人怎麼想，由今天開始，少林再不是聯盟的一分子，以後也不用再看任何人的臉色行事了。」哈哈大笑，一聲佛號，飄身而起，剎那間已到了道場之外，倏忽不見。竟是說去就去，瀟灑俐落。

眾人呆看著他消失在視線之外，一時間都不知說甚麼話才好。聯盟沒有了最強大的少林派，聲勢自是大幅削弱。

田桐回過神來，鐵青著臉向秦夢瑤怒道：「現在你稱心遂意了吧！」再無半分客氣。

純陽眞子淡淡道：「田桐閉嘴，誰許你對夢瑤小姐無禮？」

田桐爲之愕然，面容難看至極點，哪想得到這祥和的掌門師兄會直斥其非。連不老神仙等都大爲訝異，武當這兩個老傢伙二十多年來對世事不聞不問，所有世務都交由田桐這俗家高手打理，這次肯來赴會，已大出各人意料，更想不到如此不給田桐面子。這次八派聯盟的延遲舉行，原也是應他的要求，要待小半道人康復後出席這會議。

飛白道長悠然自若地發言道：「縱使沒有夢瑤小姐這一番話，這次貧道和掌門師兄破例來參加元老會議，也是要向各位提出一個問題：就是是否爲了所謂『國派』的虛銜，我們便要盲目接受朱元璋的所有指令？」這回輪到西寧三老不自在起來。因爲朱元璋的所有命令，正是透過西寧派傳達到其他各派。

忘情師太低宣一聲佛號，道：「當日浪翻雲質問我們是否要和朱元璋坐看他們與域外奸徒相鬥，貧尼亦想知道現在有沒有人能回答這個問題？」

場內寂然無聲。秦夢瑤輕描淡寫的一個提議和幾句話，便掀起了八派間的滔天巨浪，把長期以來壓下的矛盾和各種複雜問題，全翻到了表面來。

「菩提園」的寶渡禪師微笑道：「當然有人可以回答這問題，還可說得冠冕堂皇，但江湖自有公論。現在連我們自己也私下要承認浪翻雲乃中原最值得尊敬的人，若非有他頂著龐斑，憑這魔王的武功智慧，天下早不知會亂成甚麼樣子了。」

向蒼松一陣長笑，吸引了所有人的目光，他才點頭道：「說得好！說得好！老夫忽然感到輕鬆無比，就像放下了肩頭的千斤擔子。坦白說，當夢瑤小姐提出這建議時，老夫也有點難以接受，現在卻想通了，只要我們有著同一理想和目標，聯盟名雖不在，實卻存焉。否則聯盟只是大而無當，根本沒有自主權的怪物。」

不老神仙臉色變得陰沉無比，冷然轉向西寧三老道：「不老想聽聽三位的意見？」他本很有把握和西寧派聯手，推翻任何要插手到怒蛟幫與魔師宮鬥爭的建議。哪知秦夢瑤的提議卻是要推倒聯盟的根本老身上。

架構，更挑起了八派間的矛盾，使他頓時落在下風。一腔怨氣，不由出到沒有積極反對秦夢瑤的西寧三

莊節何等老謀深算，哪還不知大勢已去，且在某一程度上，他也深信韓柏的話，知道他消息靈通，才智過人，更絕不會陷害自己。又由葉素冬處聽來朱元璋暗諭不要插手八派紛爭的指示，遂乾咳一聲道：「向兄說得好，聯盟只不過是一個名稱，只要我們各派衷誠合作，沒了名稱，實質上仍無分別，但行動卻靈活多了。」

這次連秦夢瑤都感到詫異，想不到西寧派在這件似明顯違反了朱元璋意願的事上，如此容易應付。她要解散聯盟，實在是聽了單玉如的事後一個突然而來的決定，若任由聯盟存在，一旦單玉如得勢，由於有允炆的出頭掌纛，聯盟只會變成這妖婦的凶器和工具。因為朝中將領大部分出身於八派，八派的意向，亦成了他們的最高指示。聯盟的瓦解，自然大幅削弱了單玉如的力量，所以田桐才反對得這麼激烈。莊節的立場清楚表達後，聯盟的解散，已到了不能挽回的局面。不老神仙氣得臉色煞白，霍地起立，身旁的謝峰亦隨之站起來。這與無想僧齊名的高手一揮拂塵，發出一下激響的破空聲，憤然離座，代表了聯盟的正式解體和結束。

一名禁衛和長白諸人擦身而過，直奔到葉素冬前，跪下道：「皇上宣禁衛長立即進宮見駕。」眾人都露出訝色，不明白朱元璋因何事如此緊張，竟要把正參與元老會議的葉素冬召去？有三個人露出不同的神色。一個自然是武當俗家高手田桐。另兩個竟然是不老神仙和謝峰。當那禁衛匆匆而至時，兩人交換了個眼色，竟似知道這禁衛因何而來。所有這些微妙的反應，無一可瞞過秦夢瑤通明的慧心。

韓柏離開皇宮，想起剛才朱元璋可怕的眼神和笑容，心中寒意愈盛。藍玉胡惟庸和有份參與他們謀反的手下故是死有餘辜，可是被誅連的親族根本連發生甚麼事都不知道，有很多還是老人、女人和小孩子，那自己不是連累了很多人嗎？想到這裏，幾乎想痛哭一場，對政治鬥爭生出極度的憎厭。不過這也是無可奈何的事，過錯並不出在自己身上，只是朱元璋的主意罷了！懊惱間又想起了秀色和盈散花，心情更是鬱結難解。驀地有人在對街呼喚他的名字。韓柏循聲望去，只見有一群尼姑，領頭的是曾有一面之緣的忘情師太，身旁還有那美得眩目的小尼雲素和范良極的情人雲清，雲清還在向他招手。換了平時，有機會接觸雲素，縱只是眼看手勿動，他也會歡欣雀躍。可是此刻正擔心朱元璋的手段，又悲痛秀色的芳華早逝，眞是甚麼都提不起興趣，只想找個無人的地方痛哭一場。但又不能不給雲清面子，勉強收攝心神，走了過去，來到忘情師太身前，一揖到地，道：「韓柏拜見師太！」

忘情師太和雲素等十多對眼睛全集中到他身上，見他一本正經，表情肅穆，都大感奇怪。

忘情師太溫和地道：「韓施主有沒有空，貧尼想和你說幾句話。」

韓柏想起在這裏見到忘情師太，八派的元老會議當然結束了，自己好應趕去與秦夢瑤三女會合，本要拒絕，但卻礙於雲清情面，說不出口來。猶豫間，忘情師太已看穿他的心意，微笑道：「貧尼落腳的庵堂就在這裏，不會耽誤韓施主太多時間。」

韓柏這才注意到此刻正站在一所尼庵的大門處，奇道：「師太你老人家不是住在西寧道場嗎？」

忘情師太淡淡道：「由今天開始不是了！」轉入庵堂裏去。

韓柏追在她背後，恰好夾在雲清和雲素的中間。雲素好奇並天眞地用那對美麗的大眼睛偷偷打量著他。雲清則低聲問道：「小柏你是不是有甚麼不妥？」韓柏頹然嘆了一口氣，搖了搖頭。

到了庵堂裏，忘情師太背著佛座盤膝坐在地上，雲清雲素這兩位種子高手則分坐在她左右，其餘弟子都退出堂外。韓柏學她們般趺坐對面，嗅著爐鼎透出的清香氣味，情緒逐漸平靜下來。

忘情師太溫和一笑道：「施主的道心種魔大法非比尋常，那晚在我們這些老骨頭前，仍表現得不亢不卑，威風八面。」再愛憐地看了雲素一眼，柔聲道：「雲素已是我們出雲庵近百年來成就最高的弟子，但仍仗施主手下留情，才沒有受傷。」

韓柏忍不住瞥了雲素尼一眼，只見她瞪著那對清澈澄明的大眼睛，毫不畏懼地看著自己，忽然心中一陣慚愧，因爲他靈銳的魔種，感應到她純淨晶瑩的佛心，沒有半絲塵俗之念，有的只是高尚的情操，想起自己對她的不軌之心，哪能不羞愧。若換了平時，他怎會有這種明悟，只是剛受連番打擊，色心盡去，才察覺到對方的心境。

忘情師太對這一切洞察無遺，欣然道：「雲清已把你們的事詳細告訴了我。唉！你們爲了天下的福祉出生入死，而我們八派卻只在坐享其成，貧尼想起便感到羞慚。」

韓柏一呆道：「我們！」忍不住望向雲清，暗忖難道她連和范良極的關係都告訴了師父？

雲清俏臉一紅，垂下頭去，顯是知道韓柏爲何偷看她。她雖是帶髮修行，終仍可算是半個修行的人，自然會因捺不住春情而不好意思。

忘情師太微微一笑道：「雲清甚麼事都沒有瞞貧尼，門法規矩是死的，人卻是活的。古往今來，已不知多少人被規矩所害。何況范良極一片誠心，而雲清亦經過了一段長時間的內心掙扎，才發覺自己不可以沒有對方，這種眞摯的感情，最是難得，所以貧尼絕不會抱殘守缺，硬要拆散他們。」

韓柏聽到「掙扎」兩字，想起她和范良極初吻的情景，忍不住又看了雲清一眼。雲清先是赧然，接著醒覺，狠狠瞪了他一眼。

忘情師太續道：「這次貧尼想與施主說話，就是想了解一下現在的情況，看看有甚麼地方可以盡點心力。」

韓柏對這值得尊敬的老師太更生好感，心頭親切溫暖，嘆了一口氣道：「要說都不知從何說起，韓柏只希望師太和……嘿！」忍不住又瞧了正瞪大妙目看著他的雲素，才續道：「和小師父們儘早離開京師這險惡之地，回到出雲庵去，不要捲入這醜惡的政治旋渦。」

他確是有感而發，尤其不希望這純如白紙嬌柔可愛的雲素尼，被醜惡的鬥爭污染了她淨美的靈魂。

忘情師太三人都想不到韓柏有這種爲人設想的胸懷，對他頓然改觀。

忘情師太正容道：「聽施主這麼說，定是遇上了非常棘手的事，忘情更不能獨善其身，施主放心說吧！貧尼早經歷過無數風浪，生死得失均不會擺在心頭。」

韓柏肅然起敬，搔頭道：「小子無知，忘記了師太乃白道頂尖高手，不過現在的形勢可說是有力無處使，連鬼王也想到要離開京師。」忘情師徒三人一齊動容。

韓柏站了起來，道：「不如這樣吧！我先回道場去找夢瑤她們，然後才和你們一塊兒到鬼王府去共商大計，好嗎？」

忘情師太這時亦知道事情的嚴重性，點頭道：「既是如此，貧尼便先遣門下弟子離京，若發生甚麼事，應變時亦可以靈活一點。」

忘情師太這麼明白事理，韓柏大喜而去，行前忍不住狠狠盯了雲素一眼。

鬼王府。金石藏書堂內。朱元璋哈哈一笑，向坐在一旁的虛若無道：「上次小弟來此，求若無兄占算國運，轉眼又兩個月另八天。若無兄卦理精湛，有鬼神莫測之機，所說諸事，一一應驗，小弟欽佩不已。」

鬼王虛若無淡淡一笑道：「看元璋成竹在胸的樣子，必是萬事順遂，可喜可賀。」

朱元璋龍目寒光一閃道：「自靜庵仙逝的消息傳來後，小弟不由自主地想起了前塵往事，唉！小弟自甲辰年晉稱吳王，至今不覺已有三十四年，回想起來，就像作了一場春秋大夢。若無兄說得對，除了每次勝利後的刹那光陰，小弟從未眞正感到快樂和滿足過。只知埋首政務，若把這些工作由小弟處拿走，我便一無所有了。」

虛若無搖頭嘆道：「這就是當皇帝的代價。所以虛某從不肯把你當作皇帝，就是希望你還有個可以說話的人，可惜這卻成了你我間最大的衝突和矛盾！不過你肯在這時刻仍來見我，虛某心中仍有點安慰，五十年的交情總算還有點剩餘下來。」

朱元璋一呆道：「若無兄怎會有這番話，朱元璋儘管對任何人無情無義，但與若無兄這一番交情，卻是眞誠無私的。」

鬼王虛若無仰天長笑，雙目神光電射，銳利的眼神凝定在朱元璋臉上，冷然道：「虛某與里赤媚之戰，如弦上之箭，勢在必發，此戰不論勝敗，虛某都將拋開一切，歸隱山林，再不理江湖與朝廷之事，元璋你亦不需再爲虛某的事煞費思量了。」

朱元璋劇震道：「若無兄似對小弟誤會甚深，只要若無兄一句話，小弟可發動手中所有力量，教里赤媚等無一人能生離京師。」

虛若無哈哈一笑道：「元璋說笑了，現在你豈可分神去對付這批高手如雲的外族聯軍，何況對方有龐斑助陣，除非請得浪翻雲出手，不過你也應知浪翻雲絕不會聽你我的命令吧！」

朱元璋微笑道：「若無兄已知藍玉和胡惟庸的事了。」

鬼王虛若無不置可否，岔開話題道：「元璋今日來找虛某，是否爲了燕王的事？」

朱元璋面容一沉道：「若無兄是否知道這逆子要行刺我這個親爹？」

虛若無長嘆道：「元璋！我要你坦白告訴我，若換了你在他的處境，你會怎麼做？」

朱元璋龍目冷芒一閃，不悅道：「若無兄還要護著他嗎？」

虛若無搖頭苦笑道：「元璋眞是那麼善忘嗎？我剛才說過：與里赤媚決戰後，我再不會參與朝廷的事，你大壽一過，虛某亦立即離開京師，這世上便等於沒有了虛若無這一個人，你要幹甚麼，我不管亦不理。」接著語氣轉寒道：「可是在這大壽之期，虛某卻絕不許你在我眼前對付小棣，這之後就是你們父子之間的事。」

朱元璋沉默下來，凝望著腳下的階磚，沉吟不語。虛若無微微一笑道：「自你登基後，我虛若無還是第一次對元璋你如此疾言厲色，你心中定然很不舒服。」

朱元璋臉上露出回憶思索的神色，緩緩道：「我朱元璋這輩子最神傷魂斷的三個時刻，就是言靜庵紀惜惜的離開和馬皇后的身故。還記得馬皇后斷氣前緊握著我的手，要我尊重若無兄的意見。嘿！區區三天之期，若我朱元璋都不遵照若無兄的吩咐，怎對得住若無兄的恩情和馬皇后的遺言。好吧！皇天在上，朱元璋便立此承諾，若無兄可以放心了。」

虛若無露出一絲笑意，旋又滿懷感觸道：「天數有定，元璋你要記著，我虛若無的一切作爲，都是為保你朱家天下，讓萬民能長享太平。」

朱元璋一震朝虛若無望去，疑惑地道：「若無兄話中隱含深意，可否說得清楚一點？」

虛若無正容道：「相識至今，我虛若無可曾對你有過一字誑語？」

朱元璋仔細地打量著他，肯定地搖頭。虛若無道：「那就足夠了，皇上！」

朱元璋愕然望向這唯一剩下來的老朋友，自登基稱帝以來，虛若無還是第一次，也是最後一次稱他皇上了。

秦淮河最具規模的其中一所酒樓的大廂房內，筵開兩席。浪翻雲、凌戰天等怒蛟幫在京師的領袖人物全體在場，還有左詩三女、小雯雯、顏煙如、風行烈和戚長征夫婦等人，氣氛熱烈。男女分席，涇渭分明，卻無損融洽和親切。喝的自然是清溪流泉。眾女都爭著去親抱剛換上了左詩親手為她縫製的新綿衣的小雯雯，使這小女孩的笑聲填滿了廂房。

男席處凌戰天誇獎范豹道：「還是小豹有辦法，這麼匆忙也可以教人弄出如此精美的筵席來，我們真是口福不淺，大家來痛飲一杯！」各人起鬨對飲。

戚長征笑道：「你們都不知小豹現在在京城是多麼吃得開，禁衛和東廠的頭子們都要和他稱兄道弟呢。」

風行烈插入笑道：「祝他早日與顏姑娘百年好合，永結同心。」

這兩句話不但在這一席掀起熱烈的歡笑，也引起了另一席的調笑。范豹和顏煙如雖是一席之隔，仍忍不住面紅耳赤地交換了個甜蜜的眼神。

戚長征開懷道：「不是請了東廠的人去找韓柏這傢伙嗎？爲何還未來呢？」

上官鷹笑道：「這傢伙不是又溜了去泡妞吧！」

那邊的左詩嬌叱道：「他敢！」眾人齊聲大笑。

翟雨時嘆道：「有誰曾想過我們會在京師擺明反賊的身分，呼朋喚友，大吃大喝呢？」

浪翻雲看著杯內的絕世美酒，微微一笑道：「若有人看到我們現在的樣子，誰想得到今晚就是與強敵生死決戰的時刻呢？」

范良極的聲音在門外響起道：「我也想不到，卻是知道！」眾人大喜。

范良極推門而入，一番熱鬧的招呼，老賊頭親了乾女兒小雯雯後，來到浪翻雲旁坐下，壓低聲音道：「我跟了田桐一整天，終於找到了天命教另一個秘巢，八派的元老會議定是有重要事情發生了，這傢伙迫不及待去報告。」眾人靜了下來。

翟雨時輕輕道：「不知單玉如是否在那裏？」

范良極低聲道：「若她在那裏，我便沒有那麼容易自由出入了，不過你們的老朋友大醫師瞿秋白卻躲在那裏。」

上官鷹一震道：「甚麼？」

凌戰天沉聲道：「且慢！暫時還不可以動他，但我們取不到他的人頭在手，亦絕不肯離開京師。」

范良極道：「還有一個你們想不到的人，就是終日拿著把不倫不類兵器的展羽。」

眾人大爲錯愕，想不到「矛鏟雙飛」展羽也是單玉如的人，難怪以他的身分地位，竟也屈身楞嚴之下了。

翟雨時道：「單玉如這二十多年的布置眞個沒有白費，看來文官武將中亦由胡惟庸巧妙地安插了很多人進去，所以可輕易把政權攫取過來，如此看來，燕王雖是一代名將，爭鬥起來，前景仍未可樂觀呢。」

浪翻雲微笑道：「那就要看我們肯不肯站在他那一邊了。」

凌戰天點頭道：「離京後我們立即掃平胡節的水師和黃河幫，收復怒蛟島，重新控制長江，那時任單玉如三頭六臂，也須面對兩面的戰場。」

浪翻雲道：「不過我們最好和燕王先談談，才可助他打天下，否則只是重蹈當日覆轍，最後再次變成反賊。」

范良極道：「我還發現秘巢內有幅京師的大地圖，左家老巷、莫愁湖和鬼王府都塗上了紅色，還有不同顏色的箭頭和符號，顯示天命教的人有著周詳的計劃封鎖和攻打這三處地方，我們不可不防。」

浪翻雲道：「我早想過這問題，今晚所有人全遷到鬼王府去，明天開始我們便把功力較次的人和婦孺全部撤離京師，只要朱元璋仍在，天命教絕不敢動鬼王保護下的船隊，那我們應變起來，或戰或逃都容易多了。唔！有人來了！」話猶未已，韓柏領著虛夜月和莊青霜走了進來。兩女發現了小雯雯，如獲至寶，歡呼一聲擁了過去。

韓柏輕擰了一下這小傢伙的臉蛋後，走過來興奮道：「夢瑤解散了八派聯盟了！」眾皆愕然。

浪翻雲會心微笑道：「這仙子眞有她的一套。」

范良極道：「瑤妹呢？」

韓柏先湊到他耳旁，神秘的說了一番話。眾人見范良極兩眼不住放光發亮，都訝然瞪著他們。忽地范良極怪叫一聲，翻身離椅，一陣風般衝出房外。韓柏則右手一伸，抓起一隻大雞腿，狼吞虎嚥起來，吃相自是令人不敢恭維。

風行烈皺眉道：「你和老賊頭說了甚麼話？」

韓柏滿嘴雞肉，含糊不清地道：「我告訴他，他的未來嬌妻和未來嬌妻的師父正在樓下等他。」眾人爲之莞爾。

戚長征道：「你的仙子在哪裏？」

韓柏道：「她也在樓下。」隨手丟了一絲肉都沒有留下的雞骨，笑道：「可以打道回鬼王府了嗎？今晚這麼精采，讓我們香湯沐浴，再大吃他一頓，才有精神力氣陪我們域外來的朋友玩個痛快呢！」

上官鷹笑道：「你這小哥眞有趣！來！讓本幫主敬你一杯。」起鬨聲中，眾人轟然痛飲。

朱元璋回到皇宮，立即把嚴無懼和葉素冬兩人召來。兩人跪伏地上，靜待他的吩咐。

朱元璋道：「藍玉和胡惟庸的事預備好了嗎？」兩人忙應預備好了。

朱元璋沉聲道：「朕要把所有離開京師的水陸交通要道徹底封鎖，特別要注意與鬼王有關的車隊和船隊，假若燕王要逃離京師，立殺無赦，清楚了嗎？」兩人心中一震，連忙領旨。

朱元璋微微一笑，道：「給我找韓柏來，鬼王不說出來的事，朕才不信他敢不說出來。」

第六章

結成聯盟

第六章　結成聯盟

韓柏的手掌離開了燕王棣的天靈大穴，駭然道：「這種蘊有無數微小生命的毒素眞是厲害，若非受我輸入燕王天靈穴內的魔氣氣機所誘，自行從散布體內的隱暗處走出來，循經脈遊移到天靈穴內，我想縱是大羅金仙，也無法救得了。」

燕王臉泛奇異紅光，打了個寒噤道：「這種媚蠱確是姹女門對付男人既霸道又厲害的大法，看來沒有三天工夫，我休想把牠們全數由天靈穴排出去呢。」

與他兩掌相抵，助他運功的鬼王虛若無也露出凝重神色，徐徐吐出一口氣後道：「這媚蠱比我想像中還要厲害百倍，竟然合你我和夢瑤三人之力，仍不能一下子將牠們驅出你體內，若勉強爲之，小棣的經脈會因受不起那種過激的眞氣沖激，變成癱瘓，那就更糟了。」

單掌按在燕王棣背上，盤膝而坐的秦夢瑤俏臉閃亮著聖潔不沾半點俗塵的光輝，淡然道：「這是因蠱蟲吸收了魔種的力量，壯大起來。先師曾有言：蠱法內最厲害的就是這種能入侵人腦，控制人腦神經的蠱毒。燕王在蠱蟲未被完全驅出腦外，化作空氣前，千萬不要和人動手，否則蠱蟲回竄腦內，又因已吸收了魔氣，那時就算浪翻雲和龐斑肯聯手救你，也要束手無策了。」接著幽幽一嘆道：「你究竟做過甚麼事？使人不惜一切，捨身養蠱來對付你？」

燕王棣雙目厲芒猛閃，顯是恨不得把盈散花碎屍萬段，但旋又顯出悔恨之態，搖頭不語。他的眞正反應怎瞞得過秦夢瑤的劍心通明，秀眸一黯，卻沒有說話。

鬼王眉頭大皺道：「若小棣三天內不能與人動手，怎樣逃出金陵去？單玉如這麼厲害，而小棣現在又是她眼中之刺，絕不會眼睜睜放走他的。」

各人都明白他話中含意。若要送走燕王，必須有秦夢瑤、韓柏這類級數的高手才成，但這三天正是最慘烈鬥爭的關鍵時刻，沒有人能分身辦這件事。

燕王棣充滿自信道：「我這次來京，帶來了一批最得力的手下，包括了塞內外高手二百多人，其中至少有八個人算得上是一流好手，現正潛伏在京師之內，只要不是父王下旨阻止我離京，我有能力自行離去。」韓柏想起那天在西寧街藉巨鐵輪行刺他的女子，仍猶有餘悸，知道燕王所言不虛。

秦夢瑤收回玉掌，淡淡道：「你在京城的實力瞞得過白芳華嗎？」

燕王臉色微變，沉吟片晌後低嘆道：「我不敢肯定！」

秦夢瑤道：「這叫有心算無心。她長期在旁默默觀察調查，你那批人始終是生面人，怎瞞得過京內明明暗暗的情報系統，只從人手調動上，就能全盤知悉你的逃走行動。假若你知道長白派和展羽這類白道大派和黑道高手都與單玉如秘密勾結，就不會那麼有把握說能逃出去了。」

燕王終於臉色劇變，冷哼一聲，沒有再說話。他本身也是膽大包天，橫行霸道的人物，雖處困境，卻絲毫不氣餒。

鬼王嘆了一口氣，搖頭苦笑道：「過了今晚再說吧！若我還身安力健，明天便送你離京，看誰敢來查虛某的船。」輕喝道：「青衣進來！」

鐵青衣推門進入金石藏書堂後鬼王的寢室，道：「朱元璋下詔姑爺立即進宮見他。」

鬼王微一錯愕，與燕王交換了個眼色後，瞧著韓柏道：「這事你要權宜應變，千萬不可硬撐到底，否則立招殺身之禍。」

韓柏一呆道：「他不會那麼無情地對付我吧？」

秦夢瑤道：「鳥盡弓藏，他主要是利用你來對付藍玉及胡惟庸，現在目的已達，你在他心中的價值大大減低，若還不明白這情勢，你說不定會吃大虧。」

韓柏道：「有起事來，老公公他們自然會護著我的。」

鬼王失笑道：「好天眞的小子，朱元璋若靠的只是影子太監，那他的江山豈非由夢瑤控制。哼！我以前還以爲沒有人比元璋更懂深藏不露，豈知一山仍有一山高，竟出了個單玉如。」

韓柏跳了起來道：「小婿明白了，總之兵來將擋，水來土掩。」又向秦夢瑤嘻嘻一笑道：「夢瑤不送爲夫一程嗎？」

秦夢瑤白了他一眼，那種嬌麗看得鬼王等全呆了一呆。出奇的是那種嬌態一點不會惹人遐想，仍有那種說不出來的超然俗世的神韻，這感覺的動人處比以前更勝一籌。她盈然起立，隨韓柏去了。

鐵青衣轉向燕王道：「怒蛟幫的人在等燕王商議大事。」

燕王精神一振，先向鬼王誠心誠意地叩了三個響頭，這才出室而去。

韓柏和秦夢瑤並肩在鬼王府通幽小徑上漫步，四周是被大雪蓋著的林園美景。午後的鬼王府出奇地寧靜，令人一點都想不到會有即將來臨的大戰。虛夜月等爲了忙於安排左詩等人遷到鬼王府，正好使他兩人得到獨處的機會。只要能和秦夢瑤在一起，韓柏便心足意滿，有飄然若仙的感覺。昨晚與這仙子間的風流韻事，重湧心頭，卻純是一種動人心神的回憶，沒有半絲歪念。其他所有人和事此刻都疏遠暗淡起來，連秀色和盈散花的悽慘遭遇，都似發生在非常遙遠的地方，他的感情再不捲纏其中，似有種解脫出這感情泥淖的輕鬆感。驀地韓柏醒悟地吃了一驚，爲何自己會有這麼奇怪的感覺？如此地「不投入」？不由往身旁的美女瞧去。

在他身旁默默緩行的秦夢瑤仍是那副淡雅如仙、飄逸出塵的寧恬模樣，感應到韓柏震驚的目光，抿嘴一笑道：「韓郎不要吃驚，你是受了夢瑤在你魔種內留下道胎的影響，又因人家的氣機牽引，所以起了出世之心。」

哪知韓柏更是虎軀劇震，停了下來，呆瞪著她。秦夢瑤走前兩步，才優雅閒逸地轉過嬌軀，容色靜似無紋止水，淡然自若的看著他。韓柏像回到了在與她一吻定情前的時空倒流裏，與她再沒有半分男女親密的關係，就像兩人間從未發生過任何情慾事。他很想將她擁入懷裏，像往日般與她調情，但卻沒有那種意志和力量，不由一陣茫然。忽然間他明白到秦夢瑤的劍心通明已把她自己那一絲感情破綻都縫補了，就像重圓的破鏡，臻至比往昔更通靈透達的圓滿境界。她再不受自己魔種的影響。那並非說這仙子不再愛他，而是她的愛已超然於塵俗的男女愛戀之上，再不追求肉體的關係，那或許是一種難以言喻但卻更深刻的感情，卻非他一直期望的那一種。他們間精神的連繫，使他們不用說話，便揣摩到對方微妙的心意。她說得對！他既勝了，但又敗了。正因爲故意助他徹底征服了自己，秦夢瑤也才在修爲上跨進了一大步，達至劍心通明大圓滿的層次。

韓柏瀟灑地苦笑攤手道：「好夢瑤！爲夫敗了。」

秦夢瑤嘴角逸出一絲愛憐的笑意，移身他懷裏，卻沒有說話。兩人享受著道胎魔種直接交觸的醉人感覺，但卻沒有像以往般泛起愛慾的漣漪，只是一種昇華了的精神交接。韓柏也沒有像以前必要大恣心慾的衝動，任她動人的肉體緊貼著自己，默默嚐著箇中醉人滋味。

秦夢瑤緩緩移開嬌軀，美眸閃動著聖潔的光輝，柔情似水地輕輕道：「夢瑤要韓郎知道，她是多麼感激你讓她嚐到愛情的滋味。而她亦永遠視你爲夫，明白嗎？我的好韓郎！」

韓柏長長吁出一口大氣，哈哈一笑道：「想不明白也不成，誰叫我能一絲不漏的接收你心靈傳過來的訊息。」又欣然道：「這裏事情告一段落後，夢瑤會到哪裏去？」

秦夢瑤淡逸微笑，柔聲道：「當然是回慈航靜齋去，由哪裏來便回到哪裏去。有空不妨來探望你的小妻子。」在懷裏掏出一封未拆的信，遞給他道：「這是師父臨終前寫給我的遺書，據說還有兩封，一封給師姊，一封給龐斑。」

韓柏茫然接信，封箋上仍有秦夢瑤的體香和熱氣，愕然道：「爲何信函仍是完封不動？」

秦夢瑤平靜地道：「這信是由了盡禪主親手交給我，當時我怕影響了我們的雙修，故要留待事後才看，但現在已不想看了！便把它當作最珍貴的禮物，贈給韓郎，任憑處理。」

韓柏把信塞入懷內，失笑道：「夢瑤早把最珍貴的禮物送給我了！不過這東西可作爲一個美好的具體回憶。是了！我眞的可隨時到靜齋來探望你嗎？不要到時因要面壁清修，給我吃閉門羹呢！」

秦夢瑤橫他一眼微嗔道：「你這人呀！人家怎捨得那樣對待你！」再微微一笑道：「出世而入世，入世而出世，有了韓郎，夢瑤確感不虛此行。回齋後夢瑤將不再踏足塵世，師父希望國泰民安的心願，就由夢瑤的夫君去完成吧。韓郎請記著，夢瑤永遠是你的小妻子，她的身體只屬你一人所有。」

韓柏苦笑道：「不知是否受了你輸入體內的道胎影響，我感到現在這種關係更美妙，更是前未曾有的精采。好了！不過卻要答應我，必須正式道別才可以回靜齋去，走前至少要來個長吻，或者讓我的手不規矩一下，否則我怎麼也要追你回來。」

秦夢瑤見他似故態復萌，不嗔反喜，伸手愛憐地撫摸他的臉頰，輕輕吻了他的嘴唇，喜孜孜道：「夢瑤記著了。」又別有深意道：「送君千里，終須一別，夢瑤就送夫郎到此吧！」

韓柏仰天哈哈一笑，伸手在她臉蛋擰了一把，爽然去了，再沒有回過頭來。秦夢瑤美目亮了起來，直至他背影消失在園林盡處，才露出一絲不可言傳的甜蜜笑意。

方夜羽陪著龐斑，離開院落，由後門走向背靠著的雞籠山去。幽深的山徑不見房舍行人，只有迷人的冬雪美景。柳暗花明，遠方的鬼王府不時出現在左方遙遠處，有時看到的則是被大雪覆蓋了的迷人市景。

龐斑容色平靜，充滿漫步山林的優閒意味，淡然笑道：「殷素善就像一匹脫韁的野馬，要駕馭她，必須採非常手段。但千萬不要眞的愛上她，只看她的眼睛，便知她不會滿足於任何已到手的東西。」

方夜羽從容道：「夜羽曉得了！此女非常狡猾，故意把韓柏掛在口邊，就是要引起我的妒忌，使我對她另眼相看，爲她著急。」

龐斑欣然點頭道：「不愧龐某徒兒，情多恨亦多，這乃千古不移的至理；釋迦教人四大皆空，就是深明陷身世情之苦，要離苦得樂，只有忘情一途。而情因肉身而來，唯有連肉身都捨棄了才成。」

方夜羽想起了秦夢瑤，默然不語。好一會才道：「師尊剛才向里老師指出，宮內另有厲害人物，不知所指何人？是否天命教的單玉如。」接著嘆道：「這女人眞是厲害，我們還是最近才由師兄處知道胡惟庸背後一直有她在撐腰。這次胡惟庸對付朱元璋的計劃，當亦是由她一手設計。此事尚未有機會向師尊稟告。」

龐斑平靜地道：「看來應是她了，只有她那種級數的魔功，才能使我生出感應。」接著雙目閃過寒芒道：「你對師兄觀感如何？」

方夜羽臉色微變，愕然道：「楞師兄不是有甚麼不妥吧？」

這時兩人來到接近山巔的一座涼亭坐下，龐斑眼中射出緬懷的神色，吁出一口氣道：「當年赤媚的師父擴廓被鬼王所傷，性命垂危，著人把自己抬到我眼前來，求為師出手對付朱元璋，否則大蒙會有滅族之災。」又無限感慨的一嘆道：「擴廓是為師看得起的幾個人物之一，見到他那樣子，為師也不由動情，亦因這一個念頭，使為師收了你們兩個徒兒。」

方夜羽心中感激，若不是龐斑，他可能只是個平平無奇的人，不會是現在領導域外群雄，與朱元璋爭霸天下的人物。楞嚴更是龐斑費盡心力培育出來的超卓人物，性格陰沉，深藏不露。在朝廷論武功排名雖在燕王藍玉之下，但方夜羽卻知道是他蓄意如此，事實上楞嚴絕不遜於這兩個人。楞嚴並非蒙人，而是當年跟隨朱元璋的其中一名親信將領的後人，這人因觸怒朱元璋，在一次戰役中朱元璋故意不派援軍，任他力戰而死，龐斑看準此點，收了楞嚴為徒，以他來作臥底。

龐斑神色回復平靜，淡淡道：「每一個人都會為自己的私利和理想奮鬥，你師兄怎能例外？」

方夜羽忍不住心中的震撼，失聲道：「師尊是否指師兄與單玉如勾結，背叛了我們呢？」

龐斑仰天一陣長笑道：「沒有人比我更明白你師兄才智武功的深淺，就算單玉如有三頭六臂，能瞞過他一時，也瞞不了二十多年。」

方夜羽眼中掠過厲芒，平靜地道：「待夜羽立即把師兄找來，讓師尊問個明白。」

龐斑若無其事地微笑道：「讓他自己來見爲師吧！否則就算他躲到單玉如的床底去，也保不住他那小命。」

月榭內，怒蛟幫的幾個主要人物，除浪翻雲外全到齊了，外人只有一個風行烈。燕王踏入月榭裏，眾人起立相迎，一番客氣後，凌戰天作出含意深遠的姿態，把燕王請到上首坐好。

坐定後，上官鷹開門見山道：「我們可全力助燕王對抗單玉如和替你打江山，事成後我們解散怒蛟幫和邪異門，燕王意下如何？」

燕王微一錯愕，旋道：「大恩不言謝，將來若本王登上帝位，定會論功行賞，如有食言，教我不得壽終正寢。」

凌戰天笑道：「好！快人快語。只不過山野草民，哪受得起朝廷俸祿，論功行賞這一句可免了。」

燕王乃梟雄人物，起立一揖道：「如此我們就是朋友，即使將來本王成了大明皇帝，彼此也不用執君臣之禮，他日貴幫上下願留者留，不留者本王亦保你們和子孫永享清福。」眾人起立回禮。

戚長征笑道：「確是精采，幾句話便把這麼複雜的事決定了。」

燕王嘆了一口氣道：「能給本王雪中送炭者，不是眞正的朋友是甚麼？爲了報答諸位，本王會全心治理天下的了。」

眾人交換了個眼色，均感折服，那並非說他們對燕王的話已深信不疑，而是佩服燕王清楚地把握到怒蛟幫的重要性和肯助他打天下的原因，並作出精采的回應。

燕王再向風行烈誠懇地道：「若本王登上帝位，必會全力助風兄重整無雙國，如有違誓，教我不得好死！」在短短時間內，他已先後立了兩個毒誓。

風行烈暗忖當年的朱元璋亦必像他現在這種襟胸氣度，使人甘於爲他賣命。不過雖明知如此，燕王的話仍教人受用，欣然道：「客氣話不說了，現在形勢對我們有害無利，燕王有甚麼打算呢？」

眾人均明白他的意思。因爲單玉如透過允炆，可名正言順的把朱元璋手上所有實力全盤接收過去，燕王以區區一省之力，縱使加上怒蛟幫和邪異門，與單玉如相比仍有段很遠的距離。

燕王請各人坐下後，自己才坐下，望著翟雨時道：「本王這輩子從未像現在般六神無主，有力難施，翟先生乃本王早已聞名的智者，可肯賜教嗎？」

翟雨時心道你眞懂得人盡其用，這樣捧了我上天，我想收藏點也有所不能，謙讓一番後道：「現在形勢明顯，首先就是要逃出京師，還要愈快愈好，否則若令尊一死，要走便難之又難了。」

秦夢瑤甜美的聲音傳入來道：「要走就必須今晚走，否則燕王必走不了！」眾人齊齊一震，朝門口望去。

韓柏仍是由南面的洪武門入皇城。那是因想念著陳令方而興起的下意識行動，這官慾薰心的老小子確是令他頭痛的問題之一，要他現在棄官私逃，是很難說出口的話。但若待朱元璋有事後才教他逃走，又怕已遲了一步。倘他是單玉如，害死了朱元璋後，必壓著他的死訊，使所有敵人均沒有防備之心，然後猝然發難，那時誰能不著她的道兒？經過六部的官衙時，他正猶豫應不應溜進吏部找陳令方，太監大頭頭聶慶童在十多名禁衛拱護下迎來。兩人客氣地施禮還禮後，並肩往內宮走去。

聶慶童忽地壓低他那尖亢的太監嗓子，迅快地在他耳旁道：「請通知燕王，千萬不要在這幾天內離京，皇上正找藉口殺他。」

韓柏嚇了一跳，表面卻裝作若無其事，哈哈一笑道：「金陵這麼好玩，我才不會蠢得急著離去呢。」心中同時明白過來，原來聶慶童是燕王的人，難怪燕王對朱元璋的行蹤如此清楚。

聶慶童沒再說話，領著他直赴內宮。那裏守衛之森嚴，幾乎連水也潑不進去。經過重重檢查後，韓柏連鷹刀也解了下來，才在寢宮的內殿見到朱元璋。

這大明的天子正由老公公和幾個御醫模樣的人在檢查身體，見到韓柏來，眾人退了出去。老公公走前傳音給他道：「小心點！他今天脾氣不太好！」韓柏心中一懍，坐到下首。

朱元璋表面不露絲毫異樣，哈哈一笑，和他閒聊兩句，才轉入正題道：「若無兄有甚麼事在瞞著朕呢？」

韓柏想不到他如此開門見山，一針見血。反支吾起來，不知該如何應對。

朱元璋對自己的猜想更無疑問，不怒反喜道：「沒有人比朕更謹慎小心的了，問題定是出在單玉如身上。」又油然微笑道：「自從你告訴朕陳貴妃有問題後，朕不但沒有再到她那裏去，也沒有到任何妃嬪處去。這些天來，所有人均被禁止離開內皇城半步。」

韓柏這才明白聶慶童要他向燕王傳話，因為連個小太監都溜不出去。

朱元璋雙目厲芒一閃道：「就算單玉如有人潛在宮內，亦絕對害不了朕。朕身旁不但有武功高強的秘密侍衛，更有對付用毒的專家。哼！捨去動武用毒兩途，單玉如還有甚麼法寶？」

韓柏像個呆子般聽著。「砰！」朱元璋一掌拍在身旁的几上，聲色俱厲道：「可是若無兄看著朕的眼光，卻像看著個行將就木的病人那樣，你立即告訴我，這是怎麼一回事？」

韓柏嚇了一跳，苦笑道：「小子眞的不知道！」

朱元璋陰惻惻地微笑道：「這數十年來，從沒有人可以瞞騙朕。朕要做的事，必然可以做到，要知道的事，遲早也可以知道。你若不說，朕便找幾個人來拷問一下，例如那個秀雲，她仍在宮內，你不是說她和媚娘等同是單玉如的人嗎？」

韓柏苦笑道：「皇上眞會看人，小子所有弱點都握在皇上的手心裏。」

朱元璋容色轉爲溫和，柔聲道：「就算你不爲這些人著想，也應爲天下萬民著想。朕無時敢忘靜庵那句『以民爲本』的話，若天下落進單玉如手裏，戰亂立起，受苦的還不是老百姓？只因這點，你便不應瞞朕。」

韓柏給他軟硬兼施，弄得六神無主，最要命是他的確對朱元璋生出了感情，把心一橫道：「說便說吧！但皇上可否答應在對付胡惟庸和藍玉兩人時，不牽連那麼多人呢？」

朱元璋微一錯愕，凝神看了他好一會後，緩緩點著頭道：「若別人這樣說，朕定教他人頭落地，但這回朕卻破例答應你。」

韓柏仍不放心，道：「例如那個總捕頭宋鯤，皇上要拿他怎樣，小子也很難阻止，但他的家人親族，卻請皇上赦了他們吧！」

朱元璋笑道：「那是因爲韓家的二姑娘要嫁入宋家吧！哈！你眞是個念舊的人。」

韓柏心中一寒，暗忖連這種瑣事都瞞他不過，由此可見他的情報網多麼嚴密。不由更佩服單玉如，正如鬼王所言：一山還有一山高了。

朱元璋忽岔開話題道：「小子你說應否立即將陳貴妃和楞嚴處死？」

韓柏眞的大吃一驚，愕然看著他。朱元璋微笑道：「色目人混毒之法，防不勝防，唯一方法就是徹底剷除禍根。」

韓柏目瞪口呆道：「皇上不是說下不了手嗎？」

朱元璋若無其事道：「要成大事豈能沒有犧牲，我已把玉眞軟禁了起來，禁止她和任何人接觸。只要一聲令下，她便要玉殞香消，誰也救不了她。哼！她竟敢騙我。」接著長嘆一聲道：「朕眞的老了！否則早把她宰了。」

韓柏吁出一口氣，自知以自己的幼稚想法，絕明白不了這掌握天下生死的厲害人物和他的手段。

朱元璋微笑道：「要見她一面嗎？」

韓柏擺手搖頭道：「這個最好免了！」

朱元璋望著殿頂，眼中射出複雜至極的神色，好一會才道：「告訴朕！單玉如是否藏在朕的皇宮之內？」

韓柏渾身一震，暗叫厲害，深吸一口氣道：「皇上英明，只憑鬼王說話的語氣神態，就猜出這麼多事！」

朱元璋傲然一笑道：「一直以來，朕均以爲單玉如是透過胡惟庸來與朕爭天下，所以一直低估了她。到今天看到若無兄的神態，才猜到她另有手段。而唯一對付朕的方法，就是躲在宮內以毒計害朕，不過朕可以告訴你，沒有人可以害朕，那根本是不可能的。」接著雙眉揚起道：「你當我不知楞嚴和胡惟庸私下勾結嗎？只不過他在騙朕，朕也在利用他罷了！」韓柏像個呆子般聽著。

朱元璋親切地笑著道：「好了！說吧！」

韓柏嚇了一跳，忍不住搔頭道：「其實到目前爲止，我們也只是止於猜想……」

朱元璋失笑道：「兩軍相對，敵人難道會親口告訴你他們的計劃嗎？這事當然只是猜想，朕難道會因此怪你嗎？」

韓柏囁嚅道：「此事牽涉到皇太孫的母親恭夫人……」

朱元璋龍軀劇震，色變道：「甚麼？」

韓柏並非收藏得住的人，橫豎開了頭，便說下去道：「那批胡惟庸要謀反的證據，來源很有問題，極可能是單玉如棄車保帥的策略，於是我們由此推想，最大的得益者，就是皇太孫，我……」

朱元璋狂喝道：「住嘴！」

韓柏大吃一驚，不解地往朱元璋瞧去。朱元璋龍顏再無半點血色，雙目厲芒亂閃，顯是失了方寸。

韓柏還想說話，朱元璋厲喝道：「給朕退出去！」

韓柏頭皮發麻，他既能狠心殺陳貴妃，爲何對付不了區區一個恭夫人？忽然間，他知道眞的不能了解朱元璋。半點都不明白！

秦夢瑤盈盈走進榭內。眾人慌忙起立，對這超塵絕俗的美女，縱使是敵人亦要心存敬意。

秦夢瑤美目淡淡掃過眾人，柔聲道：「今晚將是金陵最混亂的晚上，人命賤如草芥，要走便必須趁今晚走。否則讓朱元璋收拾了藍玉和胡惟庸，他便可從容對付其他人了。」

凌戰天皺眉道：「可是方夜羽的外族聯軍，肯定會在今晚攻打鬼王府，這裏面既包含私怨，亦牽涉到民族的仇恨，我們怎能在這時刻離去？」

秦夢瑤在遙對著燕王的另一方坐下來，當各人全入座後，俏目瞧著翟雨時，微微一笑道：「先生有沒有想到朱元璋為何要把所有人均引到京師來呢？」

翟雨時一聲長嘆道：「給夢瑤小姐這麼一提，很多以前想不通的事，到此刻才明白過來。」

眾人都聽得有點摸不著頭腦。燕王默然不語，眼中閃著奇異的厲芒，顯然明白了兩人的話意。朱元璋是他父親，他自然比別人更了解他。

戚長征愕然和風行烈交換了個眼色，發言道：「現在細想起來，朱元璋的確在背後操縱著一切，若他蓄意不許任何人進京，真的沒有人能到京師來。」

秦夢瑤洞悉一切似的目光掃過眾人，輕顰淺嘆，秀眸移往榭外動人的雪景，眼中射出緬懷傷感的神色，沒有說話。眾人都受她扣人心弦的神態吸引，靜了下來，一時間只聞榭外水流的輕響。

秦夢瑤眼內傷懷之色更濃了，再輕嘆一聲，緩緩道：「他雖得了天下，但內心仍毫不滿足，這二十年來，心中一直有幾根難以去除的尖刺，其中兩根就是浪翻雲和龐斑。」眾人一起動容，連燕王都不例外。

秦夢瑤收回目光，掠過眾人，柔聲道：「因為他要證明給先師看，他比這兩人更優勝，更值得她傾心。可惜先師去得這麼不合時，所以先師的仙逝，才會對朱元璋造成這麼嚴重的打擊。」

燕王沉聲道：「我也沒想過這點，只猜到父王不容許有任何超然於他治權外的任何力量存在著。」

凌戰天深吸一口氣道：「這是說他絕不會容許我們活著離京，包括了龐斑和外族聯軍在內。」

戚長征冷哼道：「想歸想，但能否做到，卻是另一回事。」

翟雨時臉色凝重道：「千萬不要低估朱元璋的眞正實力，雖說不是對陣沙場，但只是以萬計的禁衛軍，便是不可輕侮的可怕力量。且誰知道他手上還有多少肯爲他賣命，武功高強的死士？」

秦夢瑤道：「只要想想這事他部署了二十多年，便可知事情的凶險。不要多想了，今晚得立即離開。否則除了龐斑、浪翻雲等有限幾人外，誰都闖不出去。」衆人一起動容。

秦夢瑤輕輕道：「若非單玉如的出現，打亂了朱元璋的布置，說不定他眞能成功。最厲害的是，他利用各種勢力間的矛盾關係，使他能一直置身事外，坐山觀虎鬥。唉！朱元璋已非先師當年所挑選的人，再不會聽任何人的話，包括夢瑤在內。」

戚長征怒道：「這算甚麼英雄好漢，只懂耍手段！」

秦夢瑤莞爾道：「所以你不是當皇帝的料子，朱元璋的眼中只有成功一事，其他甚麼都不會計較的。」

衆人的目光不由移到了燕王處。燕王老臉一紅，乾咳一聲道：「那是否所有人都要趁黑逃走？」

秦夢瑤道：「第一個應走的人是你，其次就是怒蛟幫諸位大哥，只要你們能安然離京，事情無論變得怎麼壞，也有人可與單玉如對抗。」默然半晌後續道：「在整件事件中，唯一可左右朱元璋成敗的就是若無先生，只要他仍健在，憑著他在政軍界的龐大影響力，朱元璋縱使要胡來也得有個限度，所以今晚若無先生和里赤媚之戰，實是影響深遠。」

戚長征斷然道：「我怎也不肯走的，有本事就來取老戚的命吧！」

凌戰天不悅道：「長征！」

風行烈亦決然道：「不殺了年憐丹，風某絕不離京。」

翟雨時插入道：「影子太監終日伴在朱元璋之側，不會對他的實力和布置一無所知吧？」

秦夢瑤黛眉輕蹙道：「朱元璋算無遺策，怎會讓老公公他們知道他的事？而且他只須發出命令，自會有葉素冬和嚴無懼等忠心手下去執行，要瞞過他們實易如反掌。」接著微微一笑道：「翟先生的確高明，猜到夢瑤是由老公公處得到消息，才推斷出朱元璋的眞正心意。」眾人均凝神看著這絕世美女，靜待她說下去。

秦夢瑤深邃無盡的眼神異采連閃，語氣則仍是恬靜雅淡，悠然道：「由今早開始，朱元璋身旁忽然多了一批高手，其中有幾個竟是退隱了多年的人，包括了『幻矛』直破天和『亡神手』帥念祖兩大高手在內。」

眾人無不動容。這兩人當年均曾爲大明得天下出力，卻一直以客卿的超然身分，不受任何祿位。「幻矛」直破天的叔祖父乃當年與大俠傳鷹勇闖驚雁宮七大高手之一的「矛宗」直力行，後與魔門高手畢夜驚高樓決戰，同歸於盡，留下不滅威名。這「幻矛」直破天矛技得自家傳，已到了出神入化的境界，被視爲白道裏矛技可與乾羅相媲美的超卓人物。只是這二十年來銷聲匿跡，但提起用矛，則誰都不能忘記他。另一人帥念祖以「亡神十八掌」縱橫黑白兩道，曾奉朱元璋之命，聯同其他十二高手，聯袂伏擊龐斑，失敗後只有他一人能保命逃生，自此亦像直破天般退隱無蹤。這些都是三十年前發生的事了，想不到這兩人又會再次現身人世，還是在這種關鍵時刻。三十年前他們均値壯年，現在都年過五十，假若他們一直潛修，現在厲害至若何程度，確是難以估料，何況這兩人只代表朱元璋手上的部分籌碼而已！

秦夢瑤平靜地道：「隨這兩人出現的還有一批三十來歲的高手，人數在百人間，均以大師父和二師父尊稱他們。看來這兩人潛隱三十年，就是培育了這批殺手死士出來，專門對付浪翻雲和龐斑。」

風行烈倒吸了一口涼氣道：「可想到這些人絕不會講究武林規矩，只會以殺人爲目的。倘加上特別陣式和武器，例如強弩火器等物，猝不及防下誰也要吃虧，朱元璋確是深謀遠慮。」

燕王聽他們左一句朱元璋，右一句朱元璋，毫無尊敬之意，連帶自己的地位也給貶低了，心中不舒服，乾咳一聲道：「那是說，父王收拾了藍玉和胡惟庸後，立即會掉轉槍頭對付我們和龐斑了，那我們還爲何要留著鬥生鬥死呢？」

秦夢瑤嘆道：「不鬥行嗎？例如夢瑤和紅日法王便不得不鬥個高低，不受任何其他事情影響。」眾人無言以對。這正是朱元璋的厲害處，不愁你們不拚個兩敗俱傷。

凌戰天斷然道：「我明白了，長征可以留下，今晚我們和燕王立即離京，所有婦孺和無力自保的人亦須離去，否則怕再沒機會了。」

　　　　　　＊

楞嚴趕上雞籠山頂的涼亭時，細雪剛開始溫柔地灑下來。龐斑獨坐亭內，一言不發，靜靜看著這徒兒由遠而近，神情冰冷。

楞嚴來到他跟前，撲在地上，恭恭敬敬行了九叩大禮後，仍伏地不起，平靜地道：「嚴兒向師尊請罪！」

龐斑冰冷的容顏露出一絲笑意，道：「何罪之有？」

楞嚴嘆道：「紙終包不住火，嚴兒的事怎瞞得過師尊呢？」

龐斑淡然道：「嚴兒是否愛上了陳玉眞呢？」

楞嚴劇震道：「嚴兒不但愛上了陳貴妃，還戀上了權高勢重的無限風光，像酗酒者般泥足深陷。假若失去了這一切，便覺生命再無半點意義。」

龐斑仰天長笑道：「不愧龐某教出來的徒兒，若非你坦白若此，今天休想生離此地。」

楞嚴泰然道：「何用師尊下手，只要一句話，嚴兒立即自了此生。」

龐斑雙目閃過精芒，完美的面容卻不見絲毫波動，淡淡道：「陳玉真與單玉如是甚麼關係呢？」

楞嚴毫不隱瞞道：「玉真的外祖母是單玉如寵愛的貼身丫嬛，單玉如對玉真的娘親亦非常疼愛，後來玉真的娘戀上採花大盜薛明玉，婚姻破裂後憂鬱而終，玉真便往投靠單玉如，使單玉如驚爲天人，悉心栽培，再透過嚴兒安排，讓她成了朱元璋的貴妃。」

龐斑容色止水不揚，柔聲道：「外傳她是色目高手，精擅混毒之術，又是怎麼一回事？」

楞嚴坦言道：「這要由單玉如說起，她一向對色目『毒后』正法紅出神入化的混毒秘技，非常仰慕。故處心積慮的把當時只有十二歲玉真的娘安排拜於正法紅座下，成功地把混毒秘技偷學了回來，玉真的毒技就是傳自乃母，但更青出於藍，連單玉如亦要傾服。」

龐斑點頭道：「靜庵曾向爲師提過單玉如，當時也有點印象，但仍想不到她如此深謀遠慮，在數十年前就準備好今天的事。」接著若無其事道：「你又是怎樣和她搭上的？」

楞嚴伏地嘆道：「沒有人比她更清楚嚴兒的弱點，先不說美女權勢，只是她立誓得天下後不會派軍出征蒙古，亦不會對付師弟和下面的人，嚴兒便難以拒絕她的要求。」頓了頓續道：「當然她可能只是騙我，不過至少在她得天下後一段頗長的日子裏，仍不得不依賴嚴兒爲她牢牢控制著整個廠衛系統，只憑這點，嚴兒便覺得與她合作有利無害，勝過被她活活害死了。」接著抬頭道：「正因心內有這想法，嚴兒今天才敢面對師尊，直言無忌。」

龐斑仰天長笑道：「好！識時務者是英雄，若非有你這著棋子，今天夜羽等說不定要全盤敗北，死得一個不剩。哼！那時龐某人當然也不會讓單玉如繼續活下去享受她的榮華富貴。」

楞嚴低聲道：「她對榮華富貴半分興趣也沒有，生活簡樸有如苦行的出家人。」

龐斑錯愕道：「你不是沒有和她上過床吧？」

楞嚴搖頭道：「據她自言，自被言靜庵擊敗受傷後，便從沒有和男人發生過關係。」

龐斑首次露出凝重之色，沉聲道：「看來我仍是低估了她，恐怕她的魔功媚術均臻至魔門的最高層次，才能反璞歸眞，不須憑藉肉體便可媚惑敵人，不戰而屈人之兵，難怪敢不把爲師和浪翻雲放在眼裏了。」

楞嚴道：「徒兒得師尊親傳，除了有限幾人外，餘子均不放在心上，但卻知道和她尙有一段很遠的距離，甚至連逃命也有所不能。天下間，怕只有師尊和浪翻雲才可和她匹敵。」

龐斑微微一笑道：「錯了！除我兩人外，她絕非厲若海的對手，而她的魔功媚法，更不能對他起半分作用。好了！給我站起來！」

楞嚴平靜起立，雙目卻紅了起來，忽又撲在地上，重重叩了三個頭，才再站起身。

龐斑喟然道：「不枉爲師培育你成材，由今天起，我便還你自由，儘管去享受你的生命吧！人生不外如此而已。」

楞嚴劇震道：「只有師尊明白徒兒。唉！初時嚴兒只想虛與委蛇，可是單玉如的媚功太厲害了，玉眞更使嚴兒難以自拔，尤其那種偷偷摸摸瞞著朱元璋的滋味，更像最甜的毒酒，使人情難自禁。但嚴兒對師尊的心，卻從未有一刻迷失。」

龐斑微笑道：「我當然感覺得到，否則早下手取你小命。」微一沉吟道：「允炆是否單玉如的人？」

楞嚴點頭應是。

龐斑讚嘆道：「現在爲師都禁不住爲她的奇謀妙計傾倒，若她會失敗，那只是老天爺不幫她的忙，絕對與她的運籌帷幄沒有半點關係。」

楞嚴苦笑道：「徒兒也有點擔心她的運氣，否則薛明玉就不會變成了浪翻雲，不但玉真拿不到藥，還害她被朱元璋軟禁起來。」

龐斑平靜地道：「嚴兒是身在局中，所以不知箇中危險。事實上這次京師的鬥爭，實是由朱元璋一手安排出來的布局。不過現在仍是勝敗難料，朱元璋若有警覺，單玉如豈能輕易得手。」

楞嚴愕然道：「嚴兒自跟從師尊後，還是首次聽到師尊對一件事不能作出定論。」

龐斑欣然道：「你可知這感覺是多麼醉人？唉！六十年了，沒有一件事不在爲師算計之中，那是多麼乏味，京師之爭還是小事一件，與浪翻雲那難知勝敗的一戰，才最使人心動呢。」語氣轉寒道：「爲師就看在你面上，不找單玉如晦氣。」

楞嚴撲下叩頭道：「多謝師尊。無論如何，只要嚴兒有一口氣在，必教夜羽等能安然離京。」

龐斑淡淡道：「不要低估單玉如了，對付夜羽他們，自有朱元璋一手包辦，何用勞她法駕。」再沉聲道：「得放手時須放手，有一天嚴兒知事不可爲時，必須立即抽身引退，否則難有善終。政治就是如此，不但沒有人情，更沒有天理。明白嗎？」長身而起，來到亭外山頭處，深情地俯瞰無窮無盡的山河城景、荒茫大地、漫天飄雪，嘴角逸出一絲平和的笑意，悠然道：「浪翻雲啊！這場人生的遊戲，不是愈來愈有趣嗎？」

鬼王府金石藏書堂。當韓柏把見朱元璋的經過詳細道出來，說到朱元璋聞恭夫人之名色變，不准他繼續說下去時，細心聆聽的虛若無和燕王棣亦同時色變。

虛若無眼中爆起厲芒，失聲道：「不好！」

韓柏吃了一驚，與燕王一起盯著虛若無。虛若無臉上露出複雜無比的神色，長長嘆了一口氣道：「到今天我才明白爲何元璋堅持要立允炆爲皇太孫，因爲其中實有不可告人的私隱。」

燕王棣的臉色變得更是難看，嘴唇輕顫，卻沒有插話。

韓柏大惑不解道：「甚麼私隱？」

虛若無臉色凝重無比，沉聲道：「此事純屬猜估，但證諸元璋的奇怪反應，恐亦八九不離十。」燕王棣垂下頭去，神色古怪。

韓柏大感興趣，追問道：「究竟是怎麼一回事？」

燕王站了起來，沙啞著聲音道：「我要出去吸幾口新鮮空氣。」找了個藉口，就那麼匆匆避開了。

韓柏呆看著他溜走，更感奇怪，望向鬼王。虛若無嘆了一口氣，道：「對朱元璋這反應最合理的解釋：就是恭夫人與他有私情，允炆不是他的孫子，而是兒子。」

韓柏頭皮發麻，呆在當場，好一會才道：「妖女確是妖女，爲何她不正式成爲朱元璋的妃嬪，那不是更直截了當嗎？」

虛若無神色凝重道：「沒有人比單玉如更理解人性了，所謂妻不如妾，妾不如偷，天命教的妖女雖媚術厲害，但對朱元璋這種對美女予取予求的人來說，時間久了，沒有了新鮮感時，便會厭倦，此乃人之常情！若再加上衝破禁忌的偷歡苟合，則更能予他無與倫比的刺激。單玉如就是看中這點，正如她看中我對亡妻的思念般，牢牢抓著了朱元璋的心，亦使他對這『兒子』另眼相看，寵愛有加。」

韓柏連脊椎都發麻了，深吸一口氣道：「現在怎辦才好呢？」

鬼王平靜下來，沉吟片晌後道：「他只是一時接受不了，冷靜下來，便會有別的想法，朱元璋終是非常之人。」

韓柏感覺上好了點，道：「若他知悉恭夫人的陰謀，單玉如還憑甚麼來害死他呢？」

鬼王苦笑道：「但願我能知道。現在我仍不能接受的一個事實，就是單玉如其實比朱元璋和我都更厲害，因爲她能比朱元璋更不講道德和原則。唉！這樣的一個女人。」

韓柏振起精神道：「橫豎也告訴了朱元璋，不如就和單玉如大鬥一場，只要保住朱元璋和燕王的命，我們就贏了。」

鬼王皺眉道：「哪有這麼簡單，不過我肯定若元璋可度過這三天大壽之期，定會廢了允炆和以最殘忍的手法處死恭夫人，問題是他能否過得了這三天大限？」

韓柏頹然道：「爲何他不立即動手呢？」

鬼王道：「他必須先藉藍玉和胡惟庸的叛逆大罪，誅除了所有擁戴允炆的將領大臣後，才可以廢掉允炆，這種事一個不好，就會引起軒然大波，動搖大明的根本。縱使是皇帝，也不是可說做就做的。」

韓柏興奮地道：「只是要捱過這三天，那還不容易嗎？」旋又頹然道：「不過岳丈說過他壽元已盡，若應在這三天之內就糟透了。」

鬼王閃過複雜難明的神色，好一會才傳聲往外道：「小棣進來！」話聲才落，燕王棣已在入門處現身，神色如常，像甚麼事都沒有發生過的樣子。

鬼王正容道：「不理事情如何變化，夢瑤說得對，你今晚必須離開京師。」

韓柏記起了聶慶童的警告，嚇了一跳，忙說了出來。燕王緩緩坐到鬼王右旁下首的太師椅內，神色不見波動，只是靜靜地瞧著鬼王。

鬼王臉上怒意一閃即逝，冷哼道：「虛某就要給朱元璋看看，我若要把一個人送離京師，即使他身爲天子，亦阻止不了。」拂袖而起，尚未有機會說話，鐵青衣走了進來，施禮道：「皇上派人傳來聖旨，命燕王立即入宮見駕！」三人齊感愕然。

韓柏喜道：「看來他眞已知道誰忠誰奸了！」接著又尷尬地搔起頭來，到現在他再不清楚誰是好人，誰是壞人了。好或壞這簡單的二分法顯然並不適用於現實的世界裏。誰不在爲自己的私利奮鬥爭取？動物是爲了生存，人則爲所追求的目標理想，像燕王般便爲了皇位，甚至不惜對付最看重他的鬼王，又試圖行刺生父，與「好」這個字實扯不上任何關係。燕王亦閃過一絲喜色，若朱元璋因此捨棄允炆，他自然成了最有機會繼承皇位的人，不由有點後悔曾刺殺朱元璋。這成了唯一的心理障礙。

鬼王盯了燕王好一會後，嘆道：「就算我教小棣不要入宮，小棣也會反對吧？」

燕王雄偉的軀體微微一震，搖頭道：「不！小棣全聽鬼王吩咐！」

鬼王苦笑道：「虛某雖很想吩咐你這樣做那樣做，卻是難於啓齒。因爲你若抗旨，就是公然和你父親對抗了，將使事情更難控制，更不知這樣做會便宜了哪一方。」

燕王乘機道：「小棣很想聽聽父王他有甚麼話說。」鬼王等人哪還不知他心意。

韓柏猶豫道：「現在陳貴妃給軟禁了起來，皇上又知她有混毒這手法，所以即使燕王和皇上在一起，應也沒有問題吧！」

鬼王道：「看來只好如此了，小棣去吧！兵來將擋，衝著虛某的面子。這三天內元璋絕不敢拿你怎樣的。」忽又失笑道：「人算怎及天算？虛某人實在太多妄念了。」

將軍府內。藍玉高坐堂上鋪著熊皮的太師椅，手下盡列兩旁。他的臉色仍有點蒼白，但精神比之剛受傷時已判若兩人，顯是大有好轉。藍玉看著眼前這批高手，人人戰意高昂，對自己仍是充滿信心，心中欣慰。唯一可恨的事，就是缺少了連寬這個智勇雙全的得力臂助，而且這次來京的所有安排，進退之法，均由連寬一手策劃，現在連寬死了，立時使他們陣腳大亂，很多事要重新考慮，從頭做起。由此亦可見朱元璋的眼光和狠辣，一舉便命中他的要害。

「金猴」常野望恭敬地道：「大帥身體沒有甚麼事了吧？」

藍玉氣燄全消，溫和答道：「秦夢瑤仍算手下留情，並非眞心想要本帥的命，現在功力已回復大半，只要再有幾天工夫，定可完全復元了。」

眾人都鬆了一口氣，蘭翠貞道：「只恨宋家兄妹把東西送到朱元璋手裏，否則過了這三天壽期才走，便有把握多了。」

「布衣侯」戰甲臉色凝重道：「此地不宜再留，京城現在風聲鶴唳，人心惶惶，很多以前和大帥稱兄道弟的大官將領，都對我們避而不見，連胡惟庸亦稱病躲在家中，恐怕受了牽連。」

藍玉道：「走是一定要走的了，只要返回本帥的駐地，我才不信鬥不過現在朱元璋手下那批沒用的傢伙。燕王又中了媚蠱，自身難保，這天下遲早是本帥囊中之物，那時定教你們晉爵封侯，子孫福祿無窮。」

四十多名手下齊聲感謝，皆知藍玉所言無虛。藍玉可說是明室開國的最後一員猛將，兵法武功，除鬼王外均無人可與比擬。但鬼王顯然已超然於一切之上，再不會爲朱元璋出力。這也是朱元璋自食的惡果。忠臣良將，不是由他親自下令，就是透過胡惟庸的手，誅戮殆盡。

藍玉記起一事，問道：「水月那傢伙還未回來嗎？」

負責情報的「通天耳」李天權答道：「與秦夢瑤交手後，他和那四侍便像空氣般消失得無影無蹤。」

剛升級爲首席謀士的胖子方發不忘爭取表現道：「此事相當奇怪，他們人生地不熟，模樣又怪，定是有人包庇他們，才能隱藏得這麼好。」

藍玉不耐煩地道：「看來必是胡惟庸這沒有義氣的混蛋了。現在不要理這種閒事了，最要緊是逃出京城去。」轉向李天權道：「朱元璋方面有甚麼消息？」

李天權沉聲道：「皇宮的保安以倍計的加強了，內宮的人被禁止出入，連離宮辦事的人都不准回去。另外朱元璋又從廣東調來了一支與我們全無關係的精銳人馬，由長興侯耿炳文率領，封鎖了出入京師的所有關口要道，人數在十萬之間。」

藍玉呆了一呆，這耿炳文年近六十，乃朱元璋開國時碩果僅存的老將之一，戰功雖遠及不上他藍玉，但亦是個人才，武技非常高明，且一向與自己不和。可見朱元璋是處心積慮地在對付他。

李天權續道：「至於禁衛軍和廠衛亦見調動跡象，嚴無懼和葉素冬兩人不斷入宮見駕，看來他們會隨時展開對付我們的行動。」

藍玉身經百戰，絕不會因此而害怕，皺眉想了一會道：「文的不成只有來武的了。只要布置得宜，欺朱元璋力量分散，以我們的實力，硬闖出去也不成問題，最怕就是給他們困在府內，幸好我們早挖了逃生秘道，到時讓我們教朱元璋大吃一驚好了。」眾人都笑了起來。

方發獻計道：「連寬先生曾定下多路逃走的疑兵之計，現在再經小人因應改動，必可使朱元璋捉摸不定，只要溜出城外，與我們的援兵會合，哪還怕不能安然回家。」

李天權又道：「最近允炆亦活躍起來，與他以前的低調作風大不相同，這幾天他……」

藍玉揮手道：「本帥再沒興趣管京師的事了，只要太陽下山，我們便立即離開，朱元璋怎會想到我連他的壽酒都不喝便走了呢。」

戰甲道：「胡惟庸和魔師宮的人是否都不須理會了？」

藍玉哈哈一笑道：「若他們成功殺死了朱元璋和燕王，天下自然落到胡惟庸手上，那亦等於天下是我藍某人的了。」

眾人點頭同意。胡惟庸權勢全來自朱元璋，根本沒有服眾的威望，那時定有一批人擁護允炆來對付胡惟庸，藍玉就是看到此情勢，才會佯裝與他合作。所以只要藍玉能逃回邊疆的根據地，就像虎返深山，龍入大海，任他施爲了。

正當藍玉密謀逃命時，胡惟庸則一人獨坐書齋裏緊皺眉頭。

叩門聲響，家將來報道：「吉安侯來了！」

胡惟庸冷哼一聲，道：「著他進來！」

不一會當日胡惟庸宴請韓柏時曾作陪客的吉安侯陸仲亨來到書齋，施禮後神色凝重道：「丞相！朱元璋有點不妥當。」

陸仲亨是手握實權的人，乃胡惟庸最得力的心腹之一，卻非天命教的人。數年前與平涼侯因事獲罪，全賴胡惟庸包庇，才得免禍。亦因此成了他最得力的手下，暗中招兵買馬，密謀舉事。兩人之外，還有明朝開國重臣李善長之弟李存義，御史陳寧和明州指揮林賢及大臣封績，組成核心的謀反班底。至於總捕頭宋鯤等，已是較外圍的人，參與不到機密的事。這些人並不知道胡惟庸的眞正圖謀，但都知他不但權傾朝野，還神通廣大，要殺個大臣易如反掌，手下又有奇人異士相助。林賢和封績兩人分別聯絡倭子和方夜羽兩方面的勢力，整個計劃可說天衣無縫，誰也想不到會出樓子。只要他毒計得逞，朱元璋和燕王均要一命嗚呼，那時挾允炆這稚子以令諸侯，天下就是他胡家的了。這正是單玉如厲害之處，連自己的心腹手下亦瞞著，讓他以爲天命教一心把他捧作皇帝，於是全心全意爲帝位忘情奮鬥，死到臨頭亦茫然不知。

胡惟庸原是深沉多智的人，否則也不會被單玉如挑出來坐上這一人之下，萬人之上的位置，聞言道：「你是否指朱元璋調來兵馬，把守出入京師道路關防一事。」

陸仲亨道：「這只是其中一項，據本侯的眼線說：京師內所有禁衛和廠衛，全奉召歸隊，似要有所行動，形勢非常不妙，本侯的家將更發覺府外有生面人出現，會不會是朱元璋發覺了我們和元人及倭人有勾結呢？」

胡惟庸斷然道：「放心吧！若有不妥，楞嚴自會通風報信。據我的消息說：是因宋死鬼那對子女成功地把藍玉的謀反證據，送到了朱元璋手中。現在京師內與藍玉有關係的，如景川侯曹震、鶴慶侯張翼、吏部尙書詹徽、侍郎傅友文等無不人人自危，希望與藍玉劃清界線，哈，藍玉太不小心了，本相就不會有把柄給老朱抓著。」

陸仲亨看到胡惟庸不但從容自若，還得意洋洋，心下稍安，但仍是憂心忡忡道：「這兩天允炆太孫不時出宮，往訪方孝孺、翰林院修撰黃子澄和兵部侍郎齊泰等人，不知是否暗承朱元璋旨意辦事，密謀對付我們呢？」

胡惟庸臉上閃過怒色，方孝孺、黃子澄都是京師德高望重的人，對群臣有龐大的影響力。齊泰則是兵部第二把交椅的人物，爲今體制和名義上雖以兵部尙書爲主管，但實際權柄都由齊泰把持，乃實權人物，兼之武功高強，是各方爭取的對象。這三人一向擁護允炆最力，反對朱元璋違反繼承法，將帝位傳與燕王。在此事上雖與胡惟庸同一陣線，但在其他方面卻處處與胡惟庸作對。卻因有允炆護著他們，單玉如又不同意他輕舉妄動，隨便殺害大臣，故胡惟庸只好等待得天下後，才慢慢收拾這些大敵。爲此陸仲亨知道允炆與這三人頻頻密議，便疑心朱元璋父子是要對付他們。

胡惟庸冷哼道：「不要疑神疑鬼，胡某才不相信朱元璋會在大壽前把京城弄得血雨腥風，鬼哭神號。若有事情發生，也應是在大壽之後。」接著嘴角逸出一絲殘酷的陰笑，道：「那時老朱和燕王早到閻王那裏報到了。」再充滿信心地微笑道：「藍玉已做好了他那一部分，留他在這人世間也沒有甚麼作用了，所以如今我還要謝主龍恩哩！」

韓柏踏出金石藏書堂，與范良極撞個滿懷，後者驚異地道：「果然不同了！」

韓柏滿肚子煩惱，心不在焉答道：「是否樣子變得更英俊了？」

范良極把他拉到路旁的樹叢裏，任由雪粉灑到他們身上，正容道：「慘了！你的樣子正派了很多，還有點呆楞楞的窮酸氣。」

韓柏沒好氣道：「去你的娘！現在本浪子沒心情和你夾纏。」

范良極曲指在他大頭處重重叩了一記，怒道：「我在和你說要緊話，老浪那傢伙私下對我說，你這小子和夢瑤雙修合體後，你的魔種很可能會被夢瑤的道胎壓下魔性，看來他的預言又正確了。你已變成了個沒趣的傢伙，看來月兒霜兒們很快便要改嫁了。莫忘記長征和行烈兩人都比你只強不弱，尤其行烈那小子沒有你那麼花心。唉！不過這還不是問題，因爲你以後都不會再心花花了。」

韓柏先呆了一呆，接著心中大爲懍然，范良極沒有說錯，今天自己的確是變得正經得多，沒有了以往那種頑皮跳脫，天馬行空的放浪情懷，凡事都要朝合情合理方面著想。

范良極道：「心病還須心藥醫，你這呆頭呆腦，只有本人才能治好。」

韓柏奇道：「這樣的病你也有方法診治？」

范良極道：「當然！只要你肯和我合作到宮內偷東西，包管藥到病除。」

韓柏明白過來，失聲道：「在這風聲鶴唳的時刻，我才不陪你胡搞呢。」

范良極不悅道：「甚麼風聲鶴唳？你還不是照樣去騙人家姑娘，哼！竟把雲素弄到了鬼王府來，你的心意，路人皆知啦！」

韓柏沒有好氣，雲素之所以來到鬼玉府，全是她師父忘情師太的主意，關他的鳥事。

范良極道：「我本來也不須靠你那對笨手幫忙，只不過現在皇城內寸步難行，才要靠你和老朱的關係混進去。」

韓柏心中一動，暗忖這死老鬼也說得對，自己要回復以前的心性，就須做些以前才會做的胡鬧事，遂板起臉孔道：「你究竟要偷甚麼呢？不妨說來聽聽。」

范良極立即眉開眼笑，摟著他肩頭，朝林木深處走去，嘴巴當然說個不停了。

第七章

圓滿結束

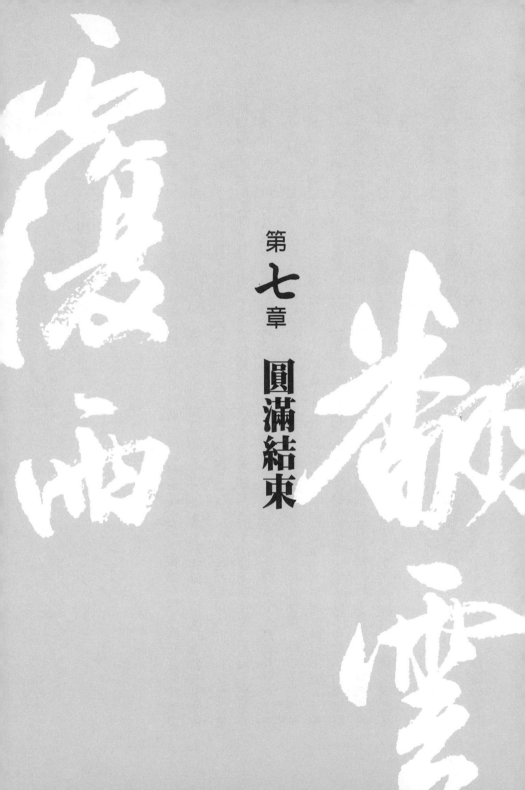

第七章　圓滿結束

秦夢瑤修長纖美的身形，不徐不疾地在通往雞籠山的小徑漫步而走，神色寧恬。雪花落到她頭頂上，便像被一隻無形的手撥開，落到一旁去。她的心靈澄明通透，不著半點塵跡。再沒有半點人事能留在她心上。離開了慈航靜齋不到兩年工夫，已有無數的事發生在她身上，對她衝擊最大的，自然是因魔種使她的劍心通明失守，身不由己下與韓柏熱戀起來，直至失身於這男子。命運確是難以逆料。那並非她挑選的方向，可是當她知道命須如此時，卻欣然投了進去，還感到至高無上的享受，體會到男女之情的甜美滋味。而縱使不願意，她終亦透過韓柏，窺看到戰神圖錄的秘密。那對她的衝擊，絕不下於與韓柏的相戀。對她這自小修習禪道的方外之人來說，那等於偷看了天道的秘密，亦使她一時失了方寸。所以剛和韓柏歡好後，她更是慧心失守，破天荒地向韓柏大發嬌嗔，撒嬌撒嗲，更抵受不住韓柏的親熱廝纏。幸好她仍能以無上定力和智慧，憑著幾個時辰的靜修，成功地把戰神圖錄深奧難明的內容豁然貫通，融入了她的慧心裏，臻達劍心通明大圓滿的境界。她的精神亦提升至一個前所未有，不能言傳的層次。現在她只想拋開一切，返回慈航靜齋潛心修爲。再不管人世間任何事情。

透過韓柏，她得到了夢寐以求的一切。她從未想過，會由這種方式讓她接觸到天地之秘。到了此刻，她終於體悟到言靜庵送別時囑她「放手而爲」這句話中蘊藏著的無上智慧。她對言靜庵和韓柏均生出了深刻和沒有保留的感情，但那已給她提升至一個超然於世俗塵心的層次了。她不拆開言靜庵給她的遺書，還把它贈給韓柏，正是以具體的方法，向兩人表達了那微妙難言的關係。到此刻她已心無半絲牽掛，只待完成了師門的使命後，她會如對韓柏所言，返回靜齋，告別這曾使她戀棧迷醉的塵世，就像當年的傳鷹，把岳冊交給反蒙義軍後，飄然而去。現在還有幾件事，使她仍未能抽身而退。靜齋的心法本以守爲主，無跡勝有跡。不過此刻的她完全超離了這層次，不受任何拘束，要攻便攻，說守就守，所以才有破天荒向水月大宗和藍玉搦戰一事。

華宅在望。秦夢瑤蓮步不停，轉瞬來至宅門前。當她拿起門環時，她倏地感覺到龐斑，而龐斑亦感覺到她。「噹！噹！」門環叩在門上，聲音遠遠傳入宅內。

大門咿呀一聲，打了開來，一個老僕訝然現身，尚未說話，秦夢瑤淡淡道：「請告訴夜羽兄，秦夢瑤有事求見。」

老僕還未答話，人影一閃，方夜羽出現在老僕身後，一臉難以掩飾的驚奇道：「怎也想不到夢瑤會來找在下。」老僕退了開去，剩下兩人面面相對。

秦夢瑤深深看了令他心顫神搖的一眼後，柔聲道：「方兄！陪夢瑤走兩步好嗎？」

方夜羽回復平日的瀟灑，點頭道：「那是方某求之不得的事，想到哪裏去呢？」

秦夢瑤微微一笑道：「來吧！隨便走走！」轉身便去。

方夜羽百感交集，有點茫然地追到她旁，與她並肩而行，朝山上走去。兩人踏著皚皚白雪，漫步山中小路，樹上掛著的雪花晶瑩悅目、變幻無窮，使人盡滌塵俗之心。萬籟俱寂，只有腳下的疏鬆白雪咯咯作響，和柔風拂過時，林木沙沙的響聲應和。方夜羽嗅著秦夢瑤醉人的體香，心頭出奇地平靜；所有鬥爭仇殺，甚至不世功業，在此刻均與他全無半點關係。秦夢瑤神情寧恬，沒有半絲波動，就若一個深不見底的靜潭。

方夜羽感到前所未有的意適神逸，柔聲道：「夢瑤會怪在下親自對你下殺手嗎？」

秦夢瑤轉過美得使他目眩的俏臉，微微一笑道：「怎會哩！夢瑤還爲方兄內心的痛苦和掙扎感到憐惜呢！」

方夜羽一震道：「夢瑤終於肯認同在下的愛意了。」

秦夢瑤欣然一笑，沒有答話，直至走過了方夜羽曾和龐斑來過的小亭，到了山頂一處高崖邊緣，俯瞰著金陵壯麗的城市雪景時，才停了下來，溫柔地道：「方兄打算何時返回塞外呢？」

方夜羽從容笑道：「若夢瑤答應陪方某回塞外終老，方夜羽立即拋開一切，現在就走！」

秦夢瑤莞爾道：「方兄說笑了，夢瑤已是韓家的人，怎能拋下夫郎，隨你歸去？」

方夜羽微笑著深深的瞧她道：「方某才不信那小子能綰著你的仙心，唉！事實上方某亦無此異能。」

接著面對虛廣的崖外空域長長吁出一口氣道：「事實上這人世間，根本沒有男子可配得起你了。」別過頭來，誠摯地道：「敢問仙子今後又是何去何從？」

秦夢瑤知他眼力高明，看破了她已臻仙道之境，再不受人世間情事影響，才有此問。事實上自己對這文武雙全的年輕男子，亦不無好感之意，不忍瞞他，淡然道：「此間事了，夢瑤便返回靜齋，專志修行，再不踏足人間俗世。」

方夜羽呆了一呆，望往雪羽茫茫的大地，忽地仰天一陣長笑，像解開了所有鬱怨般，但其中又蘊含著無盡的傷情。兩人默然並肩而立。天上雨雪綿綿。

方夜羽心頭一陣激動，卻以輕柔的語調道：「夢瑤今日來找我，有甚麼吩咐呢？」

秦夢瑤平靜地道：「你我間總是曾經交往，夢瑤與紅日決戰前，怎能不來向方兄道別呢？」

方夜羽心中一顫，假若秦夢瑤立即挑戰紅日法王，還把他擊敗了，那今晚鬼王府之戰，除非由龐斑出手，否則將無人可應付秦夢瑤。因為唯一有資格的里赤媚會為鬼王而分身乏術。秦夢瑤看似輕描淡寫，但一言一語，每個行動，均深合劍道攻守兼備的要旨。所以她若有請求，他想不聽都不行。

秦夢瑤怎會看不穿他的心事，溫柔地道：「千萬不要因夢瑤而感到為難，好嗎？」

方夜羽苦笑道：「夢瑤有話請說。」

秦夢瑤恬然道：「魔師既臨，以他通天徹地的大智慧，必已清楚把握到京師的形勢，方兄是否還要大動干戈，弄至兩敗俱傷，白白便宜了單玉如，而我們雙方只有寥寥數人能保命逃生呢？」

方夜羽沉吟了一會後道：「在下明白夢瑤是一番好意，可是現在我們是勢成騎虎，而且裏面牽涉到不可解的私人深仇，縱使師尊出言，恐亦改變不了他們的心意。何況師尊絕不會如此插手此事。」言罷沉吟不語，顯是心中為難。

秦夢瑤輕描淡寫道：「不要說藍玉，假若方兄知道單玉如把胡惟庸也出賣給了朱元璋，或會重新考慮夢瑤的提議。」

這幾句話若青天霹靂，轟得方夜羽虎軀劇震，色變道：「甚麼？」

要知方夜羽此次來京圖謀，本有七、八成把握。這個由西域聯軍，配合明室文武兩方最重要的兩個人物——藍玉和胡惟庸，再加上倭子派來的刀法大家水月大宗，實是無懈可擊的組合。雖說各懷鬼胎，但在計劃成功前，為了本身的利益，四方勢力確是合作無間的。誰知背後藏著的單玉如才是最厲害的人物，透過允炆得到了最大的利益，連楞嚴都受不住威逼利誘，投靠了她。本來這也無話可說，只能佩服她的手段，而方夜羽他們至少亦完成了使明室無力西侵的基本目標。但假若藍玉和胡惟庸全坍了台，水月大宗又飄忽難測，他們這支西域聯軍頓時成了孤軍，再沒有藍玉和胡惟庸給予的方便和掩護，而由此返回西域又是長途跋涉，任他們如何強橫，若朱元璋或單玉如蓄意置他們於死地，能有多少人活著回去，可眞是非常難說呢。在這種複雜無比的形勢下，他們又怎能再樹立鬼王和怒蛟幫如此強大的敵人呢？方夜羽凝神瞧著秦夢瑤，這仙子亦深深回望著他，眼神清澈如水，不含半分雜質，似如兩泓無底的深潭。

方夜羽深吸一口氣，點頭道：「到此刻才清楚夢瑤對方某眞有憐惜之意，若沒有這個消息，我們可能全軍盡墨，仍未知道是因爲怎麼一回事。」

秦夢瑤仍是那淡雅如仙，飄逸若神的樣子，俏臉閃動著不染一塵的聖潔光輝，柔聲道：「夢瑤的話至此已盡，此番別後，可能永無相見之期，夜羽你珍重了。」移步退了開去，又盈盈甜笑道：「里赤媚與虛先生一戰，勢所難免；年憐丹作惡多端，天理難容，只有血才能清洗；鷹飛雖是方兄好友，淫行亦令人髮指。凡此均牽涉到私人恩怨，非你我所能阻止，便看命運如何安排吧！捨此之外，都是各爲其主，沒甚麼好怨的了。」

方夜羽哈哈一笑道：「我與韓柏間卻不知究竟是公仇還是私怨，但若不和他決個雌雄，方某怎能甘心。」

秦夢瑤微笑道：「刀劍無眼，你們兩人都要小心點了。」

方夜羽本想逼她表態，聞言失聲道：「這算甚麼意思？」

秦夢瑤忽現出小兒女的嬌態，甜甜一笑道：「一位是英雄，一位是無賴，夢瑤是甚麼意思，方兄請想想吧！」

得秦夢瑤賜贈英雄的身分，方夜羽頗有吐氣揚眉的感覺，雖然仙子是被無賴而非英雄得了手，但他卻是雖敗猶榮，誰叫韓柏身懷能令秦夢瑤動心的魔種。現在秦夢瑤對他表現得大有情意，管他是否與男歡女愛全無關係，已使他怨氣盡舒了。忽然間，他想起了言靜庵和龐斑、浪翻雲和朱元璋這四個上一代頂尖人物，那複雜難言的關係。秦夢瑤正是這一代的言靜庵。他正想說話時，秦夢瑤忽地靜止下來。那是一種非常玄妙的感覺，實質上秦夢瑤仍是那副輕描淡寫，不把一切放在心頭的淡雅模樣，但方夜羽卻知道她已進入了劍心通明的劍道至境，切斷了一切塵緣。

秦夢瑤眼中亮起異芒，溫柔情深地道：「我們的緣分就止於此。別了！方夜羽。」

方夜羽眼中射出如海深情，一字一字地道：「是否法王來了！」

紅日法王的長笑在左方密林沖天而去，由近至遠，速度之快，令方夜羽亦吃了一驚。眼前一花，秦夢瑤亦仙跡已杳。

韓柏和范良極這對冤家興高采烈，離開密議的花園一角，返回小徑，朝外一重的建築物走去時，虛夜月挽著朝霞，親熱迎來。兩女人比花嬌，尤其虛夜月初承雨露，一天比一天成熟，更是艷光四射，教兩人忘了到宮內偷雞摸狗的大計，看傻了眼。

虛夜月見到兩人色迷迷的模樣，嗔罵道：「連大哥都是那副德性，難怪你兩人臭味相投。」

范良極嘻嘻笑道：「月兒怎能把他和我相提並論，我只是遠觀，他卻是……」

虛夜月俏臉飛紅，朝霞及時阻止，嬌嗔道：「大哥！」

范良極眼都不眨道：「連老實話都不可以說嗎！」兩女拿他沒法，氣得乾瞪著大眼。

韓柏來到兩女前，見少了和虛夜月秤不離坨的莊青霜，奇道：「霜兒哪裏去了？」

虛夜月横他一眼，沒好氣地道：「回娘家去了！」到現在她仍弄不清楚自己與莊青霜的關係，既相得又互妒。

范良極嚇了一跳道：「現在京城形勢複雜，有沒有人護送她回去？」

虛夜月道：「放心吧！他老爹才不知多麼緊張，親自來接她。是了！莊老頭說若他的快婿有空，請到道場打個轉。唔！月兒怎也要跟著你的了，看你還有甚麼藉口。」

范良極笑道：「那就是藉口要陪我了。因爲你的韓家小兒，決定了今晚要做我的隨從跟班。」豈知虛夜月竟鼓掌道：「眞好玩！原來是去偷東西。」兩人面面相覷，想不到竟給虛夜月一口道破了兩人間的秘密。

虛夜月本是隨口說笑，這時見兩人神態，愕然道：「好了！給我抓到兩個小賊兒，讓我向瑤姊投訴，教她治治你們。」

韓柏避過朝霞懷疑的目光，岔開話題道：「夢瑤在哪裏？」

虛夜月負氣道：「全部走了，明知今晚惡戰難免，便一個兩個都不知滾到哪裏去了。連乾老和凌叔叔密斟了幾句後，亦離府去了；你那兩個豬朋狗友更學足你的壞榜樣，拋下嬌妻不知爬到哪裏去了。」

忍不住「噗哧」笑道：「既是豬狗，當然是四腳爬爬哩！」

范良極苦笑道：「虛大小姐眞難服侍。」正容向韓柏道：「事情有點不妥，小戚小烈等當然是去安排今晚逃離京師的事，但老乾卻沒理由出去活動筋骨，看來要找凌戰天問問。」

朝霞抿嘴笑道：「你們快去救他，凌二哥正和宋公子下棋，給他連殺兩局，正叫苦連天。」

范良極一呆向韓柏道：「說起凌二哥，我便想起你那便宜二哥，如何處置這老小子，怎也不能拆穿我這鬼谷子一百零八代單傳是騙人的吧！」

虛夜月摸不著頭腦道：「大哥在說甚麼瘋話？」

韓柏正為此頭痛，想起一事道：「不用怕！月兒的爹不是曾說過他氣色開揚，官運亨通嗎？他老人家的話自可作準。」又苦笑道：「但若他眞的官運暢順，可能只是壞事。」

朝霞終和陳令方有夫妻之恩，聞言關切地道：「你們怎麼也要把他一起帶走啊！」

虛夜月更是不依，移身到兩人間，分別抓著兩人手臂不依道：「剛才那番話是甚麼意思！快說給月兒聽。」

范良極給她嗲得全身酥麻，興奮莫名，道：「來！我們邊走邊說！」

四人來到月榭時，虛夜月已知道前因後果，這才知道朝霞和這三「兄弟」間發生過這麼精采的事，大覺好玩，只恨不早點認識韓柏，未能親身參與。這時榭內棋盤的戰場上正纏戰不休，凌戰天顯然不敵宋楠，落在下風。觀戰者還有宋媚，褚紅玉和紅袖這三位戚長征的嬌妻，卻不見寒碧翠。

凌戰天見到韓柏等進來，向宋楠抱拳道：「還是宋兄高明，本人甘拜下風。」

宋楠不好意思地頻作謙讓時，凌戰天親切友善地拍了他的肩頭，向韓范兩人使個眼色，到了榭外臨池的大平台處，神色凝重地道：「乾羅去找單玉如了！」范韓兩人大吃一驚。

凌戰天無奈道：「他們兩人間似有難言的恩怨情仇，這種事外人很難勸阻，他告訴我，只是想我怎麼也得把易燕媚勸離京師，因她已懷了他的孩子。」

范良極吐出一口涼氣道：「那是說以乾羅早臻化境的武功修為，仍沒有把握見過單玉如後能保命回來。」

凌戰天沉聲道：「我看他是存有一命換一命的決心，我告訴他大哥已決定出手對付單玉如，仍打消不了他的念頭，而且說單玉如若非有對付浪翻雲和龐斑的把握，絕不會讓他們找到她。只有他才可以讓單玉如不得不見。」

韓柏嘆了一口氣道：「今晚是否決定走了？」

凌戰天道：「我們請教過鬼王的意見，他也贊同今晚是唯一逃離京師的機會，現在沒有了燕王這問題，單以鬼王的威望，足可令我們安然離去，朱元璋當無暇分神理會我們這些閒角色。」

韓柏訝道：「怎會沒有燕王這問題呢？他不是答應走的嗎？」

凌戰天苦笑道：「他進了宮還能出來嗎？不過可能因鬼王懂看相，並不擔心他的安危。與燕王這種人合作，就像與虎謀皮，怎樣小心都不管用，唯有看老天爺的意旨了。」

韓柏道：「小烈他們到哪裏去了？」

凌戰天道：「他們隨了小鬼王去安排船隻和裝備，同時打點關防，測試朱元璋的反應。」

范良極道：「明天酒鋪不是要開張嗎？人都走了，還有甚麼好搞的。」

韓柏瞪他一眼道：「只要有酒便能開張，那些酒鬼誰理會何人賣酒給他們？」

凌戰天見這對活寶在這情況下仍可鬥嘴，又好氣又好笑道：「韓兄還不去看你的嬌妻，長征等回來時，她們便要上路了。」

范良極皺眉道：「朱元璋或許不會對你們動手，但單玉如卻絕不肯放你們離去，她手上實力高深莫測，你們又要分心保護婦孺，形勢並不樂觀。」

凌戰天傲然道：「說到水戰，我們誰都不怕，何況鬼王派出了五百名精擅水戰的好手隨行，另外還有四門最先進的遠程神武巨炮，火力驚人，更有于撫雲、不捨夫婦這等級數的高人相助，應足可應付任何危險。」接著壓低聲音道：「夢瑤小姐估計單玉如的人裏會有長白派和展羽等高手，所以不捨才肯答應一起走。」

韓柏聽到七夫人的名字，心中欣然，知她一定有了身孕，才會肯爲了腹中那塊肉離京。想到這裏，立時坐立不安，恨不得去問個清楚明白。雖然不會跟自己的姓，他終是有了個乖寶貝。此刻忽有府衛來報，說甄素善求見韓柏，眾人同時愕然。

金陵城外二十里許處有座高拔的山巒，山端雙峰聳峙，一東一西，遙相對望。兩峰間有一奇形怪石，上有兩孔，遠看雙峰若牛角，兩孔似牛鼻，故得名牛首山。該山乃佛門勝地，牛頭禪宗即發揚於該地。乾羅來到山下時，毫不猶豫，沿著山路土階登上東峰，不一會來到峰頂佛塔之下。這磚塔七級八面，古樸莊嚴，由唐代建塔至今，歷經悠久的年月，仍巍然傲立。牛首山雖被霜雪所蓋，但被列爲金陵四十八景之一的「牛首煙嵐」，風光仍在，藤蔓蒙路、古木參天、茂林修竹、浮蒼流翠，美景無窮。值此隆冬時節，遊人絕跡，乾羅樂得享受那片刻的清幽，俯瞰遠近景色。只見群山環拱，秀麗無比。一股濃烈的情懷湧上心頭。

他這次到這佛門名山並非爲燒香禮佛，亦非起了遊山玩水之興，而是來重拾一段令他黯然神傷的回憶。當年他只有三十歲，朱元璋仍在與蒙人及中原群雄惡戰，他自己則成了天下有數高手，那時浪翻雲仍未嶄露頭角，他乾羅隱然高踞黑榜第一高手的尊崇地位，橫行天下，誰敢攖其鋒銳。除龐斑外，聲勢無人能及。在這如日中天的時刻，他就在這裏遇上了神秘莫測的天命教教主「翠袖環」單玉如。事後他才知道那並非巧合，而是這艷媚蓋世的女子故意找上了他。想起了她，既甜蜜又痛苦的感覺蘊滿胸臆。

在習武之初，他早立下決心，絕不鍾情於任何女子。美女只是他的玩具和寵物，只供他享樂和滿足，單玉如亦不能使他例外，何況她只是要把他收服，助她與朱元璋爭奪天下。那個決意離開她的晚上，是乾羅畢生最痛苦的一刻，但他終捨棄了她。想不到在三十多年後的今天，他又要與這曾經熱戀的女子見面，而他更要親手將她殺死。三十年前的單玉如武功已不下於他，三十年後他更沒有必勝的把握。沒有人比他更清楚單玉如的狠辣無情，雖然她的外表是如此美麗，說話是如此溫柔，神態是那麼嬌美動人。與單玉如這次相見，早在他再聽到她的名字時便決定了的。所以在京城各處留下了天命教的暗記，以秘密手法定下地點日子，約單玉如到此相見。無論她恨他還是愛他，都不會爽約的！對單玉如來說，凡是得不到的東西，都要親手毀掉。

驀地心中警兆一現，乾羅從回憶裏清醒過來，功力提聚，冷喝道：「水月大宗！」

水月大宗的聲音在他身後平靜的道：「不愧毒手乾羅，純憑感覺便認出是本宗，那殺了你也不致污了我的水月刀。」

乾羅心中一懍，想不到水月大宗原來竟是單玉如的人，藍玉和胡惟庸只是個騙人的幌子。難怪他故意避免與鬼王和秦夢瑤交手，因為他要保存實力，以對付浪翻雲、龐斑，甚或朱元璋。他同時知道，這一戰只有一人能活著離去，因為水月大宗絕不容許這秘密洩漏出去。浪翻雲要殺單玉如，只是踏進她精心設下的陷阱去。假若單玉如得了天下，那她最大的威脅就是浪翻雲。

秦夢瑤疾若流星，倏忽間穿林過樹，掠上了一面鋪滿冰雪的斜坡，來到城西外荒郊的一堆亂石處，卓然俏立，白布麻衣迎著雨雪飄揚飛舞，有若觀音大士下凡人間。紅日法王身披外紅內黃喇嘛法衣，盤膝坐在兩丈許外一塊尖豎的石上，只臀部方寸許與石尖接觸，卻是坐得四平八穩，絲毫沒有搖搖欲墜的感覺，平衡的功夫，教人深為佩服。清奇的面容寶相莊嚴，眼瞼垂下，闔得只留一絲空隙，隱見內中閃閃有神的眸珠。手作大金剛輪印，指向掌心彎曲，大拇指併攏，中指反扣，纏繞著食指。這飄忽無定的西藏第一高手，終肯坐定下來，與秦夢瑤進行西藏密宗與中原兩大聖地糾纏了數百年的歷史性決戰。

秦夢瑤淺淺一笑道：「法王的百天之期，就是這麼一回事嗎？」

紅日法王仍是雙目低垂，不溫不火地應道：「夢瑤小姐請原諒則個，此事牽涉到大密尊者轉生前的誓咒，否則紅日豈是好鬥之人哉？」

秦夢瑤當然明白他的意思。密宗又稱眞言宗，最重視印契、咒語和實踐，所謂三密修行，就是身、口、意。特別是有德行法力的喇嘛，在死前立下的宏誓，最具約束力，故紅日法王才有此語。

秦夢瑤玉容若止水般安然，柔聲道：「不知法王是否相信，夢瑤有個直覺，當年先祖師雲想眞、虛玄禪主和大密尊者三人均法理深湛，大行大德之人，絕不會因意氣之爭，禍延後人。其中定是另有玄虛，尤其證諸他們離世的時間方式，更是耐人尋味。」

紅日法王猛地睜開眼睛，眼瞼下立時烈射出兩道精芒，投在秦夢瑤俏臉上，訝然道：「夢瑤小姐這推測極有道理，事實上我們亦一直心存疑惑。尊者回藏時容色如常，當人人均以為他全勝而歸時，尊者踏入布達拉宮後立下誓咒，便站化而去，如此德法，使我等更不敢有違他的遺命。」

秦夢瑤道：「夢瑤還是首次得聞此事，心中著實欣慰。」

紅日法王微微一笑道：「縱使知道其中隱含妙理，這中藏一戰仍勢在必行，請夢瑤小姐見諒。」

秦夢瑤淡然道：「這個當然，與法王之戰，已成了師門遺命，了斷此事後，夢瑤再無牽掛。」話題一轉道：「未知法王是否知悉鷹緣活佛的下落？」

紅日法王眼中閃過奇異的神色，微一沉吟道：「若連這個也不知道，紅日亦枉稱法王了。但卻不明白他爲何要躲到宮裏去？他難道要參與這大明開國以來最大的危機鬥爭嗎？」

秦夢瑤低吟道：「夕陽照雨足，空翠落庭陰；看取蓮花淨，應知不染心。法王心中滿載妄念，連『呼畢勒罕』怕都成不了，如何測度鷹緣的不染心呢？」

所謂呼畢勒罕，乃密宗術語，指人若不除妄念，只能隨業轉生，無能自主，常轉常迷而不自知。除非去淨妄念，證眞法性，才可不隨業轉，自主生死，自在轉生，隨緣度眾，名爲呼畢勒罕。若臻此境界，就算寄胎轉生，仍不昧本性，擁有前生的記憶。當然這比起密宗的最高理想「肉身成佛」，又低了數層。傳鷹之所以被藏人推崇，正因他是肉身成佛的典範例證，故他們才這麼重視鷹刀。

紅日法王哈哈一笑道：「夢瑤小姐眞厲害，一句話便使本法王生出妄念，不過現在本法王最急於要找的人，應是韓柏而非鷹緣，因爲鷹刀現正背在他背上。說不定本法王會忽然溜了去找他呢！」

秦夢瑤知道他在展開反攻。事實上紅日法王修的不死法，最厲害處正是飄忽若神，全力下若一擊不中，即遠颺飛遁。儘管龐斑、浪翻雲之輩武功更勝於他，想殺死他亦是有所不能。他若要蓄意避開秦夢瑤，轉頭去對付韓柏，確是令人頭痛。於此亦可見他這著反擊，是多麼厲害。武功到了他兩人這種境界，已不是徒拚死力了。

秦夢瑤莞爾道：「假若如此，夢瑤也拿你沒法了。不過法王若曉得鷹緣曾見過韓柏，還以無上妙諦點化了他，當知鷹刀之所以會落到韓柏背上，其中自有微妙因緣，不是人力所能改變。」

以紅日法王的修養，亦要聞言一愣。他之所以到京多日，仍不敢去找鷹緣，主因實非內傷未癒那麼簡單，而是基於心內對鷹緣的敬畏。這在西藏號稱無敵的高手，唯一能使他拜服的人就是鷹緣活佛。在這深不可測，擁有無上功法的偉大人物前，甚麼蓋世武功都變成微不足道。他甚至自知無法對鷹緣出手，只希望能得回鷹刀，好回藏復命。秦夢瑤正是看透了他的心意，才點出鷹刀落到韓柏手上，有著玄妙的因果關係。暗示了韓柏可能像鷹緣般識破了鷹刀的秘密，根本不怕紅日法王對付他。而昨夜韓柏的確於分神護著秦夢瑤的同時，硬擋了紅日法王的全力一擊。當時紅日法王生出了怪異無倫的感覺：就像韓柏和秦夢瑤兩人似與天地結合成一個不分彼此的整體，是人力所無法搗破的。那深刻的印象，仍是新鮮明晰。所以秦夢瑤此時提起，紅日法王不由心旌微搖。

秦夢瑤再微笑道：「當時夢瑤已和法王展開決戰了。」紅日法王更是心神一顫。

驀然間天地靜止了下來，時間似若停止了它永不留步的逍逝。秦夢瑤一對秀眸變得幽深不可測度，俏臉閃動著聖潔的光澤，飄飛的衣袂軟垂下來，緊貼著她修美的仙軀，超然於世間一切事物之上，包括了生死成敗。紅日法王心知不妙，知道自己堅定不移的禪心，因對方巧施玄計，破開了一絲空隙，精神侵入進來，遙制著他的心靈。而事實上決戰正如她所謂的，由昨夜早開始了。當他全力一擊時，秦夢瑤則以無上功法，藉鷹刀把念力送入他的心靈裏，種下了使他無法擊敗韓柏的種子，所以直至此刻，他仍沒有去找韓柏討回鷹刀。那即是說不但韓柏識破了鷹刀的秘密，眼前這絕世美女亦由鷹刀得益不淺。這明悟使紅日法王這畢生修行密法的蓋世高手，心靈上露出了破綻。武功到了這種層次，根本在招式上誰都勝不了誰，比拚的就是精神、意志、修養和戰略。而且一落下風，便難有扳平的機會，因爲對手高明得絕不會再予對方任何可乘之機。

「唵！」紅日法王倏地發出咒音。那靜止的感覺立時破碎，這藏域第一高手的心神，藉著這有若空山禪院鐘鳴鼓響的梵界聖音眞言，心神轉往本體那不可言傳的秩序裏，辨識到嚴密的自然結構，各種節奏和機能，包括心臟的鼓動、呼吸、細胞微不可察的變化，凡此種種，合成了生命與時間的感覺，物質存在的各種差異和相互作用，從而重新把握回自主與自我，破掉了秦夢瑤的精神念力。「唵嘛呢叭彌吽」在密宗裏乃至高無上的六大眞言咒，而「唵」則爲中樞悟道之音，有法力者能藉此眞音與無上意識相通結合。紅日法王自幼修行，在千萬喇嘛中脫穎而出，豈是泛泛之輩，才能以此密法破解秦夢瑤龐大的心靈異力。但他卻已處在下風和守勢。這對他是非常要命的事，因爲不死法印講求操握主動，故能要來便來，說去就去。現在的他失去了這種優勢，主動權變成握在這智慧秀美的仙子手上。紅日法王趁這破法的間隙，從石上升往半空，雙足由盤膝變成直立。兩手結印亦起變化。由守寂的大金剛輪印變得左右十指張開，指尖交觸，掌心向外，中間圍成圓形，成日輪印。密宗功法，最厲害就是六大眞言，九大手印。剛才若非以金剛輪印配合眞言，紅日法王早要伏地認輸。現在他則以另一手印，誓要搶回主動之勢，只見他手印向前推，一股強猛沉雄的激流，立時照臉往秦夢瑤衝去。

秦夢瑤仙容恬靜無波，秀眸射出溫柔之色，飛翼劍奇蹟般出現在手裏，忽地劍芒暴漲，刺在這如若實質、無堅不摧的氣柱中心處。「轟！」的一聲巨響，整個山頭似若搖動了一下。動的當然不是外在的世界，而是紅日法王的禪心。紅日法王心中懍然，知道秦夢瑤的精神仍步步進逼，緊緊箝制著自己。事實上他早打定主意，只要扳回平手，立即遠颺千里之外，然後再慢慢回頭來找秦夢瑤算賬，哪知秦夢瑤厲害至此，教他欲退不能。他心知肚明，若在這種下風情況中逃去，雖可保命，但心中卻永遠種下了失敗的感覺。對他這種畢生修練精神的人來說，那比死還可怕，不但失去了再挑戰秦夢瑤的資格，功行亦會大幅減退。所以這刻他眞是欲罷不能，當然更不用說去找韓柏晦氣了。紅日法王兩手再由內縛印轉爲外縛印，又由外縛印轉回內縛印，不住交換，使人難測定法。雄偉的軀體鬼魅般移向秦夢瑤，鬚眉根根直豎，顯示他的功行運轉至巔峰狀態，氣貫毛髮，若非他是禿頭，將更是髮揚頂上的奇景。秦夢瑤含笑看著紅日法王迅速接近，心中不起半點漣漪，甚至沒有想過以何招卻敵，一切均發乎自然，出自眞如。

驀地紅日法王一手收後，另一掌迎面拍來，由白轉紅，由小變大。秦夢瑤的心靈通透澄明，連紅日法王藏在身後那一手暗藏的眞正殺著亦知得一清二楚，全無遺漏。這正是劍心通明的境界。眼所見或不見的，均無有遺失。因爲她用的是心內的慧覺。飛翼劍在虛空中畫出一個完美的圓形，化成一圈先天劍氣形成的氣罩。「砰！」掌氣相擊，兩人同時劇震，若純以內勁論，兩人誰也勝不了誰。但紅日法王卻知自己輸了，因爲他比秦夢瑤至少多了六、七十年的修爲，眼前卻只能平分秋色，若假以時日，他將更不是秦夢瑤對手了。可以說就算今日兩人戰成平手，他將來更是有敗無勝。武功愈高，年紀愈大，便愈難突破。龐斑正是看穿此關鍵，才毅然拋開一切，修習道心種魔大法。紅日法王一掌不逞，立時旋轉起來，收在背後蓄積全力的大手，化作千萬掌影，朝秦夢瑤狂攻而去。一時雪花捲天而起，四周氣流激盪。他終於施出壓箱底的本領了，無一不是同歸於盡的招式。這是他唯一扳回敗局的方法。不死法印的心法首先是要捨命，不懼生死，才能置之死地而後生，所以攻退均不留餘地。只要秦夢瑤視死的意志不及他堅決，他將可取回主動，那時就可來去自如，天地任他翱翔了。即使是龐浪之輩，也要對他這戰略喝采叫好。

甄夫人坐在虛夜月小樓清雅的客廳裏，喝著由金髮美人兒夷姬獻上的香茗，那模樣既文靜又可愛，誰也想不到她是心狠手辣，狡猾多智的女中豪傑。韓柏給范良極點醒後，魔功已大幅回升，整個人都覺得和以前不同了，笑嘻嘻走進來，坐到隔了張小几一側的椅裏。甄夫人剛放下熱茶，豈知韓柏伸手過來，抓著她的柔荑。

一股無法形容的感覺，由韓柏的手直傳入她心內去，甄夫人嬌軀微顫，嗔怪道：「韓柏啊！」

韓柏收回作惡的手，放到鼻下嗅嗅，嘻皮笑臉道：「眞香！又嫩又滑，誰想得到怒蛟幫有那麼多兄弟曾爲你而死哩！」

甄夫人白他一眼道：「不要翻人家舊賬好嗎？這次素善來找你，是爲了兩件事。」

韓柏笑道：「甚麼事看來都是託詞吧！還不是想害垮我，昨晚那刺我的幾劍，又凶又狠，幸好我們尙未有合體之緣，否則你就犯了謀殺親夫的大罪。」

甄夫人大發嬌嗔道：「就算人家是你的妻妾，見到你那樣捨命摟著個野女人，滿街奔走，也要把你這姦夫宰了。」

韓柏魔性又發，哈哈一笑道：「若我是姦夫，你不就是淫婦嗎？誰才是眞命親夫呢？是否方夜羽那小子？」

甄夫人雙目微紅，悽然道：「韓柏啊！不要修理素善好嗎？人家是專誠來向你道別的哩！」

韓柏一呆道：「道甚麼別？你要嫁人了嗎？」

甄夫人氣得狠狠盯了他一眼，又嘆了一口氣道：「事實上和嫁人也沒有甚麼分別，我們決定退出金陵，返回域外，再不理中原的事。」

韓柏劇震道：「甚麼？」

甄夫人淡淡道：「韓兄的耳朵有問題嗎？」

韓柏正容道：「走得那麼容易嗎？大明給你們弄到天翻地覆，其中又種下無數深仇。嘻！我又未曾和你合體交歡。憑一句不理你他媽的中原的事，就可拍拍屁股溜之大吉嗎？」

甄夫人見他沒兩句正經話後，便胡言亂語起來，反覺這人與世無爭，不記仇恨，性格可愛，心中湧起歡喜，溫柔地道：「放心吧！我們離去，並非怕了你們，而是不想便宜了單玉如，抵死相纏，那時誰都活不了。至於私人恩怨，我們則會依照江湖規矩解決，只避免了逢人便殺的群毆局面。」由懷裏掏出幾張拜帖來，擺在几上道：「這是發給韓兄、戚兄和風兄三人的戰書，至於里老大與虛先生之戰，已是勢在必行，再不用戰書這種虛文形式。」

韓柏搔頭道：「誰和我那麼深仇大恨，讓我閒一晚都不可以嗎？」

甄夫人失笑道：「誰叫你得到秦夢瑤呢？只有一個人向你挑戰算你祖宗保佑了。」

韓柏醒悟道：「竟是夜羽兄要來殺我，唉！以前我不想和他交手，現在是更加不想哩！你能不能回去勸他看開一點，夢瑤現在只是掛個名分作韓家婦而已！」這小子為了逃避與強敵決戰，甚麼話都說得出口。

甄夫人為之氣結，嗔道：「我才沒空代傳廢話，你武功雖高，但小魔師得龐老薪傳，魔功秘技高深莫測，假若他有殺你之意，你卻無殺他的心，那敗的定是你而非他。」

韓柏凝神看了她一會後，奇道：「你究竟是幫他還是助我呢？」

甄夫人神色一黯，垂頭道：「但願素善能夠知道！」

韓柏拿起戰書翻了翻，皺眉道：「年憐丹不是在撿便宜嗎？他應約戰不捨大師才對。」

甄夫人氣道：「風行烈儘可不強充英雄的嘛，大可不接受挑戰，腳是生在他身上的。」

韓柏爲之語塞，瞪了她好一會後道：「他們肯放過你嗎？說到底封寒和很多人都是因你而死。」

甄夫人回復那領袖群雄的英姿，從容道：「世事豈能盡如人意，先不說浪翻雲之外是否有人能穩勝素善的劍，假若素善死了，我的手下哪還肯離開中原。唉！若非素善要把他們安全帶返域外，說不定也會挑個人來試試劍呢，例如你的親親夢瑤，大不了給她一劍殺掉，樂得一乾二淨。」

韓柏被她厲害的辭鋒逼得啞口無言，在眼前的情勢下，他們自保都有困難，更不用說去對付有龐斑助陣的外族聯軍了。韓柏拋開煩心的事，拍拍大腿瀟灑地道：「來！先給我吻個飽和摸個飽才准離去，如此才算是依依惜別。」

甄夫人「噗哧」一笑道：「你不怕這種香艷的惜別會傳到虛小姐們耳中，素善倒不計較呢。」

韓柏尷尬地瞥了奉虛夜月之命躲在屏風後監視的兩婢一眼，站起來道：「讓我送你一程吧！免得撞上老戚他們，會忍不住辣手摧花呢。」

甄夫人移到他跟前，迅快吻了他嘴唇，飄退至門處，輕輕道：「珍重了！」一閃不見。韓柏摸了摸仍有脂香的嘴唇，心中也不知是何滋味。

乾羅回過身來，手中矛已接合在一起，凝立如山，冷冷看著三丈外負手而立的水月大宗。水月大宗兩眼神光如電，緊罩著這黑榜內出類拔萃的人物，緩緩拔出水月刀，雙手珍而重之地握著紮著布條的長刀柄，擎正刀眼後，才高舉前方，遙指乾羅，兩腳左右分開。這時雪花停了下來，天地一片皎白，純淨得教人心顫地想到鮮血灑下，白紅對比的怵目驚心景象。

水月大宗出奇有禮地道：「單教主著本宗向城主傳一句話，她只想見到你落了地後的人頭。」

乾羅一點不受他這句來自單玉如的絕情話影響。長矛單手收後，矛尖由右肩處斜露出來，從容笑道：「有本事便來取乾某人頭吧！哼！想不到東瀛首席幕府刀客，竟甘爲單玉如奔走賣命的奴才。」

水月大宗淡然道：「殺幾個人即可得到整個高句麗，何樂而不爲。爲了此行，本宗費了兩年才學會貴國的語言文字，那可比學刀更困難和乏味呢。」

乾羅哈哈一笑道：「你若眞個相信單玉如，乾某可保證你沒命回去再說倭語。」

水月大宗悠然道：「這次隨本宗來的有各個流派的高手共十八人，單玉如想殺我們恐要付出巨大代價。我們的命早獻給了幕府大將軍，只要殺死了朱元璋和燕王棣父子，單玉如就算想悔約，亦無力阻止我們渡海奪取高句麗，我們豈是受人愚弄的人，乾兄擔心自己的人頭好了。」

乾羅心中懍然，這十八人能被水月大宗稱爲高手，自然都是出類拔萃的倭子，只是這股實力，已使單玉如如虎添翼了。他的話亦不無道理，燕王的屬地最接近高句麗，若他被殺，誰還有能力保護高句麗呢？對他們來說，中原自是愈亂愈好。何況對方的目標包括了浪翻雲和龐斑，更可測知其可怕處，當然眞正的結果，要正式交鋒才可知道了。他們事實上一直受到單玉如障眼法的愚弄，以爲水月大宗只有風林火山四侍隨來，其實早另有高手潛入了京師，伺機而動。水月大宗把這秘密告訴自己，當然是存有殺人滅口的決心。

心中一動，乾羅冷哼道：「水月兄若以爲故意透露這秘密予乾某知道，可使乾某生出逃走之心，回去警告我方的人，那就大錯特錯了。」

水月大宗想不到這陰險的毒計竟被對方看破，訝然道：「本宗真的低估乾兄呢！」

乾羅身後的長矛倏地轉向前方，只憑右手握矛柄，雙目厲芒暴閃，遙指水月大宗厲聲道：「那十八名刀手是否埋伏路上，待乾某拚命受傷逃走時，加以伏擊？」

水月大宗沒有答他，冷哼道：「憑本宗的水月刀，你除了到地府去外，甚麼地方都去不了。」

水月刀忽然輕輕顫動起來，發出蕩人心魄的嗤嗤響聲。乾羅仰天一陣長笑，回矛胸前，變成兩手把矛，同時生出變化，依著某一奇怪的方式晃動起來。水月大宗本想以迅雷不及掩耳的方法，幹掉這頑強的對手，但乾羅的長矛隱含妙著和對策，竟封死了他的進路，使他難越雷池半步。一時間成了對峙之局。

秦夢瑤進入至靜至極的無上道境，忽然似若無掛礙，漫不經意地一劍劈出，彷如柔弱無力地遞向紅日法王千百隻手掌的其中一隻的指尖處。紅日法王全身劇震，不但掌影散去，還往後飄飛尋丈，臉上湧出掩蓋不住的訝色。他早預知以秦夢瑤的劍心通明，必能看破他這招的虛實，找到殺著所在，甚至擬好出掌後六、七種中劍時的變化後著，逼她以命搏命。可是秦夢瑤這一招卻是別有玄虛。隨著劍氣與勁力接觸的刹那光陰，她竟以無上念力，把戰神圖錄整個「經驗」，送入紅日法王的禪心去，那種無與倫比的衝擊，以紅日法王的修為也要吃不消。這實是玄之又玄。若非兩人均為自幼修行的禪道中人，根本絕不可能發生。

紅日法王完全回復了安然和平靜，凝立如山，寶相莊嚴，合什肅容道：「多謝夢瑤小姐，紅日受教了。」

秦夢瑤微微一笑，劍回鞘內，柔聲道：「世間萬事萬物，雖說千變萬化，錯綜複雜，總離不開因緣二字，莫不由業力牽引而來，無一物能漏於天網之外。只有這神秘莫測的戰神圖錄，說及因緣和終始之外的秘密，深奧莫測，實非人智所能破解。但觀之傳鷹能以之悟破天道，當知內中藏有無上寶智。今天夢瑤就把鷹刀的實質藉此劍盡還於法王，亦以此了結大密尊者和敝師祖們三百年前種下的因緣。」

紅日法王哈哈一笑道：「夢瑤小姐不愧中原兩大聖地培養出來由古至今最超凡的大家，紅日佩服極矣！中藏之爭，至此圓滿結束。紅日再不敢干擾鷹緣活佛的靜修，立即返回西藏，望能像八師巴活佛般，通悟天道，澤及後人。」

秦夢瑤俏臉一片光明，秀眸異彩閃閃，輕輕道：「夢瑤還有一事相詢，只不知那天法王擄走的馬峻聲，現在何處呢？」

紅日法王恭敬地道：「在問過話後，早把他釋放了。順便一提，在本法王的搜神大法下，得悉韓清風仍然健在，被囚某處，可是當我們的人找到那裏時，該處已變成一片火災後的瓦礫，其中原因，確是耐人尋味。」

秦夢瑤眼中掠過訝色，旋又回復平靜。紅日法王雙目射出深刻無盡的情懷，一聲禪唱，向後飄退，剎那間消失於密林之內。

秦夢瑤望著濛濛的天空，欣然一笑道：「師父啊！這樣的結果，你在天之靈亦當感欣慰吧！」忽然間，她感到再無半分牽掛，剩下的唯有她曾答應過韓柏的「道別」了。雪粉終於靜止下來。

水月大宗佔的是上風處，順風面對著乾羅，他的刀法以自然界的水月爲名，極重與自然事物配合。高手相爭，很多時勝敗只是一線之機，就如風勢順逆，背光或向光這微妙的分別，便可成決定因素。他手往上移，直至水月刀高舉在上，橫在頭頂，才沉腰坐馬。這是水月刀法的獨有架式，攻擊的角度增加至極限，教人全無方法捉摸刀路。他一邊以奇怪的方式呼吸著，把勁氣提升至極限，另一方面卻細心聆聽著對手的呼吸和心跳，甚至脈搏跳動，只要對方受不住自己霸道的刀勢，情緒出現少許波動，例如其中一下呼吸重了少許，就是他全力出擊的時刻。乾羅雙目神光電閃，盯牢對方，連眼皮都沒眨一下，凝然有若崇山峻嶽，永不改移，永不動情。兩人對峙了足有兩盞熱茶的工夫，均在氣勢門戶上不露絲毫破綻。

忽然間乾羅動手，矛尖正對水月大宗的心臟，一步一步往前逼去，步音生出一種奇異的節奏，彷似死神的催命符，強大的殺氣，朝水月大宗直衝而去。他並非找到水月大宗的空隙，趁勢而動，問題出在他逆風而立，山風吹來，最難受的就是眼睛，以他的功力就算吹上個把時辰雖也不用眨眼，但卻終是不利的事，唯有採取主攻之勢。水月大宗當然明白他是迫不得已，暴喝一聲，頭上的水月刀倏地消失不見，再出現時已化爲長虹刀氣，劈在乾羅電射而來的長矛上。水月刀法所以能傲視東瀛，正是它具有虛實難測的特質，明明水裏實實在在有個月光，卻只是眞月反映出來的幻影。這種刀法，實已臻達東瀛刀法的極限。抵達中原後，唯有在追殺韓柏時，他曾毫不保留的全力出擊外，縱使面對風行烈等人在鬼王府的圍攻，鬼王的出手，他仍留起幾分實力，不讓人看到他水月刀法的虛實，正是這種深藏陰鷙的性格，才使他能創出這種史無先例的刀法。矛刀相觸，發出爆竹般的炸響。兩人同時一震，各退半步。在功力上，誰也勝不了誰。水月大宗喝道：「好矛！」

乾羅哈哈一笑，倏地橫移開去，長矛往左邊虛空處一挑，正挑中無中生有般恰在該處攔腰斬來的水月刀。他並非看到水月刀由那裏攻來，純是一種玄妙的感覺，氣機牽引下自然挑擋。「蓬！」的一聲勁氣交感，乾羅終是倉卒還招，被水月大宗無堅不摧的先天刀氣狂衝而來，禁不住要藉勢飄退化解。心叫糟時，水月大宗踏著奇怪的步法，直逼而至。乾羅腳一觸地，立即擺開門戶，全神貫注在敵人攻來的招式上。他從未見過如此奇怪的步法，時重時輕，一時若踏足堅岩之上，步重萬斤；一時卻輕若羽毛，毫不著力；有時更似御風疾行，憑虛移動。在短短的三丈距離裏，竟生出變幻莫測的感覺，功力稍淺者，只看到這種飄忽瞬變的步法，就要難過得當場吐血。乾羅一生大小千百戰，除了對著龐斑和浪翻雲，從未有過像此刻般不能把握敵手虛實的感覺。忽然間，他首次發覺自己在兩敵相對的生死時刻，失去了信心。水月大宗的心靈此刻提升至刀道的至境，這些年來，東瀛罕有人敢向他挑戰，縱有亦是不堪一擊之輩，正爲了對手難求，他才主動由大將軍處接過這任務來。對一個畢生沉醉刀道的刀法大家來說，沒有比找到旗鼓相當的對手，更能使他體會到生命的意義。除了刀和國家外，沒有東西是重要的。秦夢瑤和鬼王都是難得的對手，但他因著更遠大的目標，不得不暫時將他們放過。現在眼前的黑榜高手，實力驚人，正是他試劍的對象。在這一刻，他感到天地完全在他的掌握裏，在他的腳下，沒有任何事物再能阻止他獲勝。

乾羅六十年的搏鬥經驗豈是虛名，縱是落在下風，仍有無窮盡的反撲之力，知道絕不能讓這頂尖級的刀法大師蓄足氣勢，一聲長嘯，長矛幻出千百道虛實難測的幻影，狂風般往逼至丈內的水月大宗捲去。水月大宗長笑道：「米粒之珠，也敢放光。」水月刀忽然化成兩把，搶入了漫山遍野而來的矛影裏。乾羅冷哼一聲，千百道幻影合成一矛，化作電閃，向對方貫胸激射，恰在對方一虛一實兩刀之間。

水月大宗想不到他矛法精妙至此，卻是淡然不懼，水月刀一閃，刀劈矛尖之上。此次輪到水月大宗吃不住勁道退飛十步。乾羅雖暫勝一招，卻毫無歡喜之情，剛才一矛，已是他畢生功力所聚，若仍傷不了對方，以後休想再有機會。只恨此時對方刀氣遙遙制著自己，想逃也逃不了，猛一咬牙，收攝心神，藉著優勢，長矛若長江大海般，滔滔不絕往對方攻去。以水月大宗之能，在乾羅這等高手全力猛攻下，也只有採取守勢。只見水月大刀忽現忽隱，每次出現，都恰到好處地格著乾羅精妙的殺著。十多招後，水月刀勢逐漸開展，攻勢漸多。乾羅眼力高明，這時已看破水月刀法的精妙，全在其變幻莫測的速度。一刀劈來，刀速竟可忽快忽慢，甚至連輕重感覺亦可在短暫的距離間變化百出，就像他的步法般詭幻。刀法與步法配合起來，遂成這無與匹敵的水月刀法，難怪他有信心向龐斑和浪翻雲挑戰。「鏘！」乾羅施盡渾身解數，才勉強以矛柄撞開對方橫劈而來必殺的一刀。前方風聲驟響。乾羅連瞧一眼也來不及，長矛閃電飆前，竟一矛刺空。乾羅心知不妙，迅往後退，寒氣貫胸而至。在這臨死的時刻，乾羅心頭了無半絲恐懼，一聲狂喝，長矛回打過來，一臉凜然不懼的神氣。

「啪」的一聲，水月大宗現身左方，騰出左手以掌沿劈在長矛上，水月刀化作白芒，往乾羅左胸激刺。乾羅發出驚天動地的一聲狂喝，猛一扭身，避過心臟要害，拋開六十年來從未離手的長矛，右掌封擋了對方左手的攻勢，另一掌似若無力地拍在對方水月刀上，肌肉同時運功收緊，挾著水月刀，以水月大宗的勁力，刀鋒入肉不到兩寸便難再深進。兩人同時劇震。乾羅被他由刀鋒送入體內的眞氣撞得離地飛跌，斷線風箏般拋飛開去。水月大宗則給乾羅受重創前的反擊，震得差點奇經八脈眞氣逆攻心脈，指頭都不敢稍動半個，就地而立，持刀姿勢不變，只是刀鋒染滿乾羅鮮血，一滴滴的淌在雪白的地上。乾羅落地後一個踉蹌，退了幾步，才再站穩，臉上血色盡褪。數道人影由四方山林撲出，往他移來。乾羅知道這一刀雖入肉不到兩寸，但對方驚人的刀氣已斷絕了他體內所有生機，強提一口眞氣，倏忽間閃到崖邊，衝天而起，先落到一株大樹頂上，借力一彈，投向對面山麓，轉瞬不見。水月大宗這時調息完畢，追到崖邊，看著黃昏前的山林，長呼一口氣道：「好武功！乾羅你是雖死猶榮。」接著向身旁的人喝道：「他絕走不遠，給我追！」

浪翻雲這時獨自一人在尙未開張的酒鋪後堂，猶正自斟自飲，突然間一種難以形容的感覺湧上心頭，使這絕代高手立時色變，猛地站起。

正取酒來的范豹嚇了一跳，惶然問道：「浪首座，有甚麼事？」

浪翻雲雙目神光四射，再震道：「不好！乾羅有難了！」人影一閃，已杳無蹤跡。剩下范豹一人呆捧著酒罈，茫然不知發生了甚麼事。爲何他喝酒喝得好好的，會知道有事發生在乾羅身上呢？

乾羅離開了山林，在一望無際的雪地全速狂馳，朝金陵城奔去，鮮血不住由他身上淌下，在雪地上形成長長的斑漬。他的眞氣已接近油盡燈枯的階段，恐怕難以支持回到鬼王府，就算死，他也不肯讓頭顱落到單玉如手裏，更不能由倭刀割下來。後面四道人影愈追愈近，最快的離他只有十來丈的距離。出奇地他的心反而一片平靜。這三年來也參透了生死的眞諦，再無半點恐懼。眼前橫亙著一個小丘，乾羅別無選擇，往上奔去。後方衣袂聲起，敵人追至兩丈之內。乾羅的先天眞氣，已爲水月大宗一刀破去，逃到這裏憑恃著的只是僅餘的一口元氣，哪還有力越過小丘，剛抵坡頂，眞氣轉濁，低哼一聲，眼看要仆坐地上，忽地全身一輕，竟來到了浪翻雲懷裏。乾羅心中湧起與浪翻雲由敵而友的深刻交情，心頭一鬆，猛地噴出一口血，把浪翻雲的衣衫染得血跡斑斑。「鏘！」覆雨劍出鞘的聲音在乾羅耳旁響起，同時浪翻雲無有窮盡的眞氣源源不絕輸入他體內，在熟悉的覆雨劍嘯中，乾羅感到隨著浪翻雲快速移動。慘叫聲不絕於耳，好一會才停了下來。

浪翻雲的聲音在乾羅耳邊叫道：「乾兄！」

乾羅勉強睜開眼來，無力但欣悅地看著這肝膽相照的摯友，嘴角逸出一絲笑意，道：「朋友！我要死了！」

浪翻雲雙目射出駭人的神光，但語調平靜地道：「是不是水月大宗？」

乾羅微一點頭，道：「水月大宗是單玉如的人，還有其他東瀛高手，不過已給你宰了四個。」

浪翻雲知道大羅金仙也救不回他的命，嘆了一口氣道：「我明白了！乾兄有甚麼話要說？」

乾羅忽地精神起來，欣然道：「囑燕媚好好養大我的孩兒，我手下的兒郎就由征兒統率。唉！在燕媚生孩子前，千萬不要讓她知道我的……」一口氣接不上來，一代高手，就此辭世。

浪翻雲抱起乾羅屍身，仰天一聲悲嘯，朝金陵城狂奔回去。就算單玉如有千軍萬馬護著水月大宗，他也要斬殺此獠於覆雨劍下。天地間再無任何人事，可改變他這決定。生生死死，生命爲的究竟是甚麼呢？自惜惜死後，他不斷向自己問這個問題，但身邊的人仍是這麼一個繼一個的死去。乾羅的身體開始轉冷。爲何前一刻他還活著，這一刻生命卻離開了他。其中的差異是甚麼呢？恐怕要到自己死亡時，他才能經歷其中的奧妙了。想到這裏，他的心境回到止水不波的道境去。四周盡是茫茫白雪。

第八章

法后現蹤

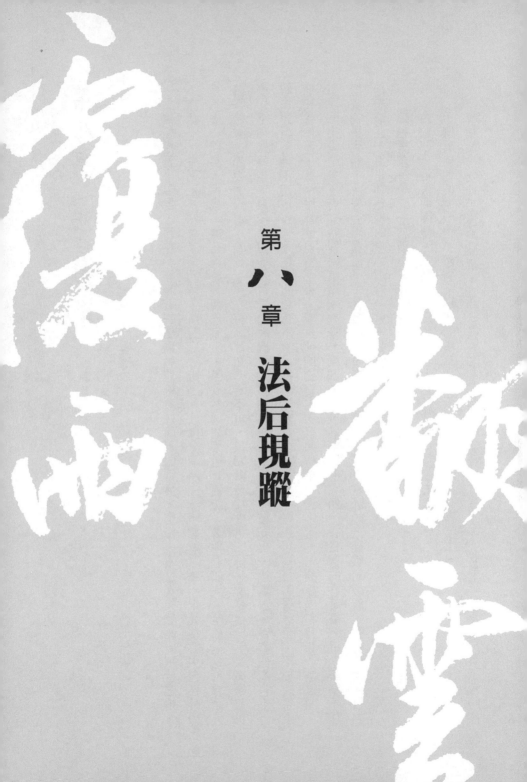

第八章 法后現蹤

韓柏抱著小雯雯，和左詩等看著婢僕爲她們撿拾好簡單的行囊，準備坐車往碼頭登船。依依之情，不在話下。鬼王正式知會了朱元璋，所有府眷婢屬和大部分家將先一步撤離京師。朱元境心中自然曉得是怎麼一回事，但也不敢在這時刻觸怒鬼王，還欣然通知了所有關防，著他們放人。至於他是否會派人襲擊船隊，那要老天爺才曉得了。左詩等都知非走不可，只好默然接受這安排。反是金髮美人夷姬怎也要留下伺候韓柏，最後才由虛夜月把她說服了。韓柏的愛馬灰兒，亦被安排一道離去。谷姿仙本也不肯離去，但若她不走，谷倩蓮便怎也要留下來，結果她唯有含淚答應。豈知年憐丹戰書送至，不要說谷姿仙和谷倩蓮，連玲瓏都硬要留下來。戚長征的嬌妻中，只寒碧翠一人不走，宋楠亦須和乃妹一道離開。車隊開出後，鬼王府立時變得清冷了許多。碼頭泊了五艘堅固的大船，在日落的昏黃裏，近千府衛不住把貨物搬到船上，朱元璋還派了一營禁衛來負責打點幫忙，又有水師的三艘戰船護航，聲勢浩大。目的地是離此二百里蘭花縣的無心別府，鬼王名義上的隱居地。

韓柏與左詩等一一話別後，身旁響起七夫人于撫雲的聲音道：「韓柏！」

韓柏整日忙得團團轉，差點把她忘記了，大喜轉身道：「七夫人！」

于撫雲向他使個眼色，避到一輛空的馬車旁，低聲道：「撫雲有喜了！」

韓柏幾乎要伸手摸她肚皮，幸好及時克制著這衝動，喜動神色道：「我早猜到乖寶貝有了我的孩子！」

于撫雲一呆道：「你喚撫雲作甚麼？」

韓柏還以爲記錯了，尷尬地搔頭道：「不是乖寶貝，難道是親親寶貝，又或心肝寶貝。那天不是你要我這麼喚你嗎？」

于撫雲玉臉飛紅，忸怩道：「那時怎麼同哩！人家給你迷得神魂顚倒，現在想起來都要臉紅呢，還是叫人家小雲好了，尊信總愛那麼喚人家的。」

韓柏清醒過來，知道于撫雲始終仍只是對赤尊信一往情深，現在得回孩子，甚麼恨都消了，故赤尊信在她心中的地位又恢復過來。

他這人最不計較，亦代赤尊信高興，笑道：「遲些我才來找你，但要記著保重身體！」

于撫雲欣然道：「好好照顧月兒，小雲懂得打理自己的了。」這時有婢女來喚，于撫雲嬝娜去了。

韓柏來到碼頭前凌戰天等人處，這是最後一批上船的人了，這時他才知道小鬼王亦隨船出發，韓柏大爲放心，有他在，便不會發生指揮不靈的事了。

虛夜月由船上跑下來，催道：「你們還不上船？」

眾人都買了這嬌嬌女的賬，匆匆上船。最後連正與戚長征和風行烈密斟的翟雨時、上官鷹和凌戰天也上船後，船隊揚帆西駛，沒入茫茫的暮色裏。

鐵青衣鬆了一口氣道：「好了，回府去吧！」

谷姿仙向韓柏問道：「范大哥到哪裏去了？」

韓柏見她也跟左詩等稱范老賊做范大哥，頗感有趣，笑道：「你說范老頭嗎，除了偷雞摸狗，他還有甚麼事可做。」谷姿仙還以爲他在說笑，瞪了他一眼，不再問他。

韓柏見站在寒碧翠旁的戚長征臉色陰沉，以爲他捨不得嬌妻，笑道：「老戚！聽過小別勝新婚嗎？」

豈知戚長征心事重重道：「小子你誤會了，不知如何，由剛才開始，我不時心驚肉跳，似有大禍臨頭的樣子。」

韓柏先想起了他與鷹飛的決戰，但旋即想起乾羅，立時湧起不祥感覺，臉色大變。眾人一呆，眼光全集中到他身上。

虛夜月關切道：「韓郎！甚麼事了？」

韓柏乾咳一聲，掩飾道：「沒有甚麼。」

轉身想走時，戚長征一手把他抓著，急道：「快說！」

韓柏無奈道：「乾老去找單玉如了，凌二叔沒告訴你嗎？」眾人臉色齊變。

戚長征呆了半晌，一言不發，朝坐騎走去，寒碧翠自是追在他身旁，風行烈等亦深知他性格，恐他直闖皇宮找單玉如晦氣，慌忙追去，最後只剩下鐵青衣、韓柏、虛夜月三人，還有一眾府衛。

虛夜月怨道：「不要說出來嘛！小戚今晚還要和鷹飛決鬥。」

鐵青衣看到韓柏頹喪的樣子亦感難過，道：「先回鬼王府再作打算吧！或許乾老沒有事呢。」不過聽他語氣，自己都不相信自己的話。武林中人終日刀頭舐血，最講感應和兆頭，尤其韓柏身具魔種，更不會有錯。

虛夜月道：「鐵叔先回去吧！我答應了霜兒要把韓郎帶去道場見岳父哩。」鐵青衣點頭去了。兩人雖心情大壞，亦唯有上馬馳向西寧道場去。

乾羅的遺體，安放在金石藏書堂主堂中心一張長几上，換過了新衣。他臉色如常，神態安詳，只像熟睡了。浪翻雲坐在一角默默地喝著清溪流泉。鬼王虛若無站在這相交只有數天的好友遺體之旁，冷靜地檢視他的死因。七年前道左一會後，浪翻雲到京多時，今天還是首次和鬼王碰頭。若非乾羅之死，兩人說不定不會有見面的機會。

鬼王一輩子面對無數死亡，早對世事看化看透了，心中雖有傷感之情，表面卻一點不表露出來，輕輕一嘆道：「水月大宗深藏不露，但這一刀卻把他眞正的實力暴露了出來。」

浪翻雲點頭道：「所以乾兄才怎麼也要撐著回來，好讓我們知道水月與單玉如的眞正關係。」

鬼王眼中精芒一閃，沉聲道：「浪兄今晚仍打算到皇宮去嗎？」

浪翻雲啞然失笑道：「當然哩！」

鬼王嘴角逸出笑意道：「好！」接著輕輕一嘆道：「虛某眞的後悔學會了術數和相人之道，那使虛某無端多了一重負擔和折磨，生命已是充滿了無奈和痛苦，虛某還蠢得要自尋苦惱。」

浪翻雲大感興趣問道：「命運眞的是絲毫不能改動嗎？」

虛若無伸手撫上乾羅冰冷的臉頰，正容道：「說出來實在相當沒趣，命運一是有，一是無。若有一人的命運能改變，牽一髮而動全身，那其他所有人的命運亦會因應改動。唉！虛某早看化了。」

浪翻雲長身而起，來到虛若無身旁，把酒壺遞給他道：「那必然是非常怪異的感覺，能知道身旁所有人的命運。」

虛若無接過酒壺，把盛著的清溪流泉一口飲盡，苦笑道：「未來永遠藏在重重迷霧之後，看不清捉不著，只能勉強抓到一點形跡。沒有一件是能肯定的，術數和相學都有其局限處。像現在乾兄此刻安眠泉下，虛某的心中才會說：唉！是亦命也。平時大部分時間則連命運存在與否都忘掉了，又或麻木不仁，甚至希望自己甚麼都不懂。」

浪翻雲灑然道：「想不到虛兄如此坦誠率直，我最恨那些硬作無所不知的江湖術士。」

風聲驟起，戚長征旋風般捲進來，到了門口倏然止步，不能置信地看著義父的遺體，臉色蒼白如紙。轉眼間寒碧翠出現他身旁，亦呆了一呆，一臉悽然。

浪翻雲冷喝道：「大丈夫馬革裹屍，乾兄求仁得仁，若長征仍未學會面對別人和自己的死亡，不如回家躲起來好了！」

戚長征渾身劇震，朝浪翻雲望來，呆了半晌，神色冷靜下來，但一滴熱淚卻不受控制地由眼角瀉下，點頭道：「長征受教！」大步和寒碧翠來到乾羅躺身處，伸手抓著他肩頭，沉聲道：「這筆賬必須以血來清洗償還。」

鬼王虛若無淡然道：「凡事均須向大處著想，絕不能因私恨徒逞匹夫之勇，小戚你最好避入靜室，假若仍不能拋開乾兄的死亡，今晚與鷹飛的決戰索性認輸算了。」

戚長征呆了一呆，垂頭道：「明白了！」

這時風行烈與三位嬌妻亦悄悄走了進來，谷倩蓮和玲瓏哪忍得住，立時淚流滿臉，但受堂內氣氛感染，卻苦忍著不敢哭出聲音來。接著來的是忘情師太、雲素和雲清。

忘情師太低宣佛號後，平靜地道：「諸位若不反對，讓貧尼為乾施主做一場法事吧！」

浪翻雲由懷裏掏出另一酒瓶，哈哈一笑道：「佛門不論善惡，普渡眾生，師太最好順道爲水月和單玉如也做做法事，浪某這就去探訪這兩位老朋友，看看能否超渡他們。」再一聲長笑，大步去了。

鬼王亦哈哈大笑，聲音遠遠傳去道：「多謝浪兄贈酒美意，七年前道左一戰，今天仍歷歷在目。」

眾人齊感愕然，這才知道兩人曾經交過手。

韓柏和虛夜月兩人並騎而馳，往西寧道場緩行而去，在這華燈初上的時刻，京城笙歌處處，夜景迷人，尤其在秦淮河畔，沿途遊人登橋下橋，更充滿浪漫動人的氣氛。兩人與乾羅的感情仍淺，又不能肯定他是否眞的出了事，很快便拋開心事，言笑晏晏。

韓柏記起一事道：「噢！我差點忘記了，朱元璋今晚要宴請八派的人，我們這麼晚才到道場去，可能要撲了個空呢。」

虛夜月聳起可愛的小鼻子，向他裝了個鬼臉，傲然道：「月兒辦事，韓郎大可放心，朱叔叔早下了旨，宴會改在明晚舉行。唉！聯盟早煙消雲散，不過沒有人敢不給朱叔叔面子，所以八派仍會照樣去赴宴，但氣氛會是非常尷尬了。」

韓柏還想說話，忽然心生感應，直覺地朝路旁望去，只見一位風流俊俏，身長玉立的文士公子，正站在路旁含笑看著兩人。定睛一看，竟是穿上了男裝的美麗仙子秦夢瑤。

韓柏喜出望外，勒馬停定，叫道：「秦公子要不要韓某順道送你一程？」

虛夜月這時亦看到秦夢瑤，她最崇拜秦夢瑤，高興得嚷起來道：「瑤姊姊！」

秦夢瑤微微一笑，不理會路人眼光，躍起輕鬆地落到馬背上，挨入了韓柏懷裏。韓柏料不到有此香艷的收穫，貼上她嫩滑的臉蛋，一振馬韁，馬兒朝前奔去。

虛夜月欣然追來，出奇地沒有吃醋，只是不滿道：「瑤姊應和月兒共乘一騎才對，嘻！我們現在都是男兒裝，可瑤姊比月兒更不像哩！」

秦夢瑤向虛夜月親熱一笑後，後頸枕到韓柏寬肩上，閉上美目，平靜地道：「乾羅死了！」

韓柏劇震一下，沒有做聲。虛夜月呆了一呆，杏眼圓瞪道：「單玉如眞的這麼厲害嗎？」

秦夢瑤仍沒有睜開眼來，輕輕道：「乾羅雖因單玉如而死，卻是由水月大宗下手。唉！今天夢瑤挑戰水月大宗時，他在毫無敗象下不顧藍玉而去，我早感到不妥當，現在一切都清楚了！因爲他要配合單玉如的毒計，所以寧願失面子，也要臨陣退縮。」又柔聲問道：「方夜羽約了你甚麼時刻決戰？」

韓柏奇道：「爲何像沒有一件事能瞞過夢瑤似的？」

秦夢瑤張開美目，莞爾道：「夢瑤曾見過方夜羽，請他離開中原，這樣說夫君明白了嗎？」

韓柏恍然，懷疑地道：「夢瑤是否和紅日法王交過了手，這老傢伙是否只打幾招後又溜走了？」

秦夢瑤聽他說得有趣，舒服地在他懷裏伸了個懶腰，失笑道：「溜的確是溜了，卻是溜回布達拉宮去。」

韓柏嘆道：「我早知夢瑤受了我韓某人的種子後，定會勝過甚麼紅日黑日，夢瑤要拿甚麼謝我？」

他這露骨的話一出口，虛夜月俏臉飛紅，嬌啐一聲，別過頭不瞧他。秦夢瑤卻是心中欣喜，知道他的魔性逐漸回復，已能駕馭內含的道胎，對她的引誘力和魅力大幅增強，柔聲道：「所以人家要來向你道別哩！」

韓柏和虛夜月同時大吃一驚。前者以責怪的口氣道：「在這緊張時刻，夢瑤怎能捨我們而去呢？至少也要幹掉了水月大宗和單玉如，爲夫才准你離去。」

秦夢瑤微微一笑道：「韓柏你是不是男子漢大丈夫，將這樣的大任硬加在小女子肩上？夫君啊！信任你的小妻子吧！現在你不但身具魔種，還悟通了戰神圖錄的秘密，唯一欠缺就是對自己的信心。」再輕柔一嘆道：「夢瑤始終是方外之人，此刻不走，終有一天也要回到靜齋，不能永遠留在這花花世界，只有韓郎傲然卓立起來，才能代夢瑤履行師父讓萬民安泰的心願。」

韓柏給她激起了萬丈豪情，長笑道：「我明白了！夢瑤放心去吧！只要韓柏有一口氣在，定不負我的親親寶貝仙子小夢瑤所託。」

這時三人兩騎轉入了西寧街去，西寧道場遙遙在望。街旁的店鋪大多關上了門，行人稀少，燈光暗淡。

秦夢瑤仰起頭，深情地道：「記得來探望夢瑤，否則人家可能因相思之苦，登不上天道。」

旁邊的虛夜月卻沒有兩人的灑脫，早淚流玉頰，湧起離情別緒，悽然道：「瑤姊啊！」

秦夢瑤送她一個甜笑道：「月兒應替瑤姊歡欣才對，日後記得和韓郎同來見我。」再柔聲向韓柏道：「夫君吻我！」韓柏湧起萬千銷魂滋味，渾忘一切，重重吻在她香唇上。

憐秀秀獨坐箏前，手指按在弦鍵上，卻沒有彈奏，眼神憂深秀美，若有所思。俏婢花朵兒神色凝重走了進來，到她身旁一言不發，鼓著兩個小腮兒。

憐秀秀訝道：「是誰開罪了你？」

花朵兒道：「小婢聽到一個很可怕的消息，心中急死了！」

憐秀秀愕然道：「甚麼消息？」

花朵兒兩眼一紅道：「剛才與小婢相熟的宮女小珠偷偷告訴我，皇上準備大壽的最後一天納你爲妃。」

憐秀秀呆了一呆，旋又釋然道：「放心吧！這事我自有方法應付。」

花朵兒怎知她有浪翻雲這硬得無可再硬的護花者撐腰，皇帝不急急死太監般埋怨道：「小姐啊！皇命難違，你怎逃得過皇上的魔手？」

憐秀秀正容道：「千萬不要在任何人前再提此事，否則不但你性命難保，還要害了那小珠姊姊。」

花朵兒道：「小珠和小婢很談得來的！她也很仰慕小姐你，最愛聽小婢說小姐的事。」

接著皺眉道：「這小珠爲何恁地大膽，竟敢把這事洩漏給你知道。」

憐秀秀色變道：「你說了我甚麼事給她知道？」

花朵兒吃了一驚，支支吾吾道：「也沒說甚麼，只是普通的事罷了！」

憐秀秀懷疑地看著她時，耳邊響起浪翻雲的傳音道：「問她小珠是服侍哪位妃嬪的？」

憐秀秀心中狂喜，表面卻絲毫不露出痕跡，依言問了花朵兒。花朵兒答道：「好像是太子寢宮的人，小婢也弄不清楚，唉！皇宮這麼大！」

憐秀秀見浪翻雲再無指示，遣走了花朵兒，歡天喜地的回到寢室去。令她朝思暮想的浪翻雲正蹺起二郎腿，優閒地安坐椅裏。

憐秀秀拋開了所有矜持，不顧一切地坐入他懷裏，纖手攬上他的脖子喜不自勝道：「秀秀擔心死了，皇宮來了這麼多守衛，眞怕連你也溜不進來。」

浪翻雲單手環著她的小蠻腰，另一手掏出酒壺，先灌她喝了一口清溪流泉，自己才咕嘟咕嘟喝了幾大口，灑然笑道：「皇宮的確有些地方連我也不能神不知鬼不覺潛進去，卻不是憐小姐的閨房。」

憐秀秀欣然道：「秀秀的閨房，永遠為浪翻雲打開歡迎之門。唔！剛才你也聽到了，告訴我浪翻雲準備何時救出秀秀？」

浪翻雲另有深意地道：「過了今晚才告訴你。」岔開話題道：「龐斑來了！」

憐秀秀不能掩飾地嬌軀微顫，垂下了俏臉，又惶然偷看了浪翻雲一眼，怕他因自己的反應而不悅。

浪翻雲啞然失笑道：「秀秀以為浪某是心胸狹窄的人嗎？龐斑乃天下最有魅力的男人，秀秀對他心動乃理所當然的事，不這樣才奇怪呢。」再微微一笑道：「我猜他會來看看你的。」

憐秀秀劇震道：「那怎辦才好？」

浪翻雲愛憐地道：「隨著自己的心意去應付吧！無論秀秀怎樣做，浪某絕不會減輕對秀秀愛憐之心，也不會捨棄你。」

憐秀秀眼中射出感動的采芒，堅決地道：「秀秀明白了！」

浪翻雲道：「我要去跟蹤花朵兒了，她正準備出去。」

憐秀秀嚇了一跳，道：「花朵兒有問題嗎？」

浪翻雲道：「問題出在那小珠身上，她故意讓花朵兒把朱元璋要納你為妃的消息轉告給你，就是要測試秀秀的反應。」

憐秀秀不解道：「那有甚麼作用？」

浪翻雲若無其事道：「像剛才你那一點不放在心上的樣子，給小珠知道後，便可推知有人在背後撐你的腰，從而得知我們間繼續有往來，甚至頗為頻繁，至少你能在這三天之期內把這事告知我。」

憐秀秀色變道：「那就糟了，為何你不警告我，讓人家演一場戲，那是秀秀最拿手的事哩！」

浪翻雲微笑道：「這叫將計就計，但或許不須如此費周章，且看我今晚有何成績。」將她抱了起來，放到床上道：「做個好夢吧！待會再來看你，說不定鑽入你被窩去睡他一覺。」

憐秀秀渴望地道：「天啊！知道你會回來，人家怎還睡得著哩！」

浪翻雲把一道眞氣輸入她體內，憐秀秀整個身體立時放鬆，睡意湧襲腦際，模糊間，感到浪翻雲細心溫柔地為她脫掉外袍，到蓋上被子時，早酣然進入甜蜜的夢鄉。

龐斑離開花園，朝前廳走去。廳內只有方夜羽、甄夫人、孟青青和任璧四人，正商量撤離金陵的細節，見他進廳，慌忙起身施禮。連任璧這等驕狂的人，都不敢呼一口大氣。

龐斑微微一笑道：「時間到了，我要出去逛逛，諸位自便，不用多禮。」

任璧忍不住道：「魔師是否想找那水月大宗？」

龐斑點頭道：「正是如此，浪翻雲不知受了甚麼刺激，殺意大盛，龐某若不趕快一步，便沒有了這難得的對手。」

孟青青感動地道：「曾聞魔門秘典裏有敵我間鎖魂之術，初聽到時但感荒誕無稽，到此刻才知世間眞有此等駭人聽聞的異術。」

甄夫人柔聲問道：「魔師你老人家知道水月大宗的下落嗎？」

龐斑若無其事道：「只要我到外面走走，除非他目前不在金陵，否則便難逃過龐某手心。」頓了頓欣然道：「我已隱隱感到他的所在。」

除方夜羽見怪不怪外，其他人無不駭然，開罪了龐斑，想躲起來可眞是有所不能呢。

方夜羽道：「請師尊最好順道找找花護法，否則柳護法絕不肯離京，現在他正出外搜索花護法的蹤影，徒兒怕他有危險哩！」

龐斑微微一笑，頷首答應後，飄然出門去了，只像出外散心，哪似要找人決戰。

韓柏來到西寧道場時，心中充滿與秦夢瑤熱烈吻別那種銷魂蝕骨，既傷感不捨，又纏綿甜蜜的滋味，其中含蘊著這仙子對自己眞摯深刻的愛戀和情意。他雖有神傷魂斷的感覺，卻絕不強烈。見到正苦候他前來的莊青霜時，心神早轉到別的事上，這乃魔種多變的特性，亦與他隨遇而安，看得開放得下的性格大有關係。莊青霜歡喜地埋怨了他兩句後，把他帶入了道場的密室，不一會莊節和沙天放兩人先後來到，兩女乖乖的退了出去，爲他們關上鐵門。

沙天放最是性急，兩眼兜著韓柏道：「小柏你說有事相告，指的是否單玉如？」

韓柏知道他們由葉素冬處得到消息，但卻不知朱元璋透露了多少給葉素冬知道，點頭應是後，問道：「不知沙公對此事知道多少？」沙天放眉頭一皺，猶豫起來。

莊節肅容道：「大家都是自己人，甚麼話都不要藏在心裏，否則徒然誤事。」韓柏心中感動，想不到莊節這老狐狸，竟會對自己這便宜女婿，有這麼的一番話。

沙天放亦微感愕然，細看了師弟一會，肯定他不是隨口說說後，才道：「我們已知道單玉如暗中在背後撐胡惟庸的腰，過了今晚後，我看她還憑甚麼作惡。」

莊節接入道：「想不到武當派的田桐亦是天命教的人，眞教人心寒。」

韓柏嘆了一口氣道：「這樣聽來，皇上仍把眞相藏在心裏。」

沙莊兩人同時動容，瞪大兩對眼睛看著他。看到韓柏的表情，他們怎能不吃驚。八派裏獨西寧劍派最得恩寵，在京城眞是呼風喚雨，享盡榮華富貴，所以亦數他們最關心大明皇權的安危。單玉如乃中原魔門赤尊信外最重要的人物，與正統白道一向水火不相容，若讓她得勢，白道將肯定遭遇到前所未有的浩劫。

沙天放焦急地道：「不要吞吞吐吐，快點說出來吧！」

韓柏於是一點不隱瞞地，把所知事和盤托出，連發現的微妙過程，以及向朱元璋說了甚麼，都沒有遺漏。正如莊節所言，在這等關鍵時刻絕不容有含糊之處。誰叫莊節是他岳父，不看僧面也要看好霜兒的面子呀。兩老不住色變，到後來，臉色說有多難看就有多難看。尤其聽到允炆應是單玉如的人時，他們更是面如死灰。一直以來，西寧劍派的立場，都是堅決擁皇太孫而反燕王，旗幟鮮明，所以才對小燕王那麼不留情面。假若現在朱元璋因此廢掉允炆，改立燕王，那時燕王只是冷落西寧派，叫他們的人捲鋪蓋回鄉，已是龍恩浩蕩，海量汪涵了。但如果單玉如成功害死朱元璋和燕王兩人，那她第一個要開刀的必是一向忠於朱元璋的西寧派，免得給他們擁立其他皇子，與她單玉如對抗。這次眞是左右爲難了。

韓柏本想拍胸膛保證燕王怎麼也要給自己點面子，可是想起燕王就是另一個朱元璋，挺起的胸膛立即縮了回去，張大口說不出安慰之言來。

莊節終是一派宗主，微一沉吟後道：「現在無論如何，都不能讓單玉如控制了天下，那時不但白道遭劫，天下也不知會變成甚麼樣子。」

沙天放深吸一口氣道：「我們最好先定下逃生計劃，否則單玉如一旦得權，連走也走不掉。」接著抱著一線希望道：「又或者允炆並非真的和單玉如有關係哩？」

莊節嘆了一口氣道：「假若連浪翻雲、夢瑤小姐和鬼王都認為這樣，皇上的反應又這麼古怪，實情應是八九不離十。唉！否則單玉如怎會自己要除掉胡惟庸，此奸賊一去，她就全不著痕跡了。」

沙天放道：「怎麼也要通知素冬一聲。這事由我親自去做。唉！事情怎會忽然變成這樣子呢？」言下不勝欷歔後悔，若他們不是一直盲目站在朱元璋的一方，與鬼王關係好一點，說不定能及早發覺單玉如的陰謀，又或與燕王關係搞好一點，甚或把莊青霜嫁給了小燕王，這時便是另一回事。

莊節皺眉道：「鬼王眞的說皇上過不了這一關嗎？」

沙天放亦緊張地道：「他說皇上是過不了今年還是過不了這幾天？」

到了這等時刻，最不相信命運的人，也希望透過相學術數去把握茫不可測的將來。

韓柏苦笑道：「聽他的口氣，似乎是過不了這幾天，否則也不會命燕王立即逃走。」

莊節道：「我怎也不相信皇上有了提防後，單玉如仍有辦法對付他。」

韓柏道：「皇上自己也不相信。不過現在連水月大宗都是單玉如方面的幫凶，據夢瑤觀察，可能長白派也秘密和單玉如勾結起來，可知她準備得是如何充分周密了。」

兩人全身劇震道：「甚麼？」

八派裏西寧派獨沾龍恩，不用去說。野心最大的當然是長白派，不但眼紅少林派隱然為八派之首的地位，亦對西寧派強烈嫉妒，表面聯成一氣，骨子裏則無時無刻不想取西寧派而代之。韓柏這一句話，立刻使尚存一絲幻想的兩老死了心。

莊節斷然道：「假若燕王成爲太子，事情便好辦，最多我們榮休回西寧去，但若單玉如得勢，我們得立即退出京師，然後聯合天下白道，與單玉如分個生死。」

韓柏心中欣然，自己這個岳父，終還是個人物。

戚長征坐在金玉藏書堂後暗黑的園亭裏，正以手帕抹拭著鋒利的天兵寶刀。他神色平靜，似若甚麼事都沒有發生過的樣子。陪著他的風行烈亦心內佩服，只有這種心胸修養，才配得上封寒贈他寶刀的厚愛。

戚長征搖頭苦笑道：「我以前見人對死者哭哭啼啼，總是大不耐煩。人總是要死的！爹戰死沙場時，我年紀還小，但娘病死時，我十五歲了，心中雖傷痛，卻半滴眼淚也沒有掉下來。」接著沉默起來，陷入沉思裏去。

風行列嘆了一口氣，想起芳魂已渺的白素香，心裏一陣淒楚。他本以爲不捨夫婦會反對他與年憐丹決一死戰，豈知不捨只說了一句「是時候了！」便不再說話，令谷姿仙三女也不敢反對，怕損了他的銳氣。他記起了師父厲若海與龐斑決戰時的整個過程，最使他感動的就是厲若海那拋開一切，充滿信心，一往無前的全力一擊，忽然間，他亦感到生機勃勃，充滿信心。

戚長征有點像自言自語般道：「封老死時，我心中雖是悲憤，但或者是因他壯烈的氣概，並不覺得如何難過，甚至對殷夫人都不是那麼痛恨，兩軍對壘，不是你死就是我亡，誰也怪不得誰。」接著提高嗓音道：「但爲何義父的死亡，卻使我像失去了一切般的悲痛難受，覺得他死得非常不值呢？」

望著戚長征灼灼的目光，風行烈苦笑道：「那可能是和感情的深淺有關，你和封前輩接觸的時間始終很短，像當日柔晶之死，便曾對你造成很嚴重的打擊。唉！當時我也很不好受。」

戚長征苦澀一笑道：「大叔的話定錯不了，忽然間我又輕鬆起來。誰知道死後的世界不是更爲動人？活著的人，終要堅強地活下去。」

風行烈欣然道：「這我就放心了。希望我們明天能與韓柏那小子一起到秦淮河的青樓喝酒作樂，共慶得報深仇。」

戚長征哈哈一笑道：「好豪氣！不過到時你莫要臨陣退縮了。」

風行烈尷尬地道：「我只說去喝酒，並不是要去鬼混啊！」

戚長征失笑道：「說真的，我已沒有了獵艷的心情，只想修身養性做個好丈夫，天下間還有很多其他事要做。眞希望朱元璋把皇位讓給燕王，我們則解散了怒蛟幫和邪異門，一了百了。我們閒來便玩玩刀槍，喝幾杯美酒，看著兒女嬉玩。」

風行烈訝道：「想不到你這麼一個愛鬧的人，竟有這種退隱的心意。不過我有個忠告，不知老天爺是否最愛和人作對，通常人們最渴望的東西，都不會得到的。」

戚長征啞然失笑道：「就當我是作春秋大夢吧！哼！待大叔割了水月賊子的頭回來祭祀義父後，我們才將他火化掉帶離這傷心地。」

這時寒碧翠、谷姿仙諸女攜酒而來。谷姿仙笑語道：「決戰將臨，沒有清溪流泉，怎能一壯士氣。」

戚長征和風行烈對望一眼後，兩人雙手緊握到一起。

藍玉和一眾手下，全部換上夜行衣，集中在後園地道的入口旁，靜待消息。

人影一閃，「通天耳」李天權由簷頂流星般落到藍玉前，跪下稟告道：「四周全無動靜，不見有任何伏兵。」

藍玉訝道：「沒有伏兵不奇怪，奇卻奇在沒有監視的人。」

李天權道：「假設監視者是藏在附近宅院裏，那將很難被發現。」

藍玉點頭道：「看來定是這樣了！」

地道裏足音傳來，「金猴」常野望靈巧地鑽了出來，報告道：「地道暢通無阻，我們的人已守著地道那一端的出口，大帥可以上路。」

藍玉沉聲道：「景川侯曹震那方面的情況怎樣了？」

方發道：「戰甲和十多名高手先到了他那裏去，就算他想臨陣退縮也辦不到，當我們抵達城西北的金川門時，戰甲會以約定手法與我們聯絡，到時城門大開，只要到了獅子山，和城外援軍會合，朱元璋的人追來也不怕。」

藍玉心情大定，道：「假若景川侯有問題，我們便攀城逃走，想我藍玉一生攻克城池無數，何懼他區區一個金陵城。」

負責統率火器隊的蘭翠貞笑道：「景川侯現在全無退路，唯一生機就是隨我們回西疆，我才不信他敢玩花樣。」

藍玉豪情湧起，哈哈一笑道：「當我藍某人再回來時，就是朱元璋人頭落地的時刻。」沉喝道：「走！」

蘭翠貞近百人的精銳火器隊，立即敏捷地鑽入地道裏，這時藍玉等恨不得朱元璋來攻打將軍府，因爲府內處處埋下火藥，只要一經點燃，整個府第立時陷進火海裏。而他們亦有特別設計，於撤走後半個時辰，燭火會自動燃著火引，引發一場禍延全區的大火，製造混亂。戰爭本就是不擇手段的。

韓柏和虛夜月與范良極在皇城東安門外的一處密林會合。

韓柏道：「乾羅死了！」

范良極一震道：「龐斑竟出手了嗎？」

虛夜月接入道：「不是龐斑，是水月大宗，原來這傢伙竟是單玉如的人。」

范良極嘆了一口氣，取出自繪地圖道：「快來看！」

韓柏不滿道：「乾羅死了這麼大件事，你只嘆一口氣就算了。應該取消這次行動以表哀悼才對！」

范良極瞪他一眼道：「小夥子你若有我這麼多豐富的人生經驗，就不會把生生死死放在心上。試問誰能不死？你要死我也要死，這事公平得很，每次死了人都像喪了娘似的，還怎樣做人？不如留點力打水月大宗的屁股，直到把他毒打至死好了。」

虛夜月怕他嚕嗦，指著圖內紅色的虛線道：「這代表甚麼？」

范良極得意地道：「代表皇宮下的地道，其中一個入口，正是在我們腳下附近。」

韓柏恍然道：「原來岳父竟陪你老賊頭一起發瘋，把皇宮的秘圖給了你，難怪畫得比你以前那張精巧了這麼多，又沒有錯字。」

虛夜月嘻嘻一笑道：「爹有時是會發一下瘋的，噢！你們還未說要偷甚麼東西？」

范良極一對賊眼立時亮了來，壓低聲音故作神秘道：「好月兒聽過九龍掩月杯嗎？」

虛夜月嬌軀微顫，嚇得吐出了小舌頭，盯著范良極道：「你這大哥好大膽，連朱叔叔最鍾愛的寶杯都敢偷，不怕殺頭嗎？」

韓柏插入道：「我也說過他了，甚麼不好偷，卻去偷只杯子，不如去偷個妃子出來，還生蹦活跳，美色生香哩。」

虛夜月醋意大發，狠狠在他腰處扭了一把，卻又忍不住嬌笑道：「你這土包子眞不識貨，這杯是西域呼巴國進貢給他的天竺異寶，樣子普通，可是只要把美酒注進杯裏，內壁會立時現出九條穿遊雲間的龍，隨著酒影上下翻騰，眞是不世之寶。」又補上幾句道：「朱叔叔得杯後便大破陳友諒的連環船，所以朱叔叔視這杯爲他的幸運象徵，每逢佳節或慶典，都用它來喝酒呢。唔！要偷這個杯，我還是不和你們去胡鬧了。」

韓柏喜道：「那讓我先送月兒回家吧！」

范良極怒道：「你留在這裏，由我送月兒回去。」

虛夜月頓足道：「不走了不走了！作賊便作到底吧！」

范良極喜道：「這才像樣，普通的東西偷來作啥，此寶名列天下十大奇珍之一，我的寶庫內已十有其九，只少了這件怎能服氣，偷了此寶後，本大盜也可金盆洗手。」

虛夜月色變道：「糟了！通常做最後一件壞事都是會失手的，唉！大哥爲甚麼這麼糊塗。」

韓柏道：「還不掌嘴！」

范良極無奈地象徵性掌了自己的嘴，又吐了口水，咒上兩句後才指著地圖道：「我們這條地道直通到內皇城東門後的文華殿，由那裏鑽出來後，只要隨機應變，摸到後宮的春和殿，老子便有把握在裏面的藏珍閣把那寶貝偷出來。到時你便可由坤寧宮的秘道離去，抵達北安門外的密林區。」他說來言詞含混閃爍，誰都知道他是不盡不實。

韓柏哂道：「那不如直接由通往坤寧宮那條秘道入宮，可省掉了一大截路。」

虛夜月懷疑地道：「爲何剛才大哥只說韓郎由坤寧宮的秘道離去，那我和你呢？」

范良極顯是心中有鬼，道：「答得你們的問題來，我們索性回家睡覺，還偷甚麼東西呢？」

韓柏心知不妥，堅持道：「若你不清楚說出你的計劃，休想我助你，唔！過程若是那麼簡單容易，你自己大可一手包辦，何用我來幫忙呢？」

范良極嘆了一口氣道：「能夠不用你這小賊幫忙，我哪有閒情求你，最大的問題是……嘿！」

兩人同聲追問道：「是甚麼？」

范良極苦笑無奈道：「自從當年我闖入藏珍閣偷東西事敗後，朱元璋雖不知我要偷他的寶杯，卻把那東西不知藏到哪裏去，否則我多次進宮，早已得手。唉！眞慘！有得看卻沒得偷到手。」

兩人失聲道：「你竟不知杯子放在哪裏？」

范良極苦笑道：「問題就在這裏，否則哪用受你們這麼多氣。」

韓柏和虛夜月面面相覷，說不出話來。

浪翻雲的心神提升至最高境界，方圓半里內沒有任何動靜能瞞過他的靈覺，連牆洞裏老鼠囓齒的聲音都給他收在耳鼓內。皇城內每一個守衛的位置，他亦瞭若指掌，迅如魅影般在園林簷頂中忽停忽行，遠遠跟著剛和花朵兒說完密話，趕去向某人報告的宮女小珠。單玉如雖然尚未知道允炆的秘密已給他們識破，可是以她的智計和謹慎，在這大風雨前夕的晚上，必然會集中人手保護允炆和恭夫人，因爲那已成了她們勝敗的關鍵人物。水月大宗亦應和他們在一起。無論他如何小心，絕瞞不過這兩人的靈覺。所以只要知道他們的位置，他便須以雷霆萬鈞之勢，一舉撲殺兩人，否則以後恐難再有此機會。小珠這時經過一道石橋，轉入通往坤寧宮的小徑。浪翻雲心如止水，沒有半點波動的情緒。這是大後宮的範圍，哨崗都設在外圍處，在這等時刻，皇宮有種說不出的幽深可怕。

小珠當然不會發覺把煞星帶了來，穿殿過樓，走過燈火輝煌的長廊後，來到了坤寧宮院落組群的其中一座宮院裏。幾名守門的禁衛見到她都恭敬施禮，可知她在後宮頗有點地位。小珠進入宮內，大廳裏端坐著一位身穿華服的美婦，高髻宮裝，雍容高貴，幾名宮娥擁侍兩旁，越發顯出她的身分氣派。見到小珠進來，她雙目亮了起來，柔聲道：「看到小珠這樣子，定是有好消息。」躲在宮外偷聽的浪翻雲心中一懍，從這女人說話的派頭看，便知定是恭夫人，如此說話毫不避諱，那自然她身旁的宮女全是心腹。

小珠跪稟道：「幸不辱命，憐秀秀果然一點也不擔心。」

恭夫人一陣嬌笑，道：「所以說沒有男人是不好色的。浪翻雲亦不例外。娘若親自出手，保證十個浪翻雲也沒有命。」長身而起。

外面的浪翻雲心中讚美，唉！想不到你這淫婦如此合作，浪某倒要看看你娘如何應付「一個」浪翻雲。

龐斑以令人難以相信的速度，在金陵城內移動著，這一刻他可能還傲立簷頂，下一刻已負手優閒踱步街心，但轉瞬後他早轉出長街，穿巷遠去，普通人根本察覺不到他有奔行的動作，只使人感到玄異莫名。他展開了魔門搜天索地大法，探察著四周各式各樣人的武功深淺，若有水月大宗之輩在，必逃不過他神妙莫測的靈覺。那是只有到了他那般級數的高手才擁有的觸覺。皇城在望。他來到一座高樓之頂，負手看著這在當時最偉大壯觀的建築組群。輝煌的燈火，似在向他炫耀著代替了他蒙人統治的大明盛世。皇城坐北朝南，內外兩重。只見重重殿宇、層層樓閣、萬戶千門，使人眼花撩亂。龐斑微微一笑，略一頷首，欣然瞧著壯人觀止的皇城夜景。無論對大明或皇城來說，今晚都是非常特別的一晚。龍虎薈萃，風起雲湧。水月大宗就是在這皇城之內，還有鷹緣和浪翻雲，當然尚有密藏不露的單玉如。忽然間，天下最超卓的幾個人物都聚集到這代表天下最高權勢的地方來。這不是緣分是甚麼呢？

龐斑正要掠往皇城，忽又打消念頭，微微別頭往西笑道：「無想兄既已來到，何不現身相見？」

一聲佛號來自他朝著說話的方向，迷朦夜色下，無想僧優雅的身形出現屋脊之巔，合什道：「三十年前一別，龐施主風采依然，貧僧至感欣慰。」

龐斑訝道：「大師無想功竟眞能再作突破，臻至大成之境，龐某想不佩服也不行。只不過無想兄來得眞不是時候，可見人算及不得天算。」

無想僧再一聲佛號，柔和的聲音淡然道：「不是時候的時候，正好讓貧僧和施主了此塵緣。」

龐斑啞然失笑道：「恕龐某人沒時間和大師打機鋒，爽快點放馬過來吧！」

無想僧欣然道：「施主快人快語，痛快極了。」最後一句還未說完，下一刻他已出現在龐斑身前的虛空裏，一掌往龐斑當胸印去。

龐斑臉現訝色，四周的空氣忽地像一下子被無想僧的手掌吸盡了，原本呼呼狂吹的北風半絲都沒有剩下來。

浪翻雲掠過花園，前面出現一座宏偉的宮殿，與後宮其他殿堂相比，就像群雞裏的仙鶴，飛檐翹角，廊下棟柱挺立，根根棟柱盤龍立鳳，非常壯觀。長階上殿門旁各有四名禁衛，持戈守門。浪翻雲已感應到單玉如和水月大宗的位置，而同一時間，他們亦驚覺到他的駕臨。他唯一想到的事就是速戰速決，毫不介意兩人聯手的威力會是如何可怕。他並非只為私仇而來，若不殺了這兩人，將來不知會有多少無辜的百姓因他們而受害，因他們而吃苦。他的速度實在太快了，當他掠上十多級的長階時，那八個禁衛才知道刺客臨門，但已太遲了。在這等情況下，一切全憑直覺反應決定。這八人顯是平時不斷地操練一個專為守門設計的陣式，當然不會是烏合之眾，齊聲一喝，八支長戈竟在如此倉卒的剎那間，分由八個不同的角度，向浪翻雲刺來，把入口進路完全封閉起來。浪翻雲就在封閉入口前的剎那，倏地加速，在戈縫間差之分毫中掠過，險至極點，亦妙至極點。眾禁衛眼前一花，才知刺在空處。這時浪翻雲反手射出八股指風，點在眾禁衛身上。當八禁衛暈厥倒地時，浪翻雲的覆雨劍離鞘而出。尖嘯響起，覆雨劍在浪翻雲手上化作萬千芒點，像狂風般捲進殿堂裏。

殿內空無一人，左邊是十八屏相連，畫的是金陵四十八景的山水大屏風。當浪翻雲掠至殿心時，大屏風的其中三塊驀地爆炸般化作漫空碎屑，一把像來自地獄般的魔刀，以飄忽變幻的弧度，劃過一道美麗奇異的虛線，朝他劈來。浪翻雲哈哈一笑，化腐朽為神奇，倏地立定，輕描淡寫地側劍恰到好處地掃在刀鋒處。魔刀立時化作萬點光芒，發出千萬股刀氣，激射往所有照明的燈火。整座大殿立時陷進伸手不見五指的黑暗裏。龐大無比的刀氣潮湧而至，水月大宗冰冷的聲音響起道：「浪翻雲！」浪翻雲平靜地回應道：「你不是一直在找浪某人嗎？浪某怎會教你失望呢？」

「嚓！」的一聲，一點火光在水月大宗旁亮了起來，只見一個無法形容其詭秘美麗的修長身影，出現在水月大宗之旁，高度幾乎比得上體形與浪翻雲相當的水月大宗，長髮垂下，寫意地散布在纖肩的前後。一點火光由她雪白纖美的食指尖升起來，情景詭異至極。一般人或許以爲她指後必是暗藏火種，但浪翻雲當然知道這是她以體內出神入化的魔功，催發出來的眞火。火光以她的手指爲中心，照出了她和水月大宗獨特的身形姿態，但頭臉卻在光芒外的暗影裏。最顯眼的是她那對帶著某種難言美態纖長皙白的玉手，使人感到只是這對超塵脫俗的美手，看十輩子都不會厭倦。在剛強的水月大宗旁，她那說不盡楚楚溫柔的修美體態身形，分外教人生出惜花憐意。神秘的單玉如終於出現了。火光逐漸往上移，使她的面容，漸漸地出現在浪翻雲的眼前。

第九章

御駕親征

第九章　御駕親征

胡惟庸坐在書齋裏，忽然感到心驚肉跳，坐立不安。暗門聲響，打了開來。胡惟庸大喜，站了起來，今早他曾以秘密手法，向天命教另一軍師廉仲發出消息，要面見教主單玉如，現在當然是她來了。自身爲丞相後，每次都是單玉如紆尊降貴來見他，使他逐漸生出錯覺，感到自己的地位比單玉如還要高。這種想法當然不敢表露出來，沒有人比他更明白單玉如的厲害手段。但他卻從不擔心單玉如會對付他。因爲若沒有了他胡惟庸，她還憑甚麼去奪朱元璋的帝位。卻懵然不知單玉如眞正的妙著竟是恭夫人和允炆。

胡惟庸開始時，眞的對單玉如極其倚重信賴，但久嚐權力的滋味後，想法早起了天翻地覆的變化。最近數年內，他不停收買江湖上黑白兩道的高手，組成自己的班底。並擬好了一套完整的計劃，只要登上帝位，第一個要剷除的就是單玉如和她的天命教。他的算計精密老到，否則也不能在天命教高踞軍師之位。只是他怎麼也算不到允炆和單玉如的眞正關係，更想不到在這接近成功的時刻，會給單玉如和楞嚴出賣。由暗門走出來的不是單玉如，而是與他同級的武軍師廉仲。廉仲體型高瘦瀟灑，面目英俊，一身儒服，兩眼藏神，舉手投足，自有一股高手的風範和氣派。

胡惟庸原本站了起來，準備施禮，哪知來的是廉仲，失望中微帶不滿道：「教主沒有空嗎？」

廉仲微微一笑後，在他對面坐下來，凝神瞧著他，眼中射出冰冷無情的神色。胡惟庸最懂鑑貌辨色，心感不妙，但卻不動聲色，優閒地坐回椅裏。他那張太師椅有個機關，只要拉動扶手下的手把，可通知守衛齋外的高手進來護駕。他尚未坐入椅裏，廉仲手指往他遙遙一戳，封了他的穴道。他身子一軟，掉入椅內。

胡惟庸又驚又怒，色變道：「廉仲！這算是甚麼意思？」

廉仲再微微一笑道：「甚麼意思？胡丞相自己知道得最清楚，這五年來，丞相瞞著教主，秘密招兵買馬，又是甚麼意思呢？」

胡惟庸口才最佳，正要爲自己辯護，豈知廉仲再點了他喉結穴，胡惟庸喉頭一陣火熱難過，說不出話來。

廉仲淡淡道：「丞相恐怕到死也不會明白教主爲何竟會捨得幹掉你，不過本軍師亦不會對死人徒廢唇舌作解釋。」長長嘆了一口氣後道：「你的地位權勢全是教主所賜，若非她暗中爲你做了這麼多工夫，你怎能坐到這一人之下，萬人之上的位置來。」

天命教最厲害的武器就是美色，這使單玉如的勢力輕易打進了高官大臣的私房，不但消息靈通，還可暗中影響著皇室和大臣，白芳華和恭夫人便是最好的例子，連朱元璋也著了道兒，鬼王和燕王亦無倖免。

廉仲露出兔死狐悲的眼色，再嘆道：「事實上教主對你是仁至義盡的了，讓你享了這麼多年的榮華富貴，甚至最後還有個畏罪自殺的好收場，避免了被朱元璋磔殺於市。」

胡惟庸兩眼瞪大，射出驚恐神色，若他能開聲發問，必會大叫：「你這話是甚麼意思？」

驀地府內遠處傳來叫喊聲和兵刃交擊的聲響。廉仲長身而起，笑道：「時間到了！讓廉某送丞相上路吧！」

藍玉這時來到金川門前一座樹林裏，林內早有人預備了戰馬，以省腳力。坐到馬上，藍玉的感覺立時不同。他一生大部分時間都在馬背上度過，南征北討，爲大明立下無數汗馬功勞。只有在馬背上他才感到安全。城門那邊這時亮起火光，倏又熄滅，如此亮熄了四次，才重歸於一般淡淡的燈光。藍玉提起了的心放鬆下來，景川侯曹震終仍是忠心於他的。「轟！」火燄在左後側遠方的將軍府沖天而起，接著是嘈雜的叫喊聲。藍玉心中暗笑，只是這場大火，即可教守城兵應接不暇，忙個死去活來了。方發在旁低聲催促。藍玉收拾心情，一夾馬腹，領著五百多名全穿上明兵軍服的手下，旋風般往金川門馳去。果然是城門大開，通往護城河的吊橋放了下來，景川侯曹震一身武服，帶著一隊人馬和「布衣侯」戰甲正恭候他的來臨。兩股人馬會合後，組成過千的騎兵隊，馳出城外廣闊的平原，在星月無光的夜色下，朝西北角的獅子山馳去，後方是金陵城照亮了半邊天的火光和燈光。他的手下均是久戰沙場的精兵，自然而然分作五組，由李天權領一隊人作先頭探路部隊，戰甲和常野望各率百人護在兩翼，方發殿後。他身旁左是曹震，右是蘭翠貞，陣形整齊的往獅子山馳去。那裏有二千援軍等候著他，都是他爲今日之行千中挑一的精銳子弟兵，忠誠方面絕無問題。這次他到金陵，是要爭奪皇位，所以預備充足，內外均伏有精兵，只不過沒有想過是用作逃命之用罷了！

眼看再一盞熱茶工夫，將可抵達獅子山腳會合的地點，前方忽傳來馬嘶人喊的聲音，最前頭的人馬翻跌失蹄，陷進一片混亂裏。李天權的呼叫聲傳來道：「有伏兵！」黑夜的荒原，喊殺震天，慌亂間，也不知有多少人馬由四面八方殺至，千百支火把燃亮起來，照得他們無所遁形。藍玉征戰經驗何等豐富，一看形勢立知此仗有敗無勝，對方人數既多，又早有布置，任自己如何兵精將良，亦遠非對手。究竟是誰出賣了自己？否則怎會有人在這裏等著他們跌進陷阱去。他勒馬停定，殺氣騰騰的眼神落在旁邊的曹震身上。曹震正一臉惶然往他望來，見他神色不善，張口叫道：「不關我的事！」藍玉拔出長矛，電射而去，戳碎曹震的護心銅鏡，刺入他心臟去，把他撞得飛離馬背，「蓬！」一聲掉在地上前，早斃命當場。

戰甲等擁了回來，叫道：「大帥！我們殺出去！」藍玉仰天長笑，高呼道：「兒郎隨我來！」覷準左方敵人較薄弱的一處空隙，一馬當先，領著二百拚死護駕的將兵，殺將過去。他連續挑飛數支激射而來的弩箭後，殺進敵人外圍的步兵陣式裏，長矛在他手上變成閻王的催命符，騰挪挑刺中，敵人紛紛倒地，眞是擋者披靡。戰甲和常野望分護兩翼，使他更能發揮衝鋒陷陣的威力。藍玉大展神威，剛挑飛了一名衝來的騎兵，心口一窒，血氣翻騰，知道因秦夢瑤而來的內傷仍未痊癒，力戰下顯露出來。忙強運眞氣，勉強壓下傷勢，一支冷箭已射在坐騎頸項處，戰馬一聲慘嘶，前蹄跪地，把他翻下馬去。幾名手持籐牌的步兵持刀殺來。藍玉終究了得，臨危不亂，矛尖觸地，彈起雄偉的軀體，同時飛出兩腳，踢在兩個籐盾上。腳用陰勁，內力透盾而入，兩兵登時噴血倒跌。藍玉見那兩人沒有立斃當場，知道自己功力因傷大打折扣，這時他殺紅了眼，抽出佩刀，劈翻了另一邊的敵人，長矛再度抄起，幻起萬千矛影，硬把四周的敵人逼開。戰甲等人殺至，派人讓了一匹坐騎予他，繼續朝前殺去。此時他身旁只剩下五十多人，無不負傷浴血，誰也分不清身上的血是敵人的還是自己的了。

四周盡是一望無際的敵人，刀戈劍戟反映著火把的光影，戰場上千萬個光點在閃動著。藍玉等忽然壓力一鬆，原來衝破了對方的步兵陣。不由大喜加速前衝，只要到達城外的疏林區，將大有逃生希望。

前方一片黑茫茫，不見人影。藍玉心覺不妥時，前方驀地大放光明。無數火把亮了起來，同時外圍兩翼移動，鉗形般合攏過來，把他們圍死在中間處，這次出現的全是騎兵，人強馬壯，陣容鼎盛。藍玉等人心知絕不可停下，死命往四周衝殺，對方只以弩弓勁箭射來，到藍玉只剩下三十多人時，無奈停了下來。藍玉一聲長嘯，手下紛紛下馬，同時下手擊斃坐騎，讓馬屍變成一個臨時的堵護牆，情景慘烈殘忍。三十多人結成小陣，把藍玉團團護在中心，決意拚死力戰。

藍玉一看身旁手下，戰甲、常野望、蘭翠貞和李天權全在，獨缺了一個方發。此人武功只略遜於李天權，應該不會如此不濟，竟闖不到這裏來，心中一動，厲喝道：「方發何在，給我滾出來！」至此他才明白朱元璋爲何要暗殺連寬，因爲如此方發就可補上軍師之位，得知他所有機密，但此時後悔莫及。

一通鼓響，十多騎由敵陣馳出，其中一人赫然是朱元璋，其他人包括了燕王、葉素冬和老公公，其他不認識的尚有四個影子太監和幾個氣度不凡的人，一看便知是高手。方發跟在這些人之後，行藏閃縮。朱元璋等馳至被大軍包圍在核心的藍玉等人陣前十丈許處，勒馬停定。藍玉懾於朱元璋三十多年來的積威，竟罵不下去。

一身戰服的朱元璋凜凜生威，從容一笑道：「藍大將軍猶幸無恙！你早知如此，何必當初呢？想當年朕對爾恩寵有加，以大將軍比之漢代猛將衛青和唐代的李靖。豈知爾恃功驕橫，賦性狠愎，屢次強佔民田，朕派御史往查，竟遭爾捶打強逐。北征回師之際，夜叩喜峰關，關吏開關稍遲，便給爾縱兵毀關而入。朕念爾驅逐故元遺兵，功勳蓋世，對此等惡行一一容忍，還封了你作涼國公，又加封太子太傅，爵祿僅次於若無兄之下，可惜你仍不滿足，人前人後，均說朕待爾太薄。現在更聯結外族，密謀造反，爾還不跪地受縛，讓我交刑部、都察院、大理寺三司會審，朕將會給爾一個公道。」藍玉「呸」的一聲，不屑地吐出一口涎沫。圍在四周的大軍見皇上受辱，一齊喝罵起來，群情激憤。

朱元璋舉起手來，全場立時鴉雀無聲。身旁的葉素冬道：「皇上！不宜讓他說話。」

朱元璋點頭同意，向身後一個矮壯強橫，五十來歲，滿臉鬚髯，只穿便服的男子道：「帥卿家，給朕處理此事！」

那男子拍馬而出，來至藍玉陣前，大笑道：「一別二十年，難怪大將軍不認得帥某。」

藍玉定神一看，吃了一驚道：「是否『亡神手』帥念祖？」

一個在朱元璋另一側極爲瘦高、亦是身穿便服的漢子大笑道：「將軍仍記得帥兄，只不知有沒有將把我直破天忘了？」

藍玉心中駭然，這兩人均爲當年朱元璋座下出類拔萃的高手，武技不在自己之下，想不到多年不聞消息，現在忽然又出現在朱元璋身旁，看來武功定是大有長進，自己縱未受傷，亦不敢輕言可操勝劵，何況在這身有傷患又經苦戰之後的時刻。回觀己方之人，個個面如土色，顯知大勢已去。

帥念祖輕鬆躍下馬來，自有人把戰馬拖開，哈哈一笑道：「藍兄敢不敢和小弟單打獨鬥！」

藍玉回頭低聲道：「我設法逼近朱元璋，你們覷準時間，以火器向四周發射，然後自行逃生，各憑天命。」眾人紛紛點頭。

帥念祖這時又再次搦戰。藍玉深深看了蘭翠貞一眼後，一振手中長矛，大喝道：「帥兄要死還不容易！」大步走出陣外，長矛一擺，迅速搶前，往帥念祖狂攻而去。

帥念祖不慌不忙，往腰間一抹，運手一抖，只見一條腰帶似的東西，迎風一晃，登時挺得筆直，原來是一把軟劍。

藍玉哂道：「帥兄的亡神十八掌哪裏去了？」當年帥念祖從不用兵器，在戰場上只憑雙掌克敵制勝，亡神十八掌名動朝廷內外，所以藍玉才有此語。

敵矛已至，帥念祖仍有餘暇答道：「沒有些新玩意兒，怎送藍兄上路。」揮劍架住了藍玉勢若橫掃千軍的一矛。

朱元璋旁的燕王狠聲道：「若非孩兒身中蠱毒，必親手搏殺此獠。」

朱元璋失笑道：「皇兒何時才學會不親身犯險！」燕王知他暗諷自己親手行刺他，老臉一紅，不敢再說話。

只見矛劍一觸，竟無聲無息凝止半空。藍玉大為駭異，對方軟劍陰柔堅韌，自己全力一矛，不但磕不掉小小一把軟劍，且因對方劍上傳來陰柔之力，想抽矛變招也有所不能，硬和對方拚了一下內勁。藍玉一震退後，強壓下翻騰的眞氣。難怪朱元璋命帥念祖來向自己搦戰，縱使自己功力如前，恐亦非他對手。此退彼進，帥念祖立時劍芒大盛，千百道劍影潮捲而至。

藍玉自知難以倖免，當機立斷，大喝道：「走！」十多道火光衝天而起，投向四周，其中射往朱元璋坐騎處的，都給護駕高手輕易擋開，落到地上，卻燃燒不起來，冰雪遍地，哪會著火！投到包圍的敵陣，卻引起了混亂。戰甲等一聲發喊，全體往西陣逃去。這是他們的聰明處，若分散逃生，活命的機會更是渺茫。朱元璋和身旁各人看也不看逃生的人，注意力只集中到藍玉身上。

這時藍玉被帥念祖驚人的軟劍法，施出或剛或柔怪異無比的招式，殺至左支右絀，全無還手之力。忽地劍勢大盛，連遠在十丈外的朱元璋等人亦可聽到劍氣破空的呼嘯聲時，帥念祖猛地退開。藍玉一聲狂喝，長矛甩手飛出，閃電般往十丈外的朱元璋射來。直破天一聲長笑，飛離馬背，凌空一個倒翻，雙足一夾，憑足踝之力夾實長矛，再一個漂亮翻騰，落到地上。藍玉頹然一嘆，胸口鮮血泉湧，仰天倒跌，一代名將，落得慘淡收場。

這時負責領軍的老將長興侯耿炳文在幾個親將護持下策馬來至朱元璋龍駕前，下馬跪稟道：「老臣辦事不力，賊將全部伏誅，只少了個蘭翠貞！」

朱元璋除了藍玉這心腹大患，心中欣喜，哪還計較走了個女人，笑道：「長興侯何罪之有，此女最善潛蹤匿隱之術，但亦絕逃不過我等布下的天羅地網，說不定是趁亂躺在地上扮死屍，卿家著人仔細搜尋吧！」勒馬往金陵城馳去，長笑道：「朕要親自審問胡惟庸，看他的嘴硬，還是對單玉如的忠心不夠堅定？」眾將忙緊隨左右。

韓柏、范良極和嬌嬌女虛夜月三人憑著絕世輕功，避過守衛耳目，潛入了一座皇城外圍防地的鐘鼓樓的地牢下，來到了進入地道的大鐵門前。

虛夜月奇道：「這麼重要的地方，為何沒有人防守？」

范良極慢條斯理道：「這道厚達一尺的大鐵門只能由內開啓，不但有門鎖，還有三支大鐵閂，把門由內關死，就是龐斑也震它不開。」

虛夜月吐出可愛的小舌頭道：「那你怎樣把它弄開？你又沒帶撞門的工具。」

范良極曲指敲了敲虛夜月的頭，笑道：「所以說你是入世未深的小女孩，才會這麼容易被這小子騙上手，撞門怎行？只要有些微聲響，負責以銅管監聽地道的禁衛會立即發覺，只要借鼓風機把毒氣送入地道，就可把你悶死。」

虛夜月和他笑鬧慣了，只一臉不服，撫著被他叩痛了的頭皮，嘟起了可愛的小嘴兒。

韓柏哂道：「這樣說就算你有方法把門弄開，只是開門聲便可驚動守衛了？」

范良極得意洋洋道：「算你夠聰明！猜到我曾潛入地道把門鎖打開，不過我看你仍是腦力有限，想不到我曾在門鎖處加上潤滑劑，保證再開門時無聲無息。」

虛夜月奇道：「這麼容易便可出入地道嗎？」

范良極道：「當然不容易，要怪就怪你爹，宮內所有地道的出口，都設在空曠處，只要鑽出去，立即會給人發覺。」

虛夜月奇道：「那你如何鑽出地道呢？」

范良極道：「凡地道都有通氣口，再告訴你一樣本大哥的絕技，就是縮骨術，幾乎連耗子的小洞都可以鑽過去。」

虛夜月岔然道：「吹牛皮！」

韓柏伸手過來摟著虛夜月的小蠻腰，哂道：「那我們可回家睡覺了，除了你這老猴外，誰可鑽過那些通氣口？」

范良極一手抓著他胸口，惡兮兮道：「再說一句回去，我便閹了你這淫棍。」虛夜月聽得俏臉飛紅。

豈知韓柏更是狗嘴吐不出象牙，笑道：「閹我？月兒不殺你頭才怪！」虛夜月羞得更不知鑽到哪裏去才好。

韓柏訝道：「老賊頭你有很多時間嗎？爲何儘在這裏說廢話？」

范良極另有深意道：「當然有的是時間，朱元璋離宮去對付藍玉、胡惟庸和楞嚴，哪能這麼快回來？」

虛夜月和韓柏失聲道：「爲何要等他回來？」

范良極成竹在胸，在懷裏掏出一個布袋來，重甸甸的，不知裝了些甚麼東西，塞給韓柏道：「待會我們從被我弄寬了的通風口潛入皇宮後，你便拿著這東西朝坤寧宮逃走，那是內宮，守衛最嚴密，記著不要殺人，然後乖乖被捕，那便可完成了你在這次最偉大的盜寶行動中賦予的使命。」

韓柏呆了一呆，隔袋摸過了袋裏的東西後，逐漸明白過來，湧起怒容道：「你這老賊頭，爲了偷東西，竟要我白白犧牲。」

虛夜月仍是一頭霧水，伸手往韓柏手中布袋摸索幾下後，叫道：「我明白了！這是只仿製的九龍杯！」

范良極怪笑道：「我這小妹子眞冰雪聰明。」接著向韓柏道：「你不是說朱元璋肯任我去偷東西嗎？你這就是偷給他看，朱元璋難道會爲此殺了你嗎？給押到他龍座前，你只說是爲我接贓，其他一切都不知道。不過切記加上一句『好像他還偷了其他東西，這只是其中一件。』那朱元璋定要親往查看，並要把這假的放回原處，我便可憑此知道九龍杯是放在哪裏，搶先一步盜寶而回。看！事情多麼簡單，事後除非朱元璋拿杯飲酒，否則怎會知道九龍掩月杯失竊，知道時我們早離開京師。」

韓柏和虛夜月亦不由佩服他賊略的大膽和異想天開，難怪他能成爲天下首席大盜。

虛夜月記起一事道：「不成呢！方夜羽約了韓郎今晚子丑之交在孝陵決鬥，這麼一鬧，韓郎怎能依時赴約？」

韓柏若無其事道：「失約就失約吧！有甚麼好打的！」

虛夜月聽得啞口無言，旋即「噗哧」掩嘴失笑，神情歡欣。方夜羽的武功深淺難知，既敢約韓柏決鬥，自然是有幾分把握。虛夜月遇上韓柏，沉醉愛河，哪還會像以前般愛找人比拚，自然亦對韓柏是否要充英雄毫不介意。

范良極捲高衣袖道：「好了！讓我們進禁宮盜寶去也。」

龐斑嘴角逸出笑意，看也不看無想僧凌空印來的一掌，提腳輕踢。這一腳落在無想僧眼中，以他七十多年的禪定功夫，也要吃了一驚。問題出在這一腳的意向。他清楚地知道龐斑這一腳的目標是他的小腹，使他駭然的是這一腳竟突破了時間的局限，使他的直覺感到在手掌擊中龐斑前，必會先給對方踢中。這是完全不合情理的。他後發的腳怎可快過自己先至的一掌？想歸想，這感覺卻是牢不可破地「實在」。無想僧一聲禪唱，雙目低垂，眼觀鼻鼻觀心，就在虛空裏旋轉起來。這得道高僧似若變成了千手百腳的佛，千百道掌影腳影，離體拍踢，似是全無攻擊的目標，也似完全沒有任何目的。

龐斑油然一笑，點頭道：「這才像樣！」那一腳依然踢出，但迅疾無比的一腳卻變得緩慢如蝸牛上樹，那種速度上的突然改變，只是看一眼便使人既不能相信，又難過得想發瘋。無想僧轉得更急了，忽然失去了本體，只剩下無數手腳在虛空裏以各種不同速度在舒展著。這情景理應詭異莫名，但卻只予人安詳崇敬、佛光普照的感覺。短短剎那間，無想僧由攻變守，而龐斑卻是由守轉攻。龐斑那慢得不能再慢的一腳，「轉瞬」已踢入了手影腳影裏。那是完全違反了時間和空間的定律，在你剛感到這一腳的緩慢時，這一腳早破入了無想僧守得無懈可擊的「佛舞」裏。「蓬！」無想僧一掌切在龐斑腳上，本體再次現形，流星般掠退往後，到了另一大宅的屋脊處。

龐斑負手傲立原處，輕柔道：「無想兄無論禪心和內功修爲，均臻大乘之境，成就超過了當年的絕戒大師，更難得是去了勝敗得失之心，眞是難得至極，使龐某把其他事全忘掉了。」

無想僧無憂無喜，低宣一聲佛號，道：「龐施主突破了天人局限，由魔入道，氣質大變，最難得是捨棄世俗征逐，比我們出家人更徹底，無想此來，全無冒犯之心，純是禪境武道上的追求，請龐施主不吝賜教。」

龐斑一聲長笑道：「這二十年來，龐某早將修習多年的魔功棄而不用，剩下的就只是一些拳腳，不如讓龐某打大師三拳，若大師擋得住，今晚就此作罷好了。」接著雙目寒光一閃道：「大師若接不住，立時會到西天去向諸位仙賢請安，莫怪龐某手下不留情，因爲想留手也辦不到。」

無想僧法相莊嚴，合什道：「龐施主請！」

龐斑莫測高深地微微一笑，忽然消失得無影無蹤，只餘一座空樓。無想僧容色不變，垂下頭來，低宣佛號，一時萬念俱寂，無思無慮，進入佛門大歡喜的禪道空明境界。狂飆由四面八方旋風般捲來，及身一尺外而止。無想僧像處身在威力狂猛無儔的龍捲風暴的風眼中，四周雖是無堅不摧的毀滅性風力，這核心點卻是浪靜風平，古井不波。風暴倏止。接著是一股沛然莫可抗禦的力量，把他向前吸引過去。無想僧把無想功提至巔峰境界，眼瞼低垂，身旁眼前發生的所有事物，儘當它們是天魔幻象，毫不存在。縱是如此，那股大力仍把他吸得右腳前移了半寸。只「見」龐斑似魔神由地獄冒出來般在前方升起，一拳往他擊來，變幻無窮，似緩實快。無想僧這時眼神內守，理應「看」不到龐斑，由此證明了禪心給龐斑以無上的精神力量，破開了一絲空隙，「侵」了進來。無想僧保持禪心的安靖，兩手揚起，鼓滿兩袖氣勁，由內往外推去。「轟！」的一聲氣勁交擊。無想僧身不由己，往後飄退，又落到另一屋宅「人」字形傾斜的瓦背上，還踏碎其中一塊瓦，方才站穩。

龐斑代之立在他剛才站的屋脊處，負手含笑而立，像從來沒有出過手的樣子，欣然道：「痛快極了！想不到無想兄竟能擋龐某全力一擊，使龐某有渾身舒泰的快意。」

無想僧毫不因落在下風而有頹喪之色，清癯的臉容逸出笑意，緩緩道：「龐施主武功已臻人所能達的天人至境，化腐朽爲神奇，絢爛爲平淡，雖只一腳一拳，卻使貧僧感到內藏無盡的天機妙理。尤難得者，已沒有上兩次貧僧深切感受到的那殘殺眾生的味道。」

龐斑優閒地環視四下一望無盡的屋脊奇景，眼光落到遠方燈火輝煌的皇城時，眼中閃動著奇異的神采，充滿了渴望和馳想，隨意應道：「這正是魔門和白道正教的分別，你們若要殺人，必須找到這人該殺的理由，才能凝起強大的殺意，名雖殺人，卻是要救活其他人。我魔門則不理這一套，不把眾生生死擺在眼裏。至於誰對誰錯，卻是另一回事。例如大師可否告訴龐某，朱元璋究竟算是好人還是壞人，那當然是依佛門好壞的標準而言。」

無想僧苦笑道：「但願貧僧能有個肯定答案。」

龐斑收回望往皇城的目光，冷喝道：「好！無想果非強辯虛偽之徒，便讓龐某再贈大師兩拳。」

語音才落，天地色變。無想僧忽地發覺整個金陵城都消失了，天地間只剩下了他和龐斑，後者正一拳向他擊來。龐斑似若在極遠處，但又像近在眼前。那種距離上的錯覺，以他堅若磐石的禪心亦不由起了個小漣漪。波動一發不可收拾，席捲心神。前前後後無數股力道，把他往不同方向拖拉撕扯。他一聲禪唱，謹守著有若在風雨飄搖、急流巨浪的大海中內掙扎求存那一葉小舟般的靈明。耳際同時異響大作，宛若眞的置身於萬頃洶湧澎湃的波濤中，換了別個定力較差的人，早心悸神飛，不戰而潰。無想僧知道對方正以嫡傳魔宗蒙赤行精神戰勝物質的魔門奇功，克制著自己的禪心，怡然不懼，口中一陣低吟。一陣梵唄誦經的聲音，似由天外傳來，又若由無想僧口中傳往天外，悠揚而不可及。瀰漫全場的魔森之氣，亦要削弱了三分。無想僧優美雪白的手彈上半空，化作無窮無盡的手勢印相，接著駢指如戟，輕描淡寫地朝前點去。指勢甫發，他全身袍服都鼓脹起來，呈現出無數的波浪紋，同時隨著指勁周遭湧起無數氣旋，往前湧奔而去。「波！」指拳交接，無想僧全身劇震。龐斑在一觸間，分別把兩股正反不同的眞氣破入了他體內，那就像有兩名力士把他拉扯著，使他無所適從，根本不知應抗拒哪一個人才好，最後勢將落得硬撕開作兩半。在體內那就更是欲拒無從。龐斑飄回原處。無想僧猛地將敵我雙方所有眞氣收歸丹田，以意導氣，急旋兩轉後，「嗶！」的一聲噴出一口鮮血後，全身回復輕鬆適意。他又發覺自己卓立於瓦背之上，一切與前無異。金陵仍是那麼壯麗。尤其皇城的燈火，更使人感到這裏山靈水秀，乃天下的中心和樞紐。

龐斑長笑道：「大師眞了得，竟能以這一口鮮血化去龐某必殺的一招。這最後一拳免了吧！」

無想僧遙向龐斑合什敬禮，欣然道：「多謝龐施主一腳兩拳的恩賜，貧僧受益之大，實難以想像，這就返回少林，閉關面壁。」再微微一笑道：「三戰三敗，可是無想反對施主生出知己感覺。眞是痛快。」

龐斑嘆道：「不愧佛門高人，提得起放得下。」

無想僧一聲佛號道：「天下間確只有浪翻雲才能與施主一爭雄長，只恨攔江之戰，貧僧不能親眼目睹。」

龐斑眼中射出熱烈的光采，微笑道：「若大師不能拋開此念，最終將一事無成。」

無想僧灑然一笑道：「無想曉得了！」飄身凌空飛退。聲音遙傳過來道：「施主每次遠眺皇城時，爲何眼神都如此奇怪？」

龐斑柔聲答道：「因爲那裏正有遠來貴客，靜心地守候龐某。」話尚未完，一代少林高僧，沒入了金陵城的黑夜裏。

浪翻雲終於以電掣似的眼神，迅快地看到單玉如絕世的玉容，以他的修養，心中亦不由湧起訝意。在他的心裏，最美麗的女性當然是紀惜惜和言靜庵，那是牽涉到感情的主觀感覺，尤其這兩位美女均已香消玉殞，更長留美好的印象。紀惜惜和言靜庵外，秦夢瑤的氣質是無與匹敵的。可是當他面對單玉如時，卻不得不承認這名副其實的女魔頭，擁有一種雖與秦夢瑤迥然相異，但卻絕不遜色的氣質。若說秦夢瑤是不食人間煙火的仙子，她便是能顚倒天下男人的魔女。但她絕不是蕩意撩人的艷女，反而是長相端莊，動人處是她從秀麗的輪廓和一種由骨子裏透出來惹人愛憐、楚楚動人的氣質。無論想像力多麼豐富，也不會把她和老謀深算，狠冷毒辣連在一起。尤其她驚人的美麗是絕無瑕疵的，每寸肌膚都是那麼白皙嬌嫩，使人怎麼也不肯相信她是年過六十的人，就若言靜庵般，達到了青春常駐的境界，看來比她女兒恭夫人還要年輕。她那對秀眸就像深黑夜空中掛著兩顆璀璨的明星，充滿了水分和大氣的感覺，寧靜宜人，使見者無不聯想到她不但有美好的內涵修養，性格還應是溫柔多情的。她身上穿著及地的廣袖闊袍，衣帶生風，烏黑的秀髮襯著雪膚白衣，那種強烈的對比，使浪翻雲亦感目爲之眩。單玉如不用施展任何誘惑手段，就那麼盈盈俏立，已足可迷倒天下蒼生，使人生出纏綿不盡，婉轉依依的銷魂感覺。

她又是那麼如煙似夢，教人難以捉摸，感到不可能擁有如此般美好的事物。當浪翻雲迅快地打量她時，單玉如亦以充滿渴想的醉人眼神好奇地回敬他。

水月大宗一聲冷喝，道：「浪翻雲！你不是要求動手嗎？」

浪翻雲微微一笑，點頭道：「正是如此，水月兄想不動手也不行。」

一陣嬌笑來自單玉如檀口中，聲音清甜柔美，涓涓若清風，清澈如流泉，即使天籟，亦不外如是。這女人難怪能臻達媚術的最高境界，最厲害處，就是使人絕不會覺得她在媚惑你，但偏是一顰一笑，均教人心生憐意，恨不得把她修美動人至無以復加的玉體，擁入懷中蜜愛輕憐。尤其她的美麗有種不具實體的魔異感覺，更使人生出像追求一個美夢的心情。

單玉如笑罷回復止水般的安然，秀眉輕蹙，柔聲道：「浪翻雲終於來了！」

浪翻雲伸手懷中，掏出酒壺，在兩大高手眼睜睜瞧著下，優閒灌了三口，笑道：「不但浪某來了，龐斑也來了，刻下正在皇城外欣賞夜色呢。」

水月大宗神色不動，一直全神觀察著浪翻雲注視單玉如和喝酒的動作，只要對方露出一絲空隙，他的水月刀立會乘虛而入，取敵首級。

單玉如聽得龐斑之名，秀眉揚起，輕呼道：「噯喲！那妾身和水月先生更要速戰速決了，翻雲勿怪妾身，你的覆雨劍實在太厲害了。」

指尖火光倏地熄滅，大殿立時陷進先前伸手不見五指的暗黑中。「叮」的一聲清越激響，單玉如以之橫行江湖的一對玉環交擊在一起。聲音竟來自浪翻雲的背後。把水月大宗的刀嘯聲和單玉如飄移的聲音全遮蓋了。暗黑裏的浪翻雲悠然一笑。覆雨劍再次出鞘。

寒碧翠專心地爲愛郎戚長征的長靴綁紮靴繩。戚長征背插天兵寶刀，面容肅穆，眼中射出堅定不移的神色。他與鷹飛實有三江四海般的深切仇恨，若非鷹飛連施狡計，不但水柔晶不用死，連封寒等人亦可避過大劫。尤其現在褚紅玉已成了他的人，他更要鷹飛以血來清洗她曾受的恥辱。他反而不是那麼恨甄夫人，她對付水柔晶的手法可算是留有餘地，若她讓柔晶落到鷹飛手上，更是不堪設想。至於甄夫人長街施襲，亦是依足江湖規矩行事，先下戰書，再兩軍交鋒，在這種情況下自是傷亡難免。她爲的是公仇，而非私怨。況且在眼前這種形勢下，他戚長征爲了大局著想，儘管無奈也只好把她放過。何況她能否逃返域外，仍是未知之數。他眞的感謝老天爺賜他與鷹飛決戰的機會，不過對方亦必也在感謝老天爺。今晚之後，他們只有一個人能活著。

寒碧翠爲他穿好長靴後，站起來緊摟著他，深深一吻後道：「不用記掛著任何人，放手去殺敵取勝吧！不論生死，碧翠永遠是你的人。」

戚長征哈哈一笑，湧起萬丈豪情，伸手摟著她柔軟的腰肢，走出門去。鐵青衣拉著兩匹神駿至極的駿馬，正和風行烈和他的三位嬌妻閒聊著，神態如常，一點沒因兩人去赴生死之約而緊張。反是谷姿仙三女憂色忡忡，沒有半絲笑意。

戚長征隔遠大叫道：「三位好嫂嫂放心，老戚保證小烈旗開得勝，取年老賊首級而回。」

風行烈肩托接好了的丈二紅槍，身體挺得比紅槍還筆直。

鐵青衣笑道：「我也以此語贈給三位夫人，只看行烈站立的姿態，便知他功力大進，不遜乃師。」

戚長征留心打量風行烈的站姿，確是另有一番懾人之態，羨慕道：「這站法是怎麼學的？」

風行烈正容道：「鐵老眼力眞好，自第一天學藝，師父便教我站立之法，他說只有一種站法才能取得身體的絕對平衡，就是當後腦枕和脊骨成一絕對的垂直線時，才可做到。」接著苦笑道：「說來慚愧，這兩個平衡點我還是剛剛找到，靈感來自當日在空中目睹師父和龐斑決戰時的姿態，無論紅槍千變萬化，師父仍保持在絕對的平衡中。」眾人聽到如此玄妙的道理，均嘖嘖稱奇，亦對厲若海生出高山仰止的崇慕。

谷倩蓮聽得心情轉佳，這才有閒想其他事，奇道：「韓柏那傢伙和月兒爲何尚未回來？」

鐵青衣笑道：「不用擔心他，沒人比這小子的福命更大的了。」眾人爲之莞爾。

鐵青衣把兩匹駿馬交給兩人，笑道：「這是府主精心配種培殖的十匹良駿中最好的兩匹，有牠們的腳力和速度，必可使兩位如虎添翼。這也是府主贈給兩位的賀禮。」

戚風均是愛馬的人，忙撫馬頸，先套點交情。兩馬非常懂性，以馬頭觸碰兩位新主人。

戚長征飛身上馬，放蹄奔了開去，不一會轉了回來，信心十足大笑道：「我老戚現在連龐斑都敢挑戰，更不要說區區一個鷹飛了。」

風行烈被他激起豪情，翻到馬背上，心中忽然湧起一種奇怪的感覺。他已變成乃師厲若海。

龐斑迅速在皇城內移動，儘管守衛森嚴，他卻如入無人之境，沒有人能覺察到他的行蹤。他當然避開了有特級高手守護的重地，亦避開了浪翻雲和水月大宗及單玉如交手的後宮。以龐斑的修養，給浪翻雲捷足先登，接去了水月大宗這麼難得的對手，亦唯有暗嘆倒楣。幸好他還有個更深不可測的鷹緣。由動身離開雞籠山開始，他便感應到鷹緣的心靈。他完全不知道見到鷹緣後會發生甚麼事。而這正是鷹緣最吸引他的地方。神舒意暢間，他踏上通往太監村的山路。

朱元璋看著胡惟庸攤在地上的屍身，龍顏震怒。嚴無懼、葉素冬、燕王棣、直破天和帥念祖五人全噤口不敢說話。

朱元璋冷哼道：「韓柏說得不錯，單玉如是蓄意犧牲胡惟庸，且爲了保持秘密，更要殺人滅口，我們終是棋差一著。」

嚴無懼道：「根據調查，胡惟庸應是在我們攻入丞相府時才死去的，找到他屍體時，尚是溫熱，這樣看來……」

朱元璋打斷他道：「朕才不信他會自殺，何況還有一條我們不知情的地道，大可供他逃走。單玉如的人能把時間拿捏得那麼準，這代表她們情報準確，只是這點，就絕不可小覷她。」接著冷冷道：「楞嚴聞風先遁，是最好的例證。」

葉素冬奇道：「但楞嚴只是龐斑的……」

朱元璋顯是心情不佳，打斷他道：「楞嚴既勾結得胡惟庸，亦可勾結單玉如，只看他今晚可逃過大難，便知其中大有關聯。」沉吟半晌後道：「你們可散播消息，說朕大壽一過，立刻將陳貴妃處死，朕才不信引不出楞嚴來。」

眾人同時一震，難道楞嚴竟和朱元璋最寵愛的陳貴妃有私情。朱元璋還要說話時，遠處傳來鐘鳴鼓響。眾人同時一呆，是誰如此大膽，竟敢夜闖禁宮。

朱元璋雙目凶光一閃，揮手道：「不論是誰，給朕立殺無赦。」眾人齊聲應諾，飛掠而去。只剩下燕王一人垂首恭立。朱元璋忽然露出倦容，伸手按著書桌，支持著身體。

燕王惶然道：「父王沒事吧！」

朱元璋搖頭苦笑道：「唉！太久沒有策馬飛馳了，雖是痛快，也令人感到勞累。」站直身體，又再容光煥發。微微一笑道：「過了這三天，父王策立你作儲君，凡被懷疑與單玉如有關的人均一律處死，允炆也不例外。哈！若無兄的相道眞厲害，他看中的人，絕不會差錯的。」

燕王心頭一陣激動，他夢寐以求的事，終於得到了。

單玉如的一對玉環像爭逐花蜜的狂蜂浪蝶般滿場遊走，發出刺耳的呼嘯聲，忽現忽隱，時遠時近。有時若來自九天之外，有時則似由十八重地獄最底的一層傳上來。使人再難相信自己是處身在一個固定的大殿堂裏。就像這空間可隨時改變，完全失去了自己的位置，敵人的方位。單玉如這種憑聲擾敵的魔門秘法，確是厲害至極。假若浪翻雲分神去審辨玉環的眞正位置，那還怎能應付水月大宗的水月刀。何況除單玉如和水月大宗外，還有一個強敵隱身正門處，這個人予他非常熟悉的感覺，因爲他們早有一面之緣了。這個人就是楞嚴。浪翻雲舉劍貼在前胸，收斂心神，登時萬緣俱絕，眼耳鼻舌身意這使人「執迷不悟」的「六根六賊」立時斷息。就在這刻，在暗中窺伺，靜待這天下無雙的劍手稍一分神，即全力出手的三個敵人，忽爾失去了浪翻雲的位置，感到他似是融入了空氣裏，與大殿的空間和黑暗渾成了一體。他們無不大吃一驚。這是不可能的。三人雖達不到浪龐兩人應敵時的「鎖魂」境界，可是都有憑對手生命釋放出的生氣來追蹤敵人位置的觸感。何況人體內部血液流動，脈搏心跳，都會發出微細的聲音，只是這些，便絕瞞不過他們這種級數的高手。可是現在這絕不可能的事卻在眼前發生了。登時泛起玄之又玄的怪異感覺。

只是簡單的「靜立」，浪翻雲輕鬆地破了單玉如厲害無比，最能在黑暗中發揮威力的魔門秘技——魔音擾魂大法。浪翻雲暗叫可惜，若對手只有一人，他可趁剛才對方吃了一驚之時，立展殺手，取得上風，直至斃敵取勝才從容離去。「啪！」的一聲，大殿的一角爆起一團清紫的強芒，把整個大殿的空間沐浴在奇異的色光裏。亦把對峙殿內的三人照得纖毫畢現。水月大宗移了位置，到了浪翻雲的左後側。單玉如則站在浪翻雲的正前方，在奇異的色光裏，她更是美艷得詭異和不可方物，功力稍淺者，看一眼後怎也捨不得移開目光，說不定還要失魂落魄，心神失守。殿內靜得落針可聞。那對玉環早不知去向。強芒剛亮時，浪翻雲立即發動主攻。先是身前爆起一團光雨，倏地像單玉如那團魔火般擴散，劍雨激射全場，教敵人完全不知道他會由何方攻來。而浪翻雲的本體卻消失在劍雨光芒裏。水月大宗和單玉如當然不會像一般庸手般，以爲浪翻雲眞的消失了。這是覆雨劍法其中一項特點，就是藉劍雨的反照，刺激和瞞蔽敵人的眼睛，使對手只看到劍雨的反光，而看不到其他東西，那就像他消失了那般。單玉如曾處心積慮研究對付浪翻雲的方法，所以才採己之長，想出了在絕對黑暗中與他交手的方式，豈知更是危險不濟，這才在無奈下使光明重現，被迫要接受眼前這比世間任何煙花更炫目好看的覆雨劍芒。

水單兩人一聲不響，同時出手。水月大宗把氣勢蓄積至巔峰的一刀，以他那奇異飄忽，曾教乾羅神顫膽怯的步法和變化萬千的招式，以一個優美至毫巔的弧度，由後側攻上。水月刀化成一彎月青芒，挾著無堅不摧的刀氣，橫斬浪翻雲腰腹。他的眼雖看不到浪翻雲，但卻清楚感知到對手的位置，否則他大可拋刀認輸了。單玉如兩袖自動捲了上去，露出光緻嫩滑、閃閃生輝，使人目眩神搖的兩截藕臂。這女人的媚功達到了前無古人的境界，尤勝當年的白蓮珏，不用赤身裸體，只露出兩截小臂，便能像吸鐵的磁石般，吸攝著任何人的注意和精神，以至乎吸去三魂七魄。她雙手作出一個曼妙無比的姿態，往上一翹，立時多了一對直徑約尺半的碧綠玉環，來自無方，像隔空取物般突然和奇怪的出現，只是這一手，已足可使她穩坐中原魔門第一人的寶座。與後來脫離魔門，另創門戶的赤尊信分庭抗禮。兩環交擊，發出使人神搖魄蕩的一擊後，兩環像有靈性的分左右發出，以驚人的速度繞著圈，由大外檔向劍雨的核心攻去。同時單玉如兩掌像一對追逐嬉戲的蝴蝶般，在美麗的酥胸前幻化出妙相紛呈的嬌姿美態。假若浪翻雲的精神落到她那對纖美白皙的玉手上，立時會發覺她酥胸的誘人力量百倍地增強，尤其是她正以獨特的方法，使酥胸的高低起伏別具誘人韻致，只要稍被吸引，將會不由自主地把心神投入進去。如此媚功，連浪翻雲也從未曾見過和聽人說過。單玉如全身衣袂飄動，綵帶飛揚，像靈蛇般在身體旁擺舞，既是美極，又是詭異莫名。她似乎全無動作，但竟和水月大宗同時衝入他覆雨劍圈的外圍處，配合著水月大宗向他展開最凌厲的合擊。

在這電光石火的剎那間，浪翻雲肯定了單玉如的功力比水月大宗還要高出一線。以浪翻雲的絕世劍法，亦沒有可能同時硬擋這兩大頂尖高手的同時一擊，何況還有一個暗中窺伺，蓄勢以待的楞嚴？他催動劍氣，劍雨立即像千千萬萬的螢火蟲，或似燈蛾撲火般往單玉如飛擁過去。同時閃電後移，往水月大宗迎去。那對玉環卻像能自主般追擊而至。在身體剛動的剎那，浪翻雲閃電的向左右虛空劈出兩劍。掌勢擴大，硬擋浪翻雲能割肉碎骨劍雨的單玉如驀地嬌軀劇顫，掌化爲爪，往虛處遙遙抓去。把被浪翻雲以無上劍法，割斷了她馭環眞氣，行將落地的玉環隔空收回，免去了玉環掉下的醜相。同時雙環再度送出，前追後逐的，破入劍雨內，加速追擊正要迎頭痛擊水月大宗的浪翻雲，免得水月大宗獨對浪翻雲。正在全力運刀的水月大宗，忽感周遭劍氣嗤嗤，無數細小但威力無比的渦旋，在四周不住撞擊，朝他攻來，忙放緩了攻勢，好配合單玉如的一擊。那感覺就像在驚濤駭浪中，根本不知應付對手那一方面的攻勢才是恰當。至此才深切體會到覆雨劍法的厲害。光點倏消，雨點般的劍氣卻有增無減。浪翻雲露出身形，竟仍卓立原處，像是從沒有移動過。水月大宗和單玉如均心中懍然，知道浪翻雲竟然以絕世的身法和速度，愚弄了他兩人。本來理應是水月大宗先與浪翻雲接觸，現在卻倒轉過來，反是浪翻雲首先與單玉如交上手。相差雖只是電閃般的短暫光陰，卻恰好破了兩人合擊之勢。

「噹噹！」兩聲清越好聽的激響，覆雨劍以肉眼難察的高速，不分先後地從千萬環影裏找到眞身，猛劈在單玉如蝶舞翩翩的成名兵器上。單玉如劇震兩下後，玉手和玉環同時消失不見，原來一對廣袖蓋了下來，迎風鼓脹，一袖搭向覆雨劍，另一袖照面往浪翻雲拂去，勁氣如長波巨浪，鋪天蓋地往浪翻雲捲去。只要能牽制浪翻雲剎那的光景，他將避不開趁勢而至的水月刀。交手至此，三大頂尖高手各施奇謀，沒有絲毫可供猶豫喘息的間隙。水月大宗面容古井不波，進入刀道無人無我的至境，水月刀在空中忽現忽隱，仍是攔腰斬向正面與單玉如交鋒的浪翻雲。縱使在這生死力拚的關頭，單玉如仍是眉顰眼怨，一臉楚楚動人的神色，教人不明白她怎能一邊痛下殺手，卻仍能保持這種嬌怯表情。面對單玉如翠袖狂風的浪翻雲神情優閒，嘴角忽飄出一絲瀟逸的笑意，深深望了單玉如一眼。單玉如給他這一眼看得膽戰心驚，似乎自己所有秘密弱點，一點不漏的被對方這含有無上道法、洞悉無遺、深邃難測的眼神看穿看透。所有魔門秘術和媚法全派不上用場，都變成掩不住對方眼目的小把戲。這還不是最令她震駭的地方。使她更訝然不解的是，對方理也不理自己攻向他的雙袖，反手一劍，劈向水月大宗攔腰砍至、驚天動地的一刀上。她別無選擇，一對翠袖全力由內往外送往浪翻雲，袖內藏環更是暗蘊必殺的妙著。窺伺一旁的楞嚴這時終於找到機會，由正門處閃掠而至，手中的一雙「奪神刺」一先一後，迅雷追急電般由另一側猛攻浪翻雲右後方的空檔。三大高手，終於全力出擊。敵我雙方都要速戰速決。

忽聽浪翻雲哈哈一笑，覆雨劍倏地加速，劈在水月刀鋒處。事實上水月大宗已盡展渾身解數，變化了十多次，以眩惑敵人，可是浪翻雲頭也不回，平實得似笨拙的一劍，偏偏可以一著封死了他所有變化，就像是水月刀又乖又合作地送上去給他的覆雨劍砍劈那樣。這時單玉如一對翠袖眼看要拂中浪翻雲，忽然單玉如兩手劇抖了一下，一聲悶哼，倉皇飛退，還噴出了一口鮮血，聲勢洶洶的攻勢頓時土崩瓦解。原來就在翠袖要拂上浪翻雲的一刻，手內一對玉環忽傳來無可抗禦的驚人氣勁，這才醒覺敵手如此有恃無恐，是因浪翻雲剛才劈中玉環時，竟傳入了一先一後兩波內勁。單玉如硬擋了一波後，另一波到現在才由玉環沿經脈直攻心臟，若非單玉如魔功深厚，藉噴血化去內勁，這一招可穩取她性命。單玉如早把浪翻雲估計得很高，但到這刻眞正交手，才知他比自己想像中的更要厲害，難怪他能成爲龐斑認許的對手。「噹！」覆雨劍毫無花巧的劈在水月刀鋒處。水月大宗全身劇震，立即運足眞氣，連擋由覆雨劍傳過來一波比一波強勁，一浪比一浪急劇的七重劍氣。不要說變招，連抽刀退走亦有所不能。殺氣大盛。浪翻雲轉過身來，雙目神光閃動，暗含殺意。「波！」的一聲，浪翻雲反手往牆角高燃的魔火虛虛一按，光芒立時熄滅，大殿重新陷入伸手不見五指的暗黑中。這時楞嚴離開浪翻雲只有數尺距離，眼前一黑，同時失去了浪翻雲的位置。大駭下抽身猛退。異響大作。覆雨劍發出氣勁急旋時獨有的嗤嗤激響，漫布在全場每一寸空間裏。單玉如和楞嚴同時生出錯覺，就像浪翻雲捨下了其他人，全力向自己攻來。只有水月大宗的感覺是眞的。忽地間千百道劍氣，長江大河般向他湧來。水月大宗知道這是生死關頭，收心內守，刀遵神行，倏忽間擋了浪翻雲十八劍。

「鏗鏘」聲不絕如縷，十八下交擊聲就像一下驟響，可知這十八劍的速度是如何駭人。這十八劍絕不簡單。忽輕忽重，但無論或輕或重，每一劍均把水月大宗緊緊吸啜著，教他無法抽身後退，再組攻勢。那感覺就像陷進蜘蛛網中的飛蟲，一對翅膀給蛛線黏著，似乎掙扎一下立可逃出，可是愈掙扎，黏得愈緊，更沒法振翅高飛。單玉如心中焦急，這時她退到了牆邊，知道若給浪翻雲宰了水月大宗，那自己亦難倖免。因為浪翻雲的精神鎖定了她的精神，她無論避到哪裏，對方均能在氣機牽引下，追到天腳底也會把自己趕上殺死，除了有人能吸引開他的注意，哪怕是眨眼光景，她才有逃生的把握。而她仗之橫行的魔功媚術，對這早達天人極限的蓋世劍手來說，根本起不了半分作用。黑暗對浪翻雲比對他們更是有利。當機立斷，兩對翠袖分別飛出一個魔門特製的芒火彈。同時咬破舌尖，噴出鮮血，以魔法催動潛能，不顧自身地往刀劍交擊處撲去。環聲烈嘯，勁氣狂捲。楞嚴得龐斑眞傳，亦知時機一瞬不再，提攝心神，再配合著單玉如合力搶攻。一時兵刃與勁氣破風聲瀰漫全場。在芒火彈爆亮前，浪翻雲再劈出平實的五劍。水月大宗又是另一番斷魂滋味。擋第一劍時，已覺對方劍逾萬斤，可是對方一劍比一劍重，尤其在這漆黑如墨的環境裏，對方竟似能清楚見物，每一劍劈來的角度，均刁鑽至使他無法以全力相迎，可憐他甚至摸不清浪翻雲的位置，只能遇招拆招，彼長我消下，擋到第五劍他早汗流浹背。浪翻雲人劍忽地化入了天地中，不餘半點痕跡。水月大宗亦是一代宗師，換了別人早抽身急退，他卻凝立不動，水月刀高舉頭上。芒火亮起。浪翻雲出現在水月大宗後方處。水月大宗一個旋身，水月刀閃電般朝浪翻雲額頭劈去。單玉如和楞嚴反變成從水月大宗後方左右掠至。

浪翻雲清亮的微微一笑道：「這一劍是獻給乾羅兄的！」劍雨倏地爆開，身形消失不見。水月大宗一聲狂喝，猛劈而下的水月刀神蹟般消失了，下一刻出現時，變成橫掃在劍雨的核心處。最詭異的事情發生了。劍雨散去。露出覆雨劍和水月刀交擊凝定於半空的刹那光陰。然後再爆起漫空劍雨，把兩人完全籠罩。水月大宗一聲慘哼，往前倒跌。浪翻雲忽然出現在水月大宗左後側，曲肘輕輕撞在水月大宗後心處。「噹噹！」兩聲，覆雨劍同時不分先後劈中單玉如的玉環和楞嚴的奪神刺。兩人踉蹌跌退時，水月大宗輕若羽毛般離地飄起，全身骨骼劈啪作響，七孔同時噴出鮮血，當他撲倒地上時，變做了一攤沒有一塊完整骨頭的肉泥。東瀛絕代刀手，就此慘死當場。單玉如楞嚴分別落地，攤開門戶，卻都面無人色。誰猜得到浪翻雲厲害至此。浪翻雲若無其事地微微一笑道：「這樣的刀法，竟敢來我中土爭雄？」單玉如被浪翻雲的劍氣遙遙罩著，指頭都不敢動半個，更不要說逃走了。

浪翻雲望向楞嚴，柔聲道：「念在你乃龐斑之徒，給浪某滾吧！」

楞嚴臉上顏色數變，看了一言不發，鐵青著臉的單玉如一眼後，咬牙道：「既知我是龐斑之徒，怎會是臨陣退縮之輩？」

浪翻雲微笑道：「那就隨便你吧！」轉向單玉如嘆道：「教主錯失了逃走的機會了！剛才浪某搏殺水月大宗時，耗費了大量眞元，露出一絲空隙，若教主立即逃走，浪某確實難以阻止。」

單玉如幽怨地瞅了他一眼，忽地收起玉環，楚楚可憐地道：「玉如認輸了，浪翻雲殺了我吧！」楞嚴爲之愕然，心中異感湧起，呆看著單玉如。就在此時，警號四起。

韓柏身懷假寶，朝坤寧宮迅快掠去。鐘鼓聲仿似追著他走，他掠到哪裏，那處哨樓的警報就響起來，所以縱使遠在皇宮其他地方的人，亦知怎樣去攔截他。他的感覺當然不好受，若眞是來偷東西被發覺忙著逃走倒沒有甚麼。憑他的魔種配上鷹刀，除非來的是浪翻雲、龐斑之輩，否則總有逃出去的機會，痛苦的是他要故意落到擒賊的人手中。

身形倏閃，避過了由暗處射來的數排弩箭，轉眼間他掠過了奉天、華蓋和謹身三座大殿，轉入了柔儀殿和文華殿遙對間最大的御花園內。四周盡是幢幢追兵。韓柏這時換上了夜行衣，戴上了黑頭罩，整副偷雞摸狗的行頭。若非范良極囑他扮作闖不出去才逼不得已表露身分，他早就舉手投降了。前方幾名武功高強的禁衛飛掠而至。韓柏心叫來得好，一振鷹刀，人刀合一，直衝過去。「噹噹！」兩聲，領頭的兩個禁衛給他劈得東倒西歪，眼看著他離地掠起，來到一棵大樹的橫椏處，腳尖一點，大鳥騰空般落在御園外柔儀殿離地近七、八丈的廣闊殿頂上。

風聲響起，另兩人倏地出現殿頂。他當然不知這兩人是「幻矛」直破天和「亡神手」帥念祖，見到這兩人氣勢不凡，心中暗喜，想著虛應兩招後，大概就可以「俯首就擒」了吧！一聲大喝，朝前攻去。直破天一振手上長矛，幻起千百道矛影，鋪天蓋地殺將過來。帥念祖則遙遙一拳擊來，拳未至，勁飆狂起，一時間天地肅殺，半點生機都似全消。這叫行家一出手，便知有沒有。直破天和帥念祖一矛一拳，立時把韓柏所有進退之路完全封死，殺氣狂捲過來，一點不留餘地。韓柏想不到無端端鑽出這麼厲害的兩個人來，武功一點不遜於嚴無懼、葉素冬之輩，叫了聲我的媽呀！虛劈兩刀，同時化了對方的矛勁和拳風，一個倒翻，往後翻下殿頂。兩聲暴喝，葉素冬和嚴無懼分由地上躍起迎來。葉素冬手中劍化作長虹，橫削他雙足，嚴無懼則持戟直搗他心窩，招招都是奪命殺著。

韓柏急忙傳音到兩人耳內道：「兩位大叔，我是韓柏啊！」兩人同時一呆，硬收回劍戟，反身飛開去。殿頂的直破天和帥念祖看呆了眼，還以為韓柏發出了甚麼霸道的厲害暗器，哪還遲疑，飛擊而下。這次連帥念祖都不敢託大，拔出曾殺死藍玉的軟劍，全力與直破天合擊韓柏。韓柏剛鬆了一口氣，正要舉手投降，後方殺氣逼來，再喚了一聲娘，加速掠下，正要大叫停手時，軟劍長矛當頭壓下。君子不吃眼前虧，韓柏橫掠開去。兩人如影隨形追殺過來，韓柏暗嘆一聲，知道自己只要停下片刻，會立即沒命，尤其此時形成了一追一逃的形勢，自己是無心戰鬥，對方是蓄勢殺人，此消彼長下，自己若停歇下來，會成爲對方愈蓄愈強的殺氣宣洩的對象，那時不死也要受重傷。他甚至不敢出聲，否則令得一口眞氣混濁了，身法稍慢，亦是不堪設想。三人一追一逃，迅若流星般投往坤寧宮去。嚴無懼和葉素冬這時都落到地上，見到三人走得無影無蹤，暗叫不妙，慌忙追去。

浪翻雲對外面的警報聲聽若不聞，冷冷看著單玉如，同時積聚功力，準備予她致命一擊，他這時其實亦是另有苦衷。水月大宗不愧東瀛第一刀法大家，臨死前那反擊的一刀，幾乎使他受了內傷，到此刻眞氣仍未平復過來，現在對著功力比水月大宗只高不低的單玉如，又有楞嚴在旁虎視眈眈，以他的身手，亦不得不急於爭取功力盡復的空隙。單玉如面容恬靜下來，垂下美目，輕嘆了一口氣。不知爲何，只是這麼簡單的一個表情，首先是楞嚴鬥志全消，只覺鬥爭仇殺，你爭我奪，全是絕無意義的一回事。

浪翻雲面露訝色，覆雨劍催發劍氣，遙遙罩著單玉如，搖頭笑道：「單教主媚術雖高，難道以爲竟可制著浪翻雲心神嗎？」

單玉如淒怨地望了浪翻雲一眼，好像在怪他爲何如此無情，心腸似鐵。旁邊的楞嚴卻是另有一番感受，只覺單玉如這一眼是在向他求助，而浪翻雲這忍心的摧花人，卻是最凶殘的惡魔，不由怒憤塡膺，一聲狂喝，全力向浪翻雲出手。單玉如一聲嬌笑，身上的披風揚了起來，遮掩著浪翻雲視線。浪翻雲心內亦不由嘆服，這女魔王不但才智過人，還狠辣得連自己人的生死都不屑一顧，爲了己身安危，竟藉楞嚴護花之心，以媚術惑了他的神志，使他全力牽制浪翻雲，她自己則以魔門秘法逃遁。

楞嚴雙刺攻來，聲勢勝前十倍，自然是被單玉如防不勝防的媚術控制了心神，毫無留手地全力進擊，發揮出所有潛藏的力量。在這一刻，任何心理攻勢，對失神的楞嚴都不管用，唯一的方法就是以硬碰硬。「波！」的一聲，單玉如身前爆起一團黑霧，把她完全籠罩在內，還迅速擴展。「噹噹」，一連串兵刃交擊聲隨著響起。覆雨劍在眨眼的時間內，連續十劍劈在雙刺上，最後一劍把楞嚴劈得噴血跌退，人也清醒過來。他功力高強，心志堅毅，就算單玉如也無法這麼容易控制他的心神，問題出在他重義氣不肯獨自逃生，怎想得到單玉如竟會對他施術，要他作犧牲。此刻醒覺過來，仍想不到單玉如對他施了手腳，只奇怪自己爲何會突然心神失控。幸好浪翻雲確沒有殺他之意，捨他而去，沒入了迷霧裏。殿外處處都有追殺之聲，楞嚴心想此時不走，更待何時，閃入後殿去。

這時韓柏離地而起，來到水月大宗伏屍的大殿旁另一樓房的瓦頂處，前面忽地冒起一道人影。兩人打了個照面，同時一呆。韓柏兩眼瞪大，魔性大發，只覺眼前此女，不但美至絕頂，更有種無法說出來的酥味，完全吸引了他的心神，差點把追兵都忘掉了。單玉如亦對他的魔種生出微妙的感應，美目立時明亮起來。一指往韓柏點來。韓柏只覺對方玉手像乾棉吸水般一下子吸著他的眼睛，竟有種不能動彈的感覺，嚇了一跳，立時驚醒過來，揮刀劈去。這回輪到單玉如暗吃一驚，想不到對方竟能不爲自己媚術所惑，且隨便一刀，卻是妙若天成，來去無跡。除了浪翻雲或龐斑兩人外，她當然不會害怕任何人，手指仍是恰到好處的點在對方刀鋒處。當單玉如嬌軀一震時，韓柏則有如觸電，往後飛跌。不幸地帥念祖和直破天兩人剛好趕至，見韓柏倒飛瓦背之外，哪想得到他爲何會如此送上門來，還以爲是他獨門奇招，幻矛軟劍，憑著掠地斜上之勢，齊往他後背招呼過去。這叫前門進虎，後門來狼。韓柏無奈下鷹刀甩手揮出，化作長虹，直擊直破天，再起後腳，腳跟反踢在帥念祖的軟劍處。這兩人不愧第一流的高手，直破天凌空橫移，避過鷹刀，長矛一振，發出一道矛風，遙刺韓柏背部。帥念祖則藉勢升起，一腳閃電踢向韓柏背心處。韓柏硬往橫移，避過了帥念祖一腳，卻避不開直破天遙發的矛風。只覺摧心裂肺的勁氣透體而入，忙運起捱打奇功，藉勢前飛化解。這時葉素冬的聲音傳來道：「手下留人。」韓柏此時已身不由己飛回原處，只見那美女眼中異采連閃，忽地爆起一天紅霧。韓柏尚未有機會回過那口真氣，身子一緊，不知被甚麼東西捆個結實，接著對方一指戳在他脅下，立時全身一軟，往瓦面掉下去，忽又給提了起來，騰雲駕霧般去了。當葉素冬等人到達殿頂時，紅霧仍凝結不散，情景詭異至極。但單玉如和韓柏已是影蹤全無。

《覆雨翻雲》卷十終

新人間叢書137

覆雨翻雲修訂版〈卷十〉

作　者—黃易
主　編—葉美瑤
編　輯—邱淑鈴
校　對—黃易、余淑宜、陳錦生
企　畫—陳靜宜
董事長
發行人—孫思照
總經理—趙政岷
出版者—時報文化出版企業股份有限公司
10803台北市和平西路三段二四〇號三樓
發行專線—(〇二)二三〇六—六八四二
讀者服務專線—〇八〇〇—二三一—七〇五・(〇二)二三〇四—七一〇三
讀者服務傳真—(〇二)二三〇四—六八五八
郵撥—一九三四四七二四時報文化出版公司
信箱—台北郵政七九~九九信箱
時報悅讀網—http://www.readingtimes.com.tw
電子郵件信箱—liter@readingtimes.com.tw
法律顧問—理律法律事務所　陳長文律師、李念祖律師
印　刷—盈昌印刷有限公司
初版一刷—二〇〇四年十二月二十日
初版三刷—二〇一三年七月十二日
定　價—新台幣二四〇元
⊙行政院新聞局局版北市業字第八〇號

ISBN 978-957-13-4196-5
Printed in Taiwan

國家圖書館出版品預行編目資料

覆雨翻雲修訂版／黃易著. --初版. --臺北
市：時報文化, 2004〔民93-〕
冊；　公分. --（新人間；128-139）

ISBN 957-13-4186-X（一套：平裝）

ISBN 957-13-4187-8（第1冊：平裝）ISBN 957-13-4188-6
（第2冊：平裝）ISBN 957-13-4189-4（第3冊：平裝）
ISBN 957-13-4190-8（第4冊：平裝）ISBN 957-13-4191-6
（第5冊：平裝）ISBN 957-13-4192-4（第6冊：平裝）
ISBN 957-13-4193-2（第7冊：平裝）ISBN 957-13-4194-0
（第8冊：平裝）ISBN 957-13-4195-9（第9冊：平裝）
ISBN 957-13-4196-7（第10冊：平裝）ISBN 957-13-4197-
5（第11冊：平裝）ISBN 957-13-4198-3（第12冊：平裝）

857.9　　93016670